目次

震災・原発文学論

I 「世界の終わり」の光景 6

II あやまちは何度もくりかえすからあやまちなのだ 43

III 反原発と原発推進の文学 63
IV 原発と日本の文学者 76
V 曝書閑記録 「原発震災」関係書を読む 99

VI 周防祝島反原発闘争民俗誌 128

VII コラムと書評 155

付録 「原子力／核」恐怖映画フィルモグラフィー 176

あとがき 288

Ⅰ　「世界の終わり」の光景

1　「世界の終わり」の終わり

三・一一（二〇一一年三月一一日）以降、私たちが認識したのは、皮肉とも、逆説とも聞こえるかもしれないが、大地震による日本列島の沈没も、原子力発電所の過酷事故によっても（あるいは、核戦争による放射線汚染によっても）、多くの文学作品や映画で描かれたような黙示録的な終末が訪れることはない、という現実（事実）だった。

日本の東北地方の海岸を、大地震が、そして次に大津波が襲った。建物は形もないほどに壊れ、橋は落ち、道路は陥没し、鉄道の線路はぐちゃぐちゃに歪んだ。堤防は破壊され、町や村は海になった。

ビルの屋上に大型船が碇泊し、自衛隊機はプラスチック製のおもちゃのように押し流され、車はぷかぷかと浮いて流され、ぶつかっては家や建物を打ち壊す〝凶器〟となった。リアス式海岸の湾内の奥にまで浸入した津波は、高さ数十メートルとなって、人もペットも家畜も家も工場もレストランもコンビニも巻き込み、引き浚っていった。死者、行方不明者二万人以上、千年に一度の未曾有の大震災だった。海沿いにあった福島第一原子力発電所（福島第一原発）、福島第二原発、女川（おながわ）原発、東海原発も、大津波に襲撃された。辛うじて浸水を免れた女川、東海は原子炉の核分裂反応が停止し、冷却機能が保たれたが、福島第一原発で外部の全電源が失われ、一瞬のうちに炉心溶融（メルトダウン）が起こり、一号炉、二号炉、三号炉、四号炉が次々と水素爆発、あるいは別の要因による爆発を起こした。二百万年に一度（誰が計算したのだろう？）という原発の〝過酷事故（シビアアクシデント）〟が勃発したのである。

再臨界による再爆発の可能性も否定できないまま、福島第一原発は、放射能を空に、海に、地中に撒き散らしつつある。完全な事故の収束（終息）は、スリーマイルやチェルノブイリの場合を参照すれば、十年や二十年で達成されるはずもない。現存している日本の住民としての私たちは、おそらく、この事故の最終局面を見ることなく、死んでゆくことになるだろう。再び原発が大規模の爆発と放射能撒布を引き起こさず、本当の終末が来ないのであれば、だが。

しかし、「世界」は終わってもいなければ、日本全体が沈没したわけでもない。東北地方から十分に離れた都会では、今日も傘がないことを嘆いている若者や、電車が来ないことに苛立つサラリーマンたちがいても電車はホームに滑り込み、自殺者はその前に身を投げ出し、ＯＬたちはカツカツとハイヒールの音を立てて階段を駆け下りてゆく。遅刻や、約束の時間に間に合わないことを気にして、携帯電話を握りしめながら――。

若手の批評家である宇野常寛は、その著書『リトル・ピープルの世界』(二〇一一年、幻冬舎)の序章で、こう書いている。

この地震がもたらしたものは、かつてオウム真理教の信者たちが夢想したような〈日常=世界〉の終わりとは、決定的に異なるように思える。それどころか、福島の原子力発電所の存在はかつての「世界の終り」のイメージをほぼ完全に無効化してしまったと言えるだろう。

あの日から約三か月——日本社会はその日常を回復しながらも、明らかにこれまでとは異質なものに支配されている。世界は終わったのではなく、変わったのだ。全体ではなく、部分が。それも、目に見えないいくつかの部分だけが、確実に変化している。

(序章「『壁と卵』をめぐって　3・11から考える」)

「世界の終り」というのは、もちろん、村上春樹の小説『世界の終りとハードボイルド・ワンダーランド』に由来している。この小説は「世界の終り」と「ハードボイルド・ワンダーランド」という二つのパラレル・ワールドに分割されているが、〈私〉という一人称の主人公が、高い壁に囲まれた静謐な世界で生きているのが「世界の終り」という世界だ(「ハードボイルド・ワンダーランド」のほうは〈ぼく〉だ)。その街から出てゆく人も、また入ってくる人もいない。壁の開口部(門)からの出入りは可能なはずだが、誰も脱出や侵入を考えないのだ。

そこでは、ほとんど時間が止まっているようだ。「終わり」を迎えた「世界」では、何事も起こらないし、始まらないし、むろん何事も終わらない（もう、すでに終わっているのだから）。ただ、変わり映えのない、灰色に包まれたような生活が、永遠に続いているだけだ。それは、一時かまびすしく語られた「歴史の終わり」の世界と重ねられるかもしれない。そこでは、退屈で、鬱陶しいスノビズム（アレクサンドル・コジェーヴが高度資本主義の日本社会についていったような言葉）が、濃密な空気のように蔓延しているのだ。

2　黙示録的終末

もちろん、これは、これまでに文学や映画やコミックなどで表現された「世界の終わり」とは大きく異なっている。オーストラリアのテレビ映画『エンド・オブ・ザ・ワールド』（これはアメリカ映画『渚にて』のリメイク版である――ラッセル・マルケイ監督、二〇〇〇年）は、アメリカと中国の核戦争が勃発し、世界は破滅し、人類は滅亡するという物語だ（南半球では絶滅は少し遅れる）。ただ一隻の原子力潜水艦のアメリカ人の乗組員たちを残して。そこで描かれているのは、破壊され、瓦礫の山となった大都市や、半壊の摩天楼群が緩やかに崩壊してゆく無人の都市の廃墟だ。文字通りの「世界の終わり（エンド・オブ・ザ・ワールド）」の世界なのである。

これと対応する日本の、フランキー堺が主演した東宝映画の『世界大戦争』（松林宗恵監督、一九六一年）では、東京、パリ、モスクワ、ニューヨーク、ロンドン、北京など世界の主要都市が核爆弾の爆撃を受け、爆破され、燃え上がり、破壊されてゆく過程が、円谷英二の特殊撮影の映像によって示される。核爆発の映像は、ドロドロに溶けた溶岩のような炎が、かつて都市だった大地の上を流れてゆく場面として描かれていた。

アメリカ版の『世界大戦争』ともいえる『原爆下のアメリカ』（一九五一年、こちらの方が製作年が早いが）では、ニューヨーク、サンフランシスコなどの大都市が、社会主義の独裁国（もちろん、ソ連を想定している）のコマンドに侵略され、核兵器によって壊滅的な破壊を受ける。九・一一を予言するかのように、ニューヨークの摩天楼は瓦解し、巨大なダムが爆破され、牧場も、田園地帯もことごとく洪水に飲み込まれる。まさに〝悪夢〟の風景だ（こうした破壊された世界の風景が、魔術師（マジシャン）が酒場の客の男女たちに見せた幻影だったと最後に種明かしがなされるのだ——それは防衛費増額の政策のための反共プロパガンダ映画だった）。

また、イギリスのアニメ映画『風が吹くとき』（ジミー・T・ムラカミ監督、一九八六年）では、一軒の農家の老夫婦を除いて、近郊、近隣の都市も村落も、すべて破壊され、人々は死滅した。ドア一枚と壁を隔てて、外の世界では、一瞬のうちに閃光と轟音と熱風とが充満し、そして暗い空から黒い雨が降り注ぐ。あとは、即死を免れたジムとヒルダの老夫婦が、放射能障害によって徐々に、緩慢に死んでゆくだけだ。

「核戦争」による「世界の終わり」の始まり。もう一つ、宮崎駿（はやお）のアニメ映画『風の谷のナウシカ』（一九八四年）の基となったコミック版には、こんなプロローグの文章が付されていることは、よく知られているだろう。

ユーラシア大陸の西のはずれに発生した産業文明は数百年のうちに全世界に広まり巨大産業社会を形成するに至った。大地の富をうばいとり大気をけがし、生命体をも意のままに造り変える巨大産業文明は１０００年後に絶頂期に達しやがて急激な衰退をむかえることになった。「火の７日間」と呼ばれる戦争によって都市群は有毒物質をまき散らして崩壊し、複雑高度化した技術体系は失われ地表のほとんどは不毛の地と化したのである。その後産業文明は再建されることなく永いたそがれの時代を人類は生きることになった。

産業文明、機械文明の極端なまでの進化、進展が、それを作り出した都市そのものといっしょに瓦解し、破壊される。統御、統制の効かない複雑化したシステムや、自らのなかの破壊衝動のような技術体系によって。これらが、これまでの「世界の終わり」というもののイメージだった。それは、黙示録的世界、世界最終戦争、ハルマゲドン、末法の世、地球最期の日というふうに言いかえられながら、繰り返し、この世界の終末の日をイメージし続けてきたのである。

徹底した破壊と、残された瓦礫の山。廃墟に見棄てられた都市の残骸と人類の遺骸。それすらも風に吹かれるままに潰滅し、滅却し、塵や砂となって消失してゆくのである。〝風の谷〟に住むナウシカたちは、産業文明を棄てることによって、わずかに生き残ることができた人類の末裔である。彼らは人の手を使った農業と、せいぜい工場制手工業の中世的な社会に生きている。

つまり、人類が最終戦争によって破滅した後の世界を描いた『猿の惑星』（フランクリン・シャフナー監督、一九六八年）シリーズの生き延びた猿（猿人）たちと同じなのだ。そこに生きていたという痕跡（自由の女神！）をかすかに残して滅び去っていった現生人類の代わりに、猿人たちが支配する地球（惑星）が残ったのだ。

すなわち、「世界の終わり」の後、人類はナウシカの〝風の谷〟のような中世的世界か原始の世界、あるいは類人猿にまで〝先祖返〟ることでしか、地球上に、ホモ・サピエンスという種として存続することができなかったのである。

3 『ドラゴンヘッド』の破滅した世界

二十世紀の日本社会で、「世界の終わり」を可視的に描いた作品として、望月峯太郎のコミック『ドラゴンヘッド』（全10巻、一九九五〜二〇〇〇年、講談社）を挙げることができる。修学旅行の帰りの新幹線で、中学生の青木照（テル）は、浜松を過ぎたあたりのトンネルで、大地震によるトンネル崩壊の事故に遭う。生き残ったのは、テルと女子学生の瀬戸憧子（アコ）、そして狂気じみた行動を取る高橋ノブオの三人だけだった。彼らは導水トンネルから浄水場へ出て、地上にたどり着くことができたのだが、ようやくトンネルを抜け出したその外の地上には、大地震で崩壊した廃墟としての世界が広がっていたのである。

だが、単に大地震が東海道新幹線の沿線を襲っただけではないようだ。東京・神奈川の首都圏の空は、黒く厚い雲に覆われ、その黒雲からは灰がやむことなく地上に降り注いでいる。日本全土を揺るがした超巨大地震と、それに連動した富士山などの火山の噴火、伊豆半島の半分を飲み込んだ大津波の襲来、それに日本国政府が密かに保持していた核兵器の爆発、また原発の爆発事故がいっきょに重なって引き起こされたのだ。まさに、日本沈没、日本列島崩壊の大パニックが襲いかかってきたのである。

テルとアコは、基地に戻れなくなった脱走自衛官の仁村や岩田の操縦するヘリコプターで東京近くへとたどり着くが、余震で崩れ落ちそうなビルの屋上にテル一人が取り残される。東京へ向かって歩き始めたテルが見たのは、瓦礫の上に墜落したヘリコプターだった。テルは一人で瓦礫と廃墟の世界を抜けて東京へ、両親と姉のいるはずの我が家へと一歩ずつ歩むのである。電車もバスも停まった都心から、我が家に歩いて帰ろうとする、二〇一一年の三・一一の夜の東京における交通難民たちのように。

大地震による浄水場や病院の廃墟。電信柱の上までの高い水の壁となって街に迫って来た大津波、崩れ落ちたビル群、瓦礫の山と化した街並み、道路は波打ち、ひび割れ、海岸に近かった土地はすでに海のなかに飲み込まれている。余震に怯える避難者たち。二十世紀末に描かれたはずのこの作品は、その一コマ一コマが、それから十年以上経過した二〇一一年の三・一一以降の東北の沿岸地帯を実写しているようなリアリティーを保持している。これは、むしろ一種の予言書（予言画）というべきだろうか。日本のコミックの想像力は、まさに東日本大震災を先取りしていたのであり、地震・津波・原発震災という複合的な災害の危機というものを、その想像力の射程内にとらえていたのである。

これほどまでに徹底して、日本という国の「世界の終わり」を描いた作品は珍しいというべきだろう。もちろん、先行作品として小松左京の長篇小説『日本沈没』（一九七三年）があることはいうまでもないだろう。天変地異によって、日本列島そのものが沈没する。SF作家の想像力は、核戦争以外によっても、日本が消滅することがありうるという黙示録的光景を提出してみせたのである。

しかし、『ドラゴンヘッド』の想像力はさらにその先を走っている。富士山が巨大な穴ぼことなって消失し、それは東京に噴火する活火山として出現する（『日本沈没』では、富士山は噴火し、ただその山容を変えるだけだ）。東京の大半は海底に沈み、地下鉄の通路を居場所とする難民、避難民たちは、考える意志や気力を失ったロボットのような人々であり、日本の各地に生き残っている人々も、暴徒と化し、互いに殺戮し合っている。まさに終末論的な地獄絵であり、近未来の震災日本の想像画だったのである（その一部が現実のものと化した！）。

テルとアコは、自分たちが通っていた区立第二中学校で再会する。噴火と地震の鳴動の続くなかで、アコはテルに「でも……この世が終わりだったとしても……独りじゃなくてよかった……テル君といれて……この世の終わりに独りはイヤよ」という。それに対し、「ああ……そうだね……」というテルの眼差しは、しかし、アコのほうを見ていない。彼は、頭のなかではそれとは別なことを考え、それを声にならない声として呟いている。

「人間は頭の中に恐ろしい力を持っている／闇の中に悪魔の顔を見れば世の中はそういう世界に変貌する」「でも、その一方で人間の想像力は世界を発展させて来たものでもあるんだ／そうだ世の中はどのようにでも存在することができる」。そして、最後に、テルはこう言葉を続ける。「そうだ　僕らも……想像できるはずだ／未来を……」、そしてページが変わって、中心に富士山が盛り上がった東京地方の宇宙からの鳥瞰図のような地図を示し、「新世界を……」という言葉で『ドラゴンヘッド』は終わるのである。

もちろん、テルとアコのこれらの言葉は、物語をあまりにも絶望的なトーンで終わらせないための、ささやかな救済の言葉にしかすぎない。「世界の終わり」を二人で迎えようと、独りで迎えようと、本質的には何も変わらない。アコの言葉については、中学生っぽい恋愛幻想と切り棄てることが可能であり、テルの言葉については、『ドラゴンヘッド』という作品の想像力が、現実の東日本大震災と原発震災を射程距離に収めたという時点で、東北地方の悲惨な現実こそが、「人間の想像力」の招来したものであるという逆説を対置してみせることができる。いいがかりのようだが、『ドラゴンヘッド』のような想像力が存在したからこそ、それをそっくりなぞるような現実の災害が起こったのだ（これは、想像力による作品に対しての最大級のオマージュだ）。

今回の大震災と原発事故は、想定外、すなわち想像力の外側にあったものではない。吉村昭は『三陸海岸大津波』（二〇〇四年、文春文庫。原題『海の壁　三陸沿岸大津波』一九七〇年、中公新書）を書き、それが一八九六（明治二十九）年、一九三三（昭和八）年、一九六〇（昭和三十五）年（チリ地震津波）に、東北地方を大きな津波が繰り返し襲ってきていたことを書き留めている。五十年、百年単位で襲来してきた大津波が、二〇一一（平成二十三）年にやって来たとしても、それは想定外でも、想像外のことでもない。死者二万人以上というのは、三・一一が、一八九六年の大津波の再来であることを示している。

同じように、原発震災については、広瀬隆のノンフィクション作品『原発時限爆弾』（二〇一〇年、ダイヤモンド社）が、全電源喪失から、原子炉の冷却が不能となり、燃料棒の溶解、そして水素爆発から放射能の散乱まで、克明に今回の福島第一原発の事故を予想し、予知していたのである（もちろん、福島とは特定していないが）。また、石橋克彦は、つとに『大地動乱の時代』（一九九四年、岩波新書）で日本列島の地震活動が活発化し（大地動乱期に入り）、地震・津波・火山の噴火等によって「原発震災」が起こることを警告していた。

冗談でいえば、反原発派が自分たちの主張の正しさを証明するために、全電源喪失や原子炉建屋の爆発といった陰謀を仕組んだかと疑われるほどのものだ。『ドラゴンヘッド』のテルの言葉でいえば、「僕ら」は、大津波の襲来や原発震災という「未来」を「想像できる（た）はず」だったのであり、「世の中は」そのように「存在」させることが人間には可能だった。だから、東日本大震災は「存在」し、福島第一原発の大惨事も、また「存在」することが可能だったのである。

4　『原発・日本絶滅』

『ドラゴンヘッド』のような「世界の終わり」の光景を描き出していた文学作品（映画化もされた。『ドラゴンヘッド』飯田譲治監督、二〇〇三年）が、今までにまったくなかったわけではない。たとえば、原発関係でいえば、生田直親の『原発・日本絶滅』（一九八八年、カッパノベルス）は、題名通り、東海第二発電所の原子炉が暴走し、炉心溶融を起こし、原子炉格納容器が破壊され、放射能が周囲一帯に撒布されるという過酷事故が起こって、日本全域が汚染され、日本が絶滅の危機を迎えるというストーリーである。同じようなテーマでは吉原公一郎の『破断――小説原発事故』（一九八八年、現代教養文庫・社会思想社）

がある。これも原発で破断事故が起こり、日本中がパニックに見舞われるという小説だ。その他の原発をテーマとした小説、高村薫の『神の火』、東野圭吾の『天空の蜂』、高嶋哲夫の『原発クライシス』などは、テロ攻撃による原発の危機が中心であり、原発そのものは「安全神話」に包まれていると思われる。これらの作品では原発の爆発は最終的に回避される。また、原発と原爆を使って近未来の抑圧国家・日本に宣戦布告し、果敢に戦う一家の物語である篠田節子『斎藤家の核弾頭』というユニークな作品もある。さらに邦光史郎の『鉛の箱（コンテナー）』（一九六五年、カッパノベルス）は、日本で最初の原発輸入・建設をめぐって国際資本と国内資本との抗争と犯罪を描き出している。

『原発・日本絶滅』が予言的でもあり、かつ恐ろしいのは、この情報を科学技術庁長官や総理大臣は、東海原発の周辺地域や大都市東京を含め、大パニックを起こすことを恐れて情報開示をためらい、自分たち、総理大臣をはじめとする内閣が、安全地帯の札幌に〝遷都〟してから、この重大事故を発表するという展開となっていることだ。それまでは、現場の発電所の所長や副所長が、科学技術庁の大臣（長官）や電力会社の社長や幹部に危険性を伝えても、むしろ周辺住民への退避命令を禁止し、群衆のパニックを防止し、この暴走事故による政府の原子力政策の過失や電力会社幹部の責任を問う声を封じ込めようとしたのである。幸いに、小説では原研の湯原博士と木戸所長、河合副所長の機転で、新聞記者とテレビ会社のカメラマンを中央制御室に入れ、そこから中継で国民に原発事故の発生と、近隣や周辺地域からの避難を促すことが実行されたのである。

三・一一以後にこの作品を読む私たちは、こうしたストーリーの展開に、強い既視感を持つはずだ。これは、二〇一一年の三月十一日に、作品の舞台の茨城県那珂郡東海村とはさほど離れていない、福島県双葉町と大熊町にまたがって存在する福島第一原子力発電所のなかで起こったことと、瓜二つの出来事ではないか。チャプター10には、こう書かれてある。

これは単なる火災事故ではなかった。

ジルカロイ（燃料棒の被覆管材質）が溶融して粒状になり、反応（水と反応して水素ガスを発生させる）が爆発的に進行したのだ。さらに炉心に空気が浸入し、ジルカロイと水との反応によって生成した水素が、空気中の酸素と化合して大爆発を誘起したのだった。

原発事故のうち考えられる最大級の、最悪の事態といえた。

原子炉建屋の上部半分がすっとび、タービン建屋も爆発のショックで外壁がぼろぼろに崩れ、巨大なタービン発電機を露出されている。

黒焦げになって粉砕された原子炉建屋から、いま巨大な黒煙が宙天高く立ち昇り、１０００ｍの高さで滞雲を作っていた。黒い雲は北東５ｍの風にながされて、次第に拡散しながら南西方面に移動をはじめようとしている。

いや、この雲は単なる悲劇の象徴にすぎないのであって、もっとも恐るべき放射能の放出は目に見えない凶器となって南下してゆく。老若男女の差もなく、人間にとり憑き皮膚を侵し、空気、水、食品を汚染することによって、人体の内部からも侵してゆく。

三・一一以降、私たちが公共のテレビ放送から得ることのできた原子炉や放射能の知識が、ここですでに書き留められている。ただし、私たちは「ジルカロイと水との反応によって生成した水素が、空気中の酸素と化合して大爆発」を起こしたことが、「原発事故のうち考えられる最大級の、最悪の事態」であるとは教えられなかった。「原子炉建屋の上部半分がすっとび、タービン建屋も爆発のショックで外壁がぼろぼろに崩れ」ていても、まだまだ原子炉の格納容器の健全性は保たれていると、専門家は断言して、私たちに安堵と安心をもたらしてくれた。だが、鳥の巣のように鉄骨がぐにゃぐにゃになった三号炉などを見ると、これで鋼鉄製とはいえ、原子炉格納容器が無事であるとは、とても思えないのは、素人の悲しさだと私たちは健気（けなげ）にも思い込もうとしたのである。

「この凶悪無比の悪魔（放射能のこと——引用者註）は、五十分後には水戸市を襲い、二時間四十分後には土浦市を席捲し、五時間後には松戸市に食らいつき、六時間後の午前九時三十分には幅約一二㎞に拡散して、一二〇〇万人が住む大東京を直撃するのである」と、小説の叙述は続いてるのだが、この頃に私たちが耳にタコができるほどに聞かされていたのは、時の官房長官が唱える「ただちには健康に害がない」という慰めにもならない、虚しい「安心」の空手形の言葉だったのである。

小説の最終シーンは、原発の爆発と、周辺道路の大混乱と、都内の交通網の麻痺だ。東海原発の周辺地域では、政府の予想通り、大パニックが起こっていた。人々は、我先にと安全な地域に逃れようと車を駆ったのだが、周辺道路は、高速も一般道も恐ろしいほどの渋滞となり、クラクションと悲鳴と怒号が、人々の危機感と焦りと怒りをさらに募らせていた。大型ダンプカーが、前の自家用車を押しのけるようにして進み、数珠つなぎの車の列は、玉突き衝突となって、列からはみ出て、道路脇に転落するものもあった。無理矢理に進もうとするダンプカーは、側溝に車輪を落とし、横転した。荷台の端に燃え移った火は、ガソリン・タンクに引火した。助手席に乗っていた東海村の村長――東海村に原発を誘致した張本人――は、あえなく渋滞の混乱のなかで焼死したのである（『原発・日本絶滅』の作者生田直親は『東海村原発殺人事件』〈一九八三年、徳間書店〉という原発に関連した作品も書いている）。

JRや地下鉄は、車内に乗り込もうとする乗客で、階段からホームまで、押し合いへしあいの大混雑だ。前にいる人間を引きずりおろしてでも、自分が乗り込もうとするエゴイズムが剥き出しとなり、駅員の制止もむなしく、しゃにむに乗り込もうとする人々の群れは、あとからあとから切りもなく構内に入り込んでくる。押しつぶされ、踏み潰される老人や女性や子供たち。しかし、自分、あるいは自分の家族のことしか頭にない狂気寸前の人々は、公共心や秩序感覚、モラルといったものをかなぐり棄て、動物的な本能によって東京脱出を企てる。それが、本当に安全地帯への脱出となるかどうかを度外視して（松本清張の『神と野獣の日』のパニックの表現が思い起こされる。これは核爆発の危機だったが）。

ドイツ映画『みえない雲』（グレゴール・シュニッツラー監督、二〇〇六年）には、ドイツの原発が事故を起こし、近郊の町から市民たちが、避難しようとしてパニックに陥るという設定の映像を撮っている。

空を覆い始める放射能を帯びた黒い雲。それが、町内に幼い弟と二人だけ取り残され、自転車で脱出しようとする女子高生ハンナに迫ってくる。弟は畑のなかを疾走する車に撥ねられて死んでしまう。ハンナは見知らぬ家族の車に乗せられて近くの鉄道駅にたどり着くが、駅周辺は大混乱の巷となっている。ハンナは、やはり駅前に一人取り残され、迫ってくる黒い雲から落ちてくる放射能の雨に打たれ続けるのである。

　この映画は、被曝者への差別的な視線や、生き残った者の死者に対する罪悪感といった、いわば「世界の終わり」の、その後の問題にも映画作家たちのまなざしは届いている。「フクシマ」からの避難民や脱出民に対する、その他の地方の人間たちの冷たく、差別的な視線の問題を、まだ私たちは正確に大きな問題としてとらえているとはいい難い。むしろ、それを風評被害といったものに矮小化し、「汚染米」や「死の町」という言葉を禁句として、またしても言葉のいいかえによって実態を糊塗しようとしているのだ（戦時中に日本軍が、「全滅」を「玉砕」、「後退」を「転進」といい換えたように）。その意味で、『みえない雲』は、ポスト・フクシマを生きる私たちにとって、まさに目に〝見えない〟問題を指摘しているといえるのである。

5　「プルトニウム王国」と〈ゾーン〉

「世界の終わり」は、静かに、鳴り物もなく、空気のなかに瀰漫するように訪れてくる。それは決して、ヨハネの黙示録のように空から七人の天使たちが下りてきて、嚠喨（りゅうりょう）と喇叭（らっぱ）を吹き、木々や草を焼き、海の水を血に染め、人を太陽の火で焼き尽くすようなクライマックスを持たずに、密かにこの世に訪れてくるものなのだ（余計なことだが、チェルノブイリという地名は、このヨハネの黙示録に出てくる、川の水を苦く変える日本名「にがよもぎ」に由来するという)。

世界は終わらずに、変わってゆくのだ。「世の中に片付く(=終わる)ものは殆どありゃあしない。一遍起こった事は何時までも続くのさ。ただ色々な形に変るから他にも自分にも解らなくなるだけの事さ」という夏目漱石の『道草』の最後のセリフのように。それは、一見秩序だった、近代化のその極点にあるような清潔で静謐なたたずまいの世界として現出するのかもしれない。

事情を知らずに、古い世界からこの社会にやってきた旅人がいた。初め、彼はその町の近代的な美しさに目をみはった。幾何学的に設計された建物が、美しい線と色調で立ち並び、この町の豊かさを誇示しているかにみえた。行き交う人びとや車は、足早にしかし静かに進み、秩序のとれた自制の中にあるようだ、機能的な静かさと秩序、それはこの旅人が慣れ親しんできた街かどの喧噪と乱雑さとは、異なった世界である。それは旅人には、近代が到達した繁栄する王国のようにも思えた。

反原発運動のカリスマ的指導者だった高木仁三郎が、描き出した「世界の終わり」の世界だ(『プルトニウムの恐怖』一九八一年、岩波新書)。二〇〇X年(ゼロ年代を過ぎた現在にとって、すでに過去だ!)、一〇〇—一二〇万キロワット級の軽水炉六〇基と、すでに大型高速増殖炉五基が稼働しているという近未来(近過去)の世界のことである。これらの原発で使うウラン燃料は年間二〇〇〇トンもおよび、それらの使用済み燃料は、毎日何台かのトラックで再処理工場に運ばれ、毎年一五トンのプルトニウムが生産され、その約半分は高速増殖炉燃料となり、残りは使用のあてもなく、貯蔵所に貯蔵されるのである。三〇年前に、高木仁三郎が想像した「世界の終わり」、彼の言葉でいえば、「プルトニウム王国」は、管理され、秩序だった、機能的であり、自制の行き届いた美しい町として表現された。しかし、もちろん、そこには誰も足を踏み入れることのできない、禁断のゾーンがあることを忘れてはならないのだ。

さらに歩き続けた旅人は、海岸に出た。そこにも壁で囲われた一画があった。しかし、町などとうって変わって、そこには草が生い繁り、広大な敷地にはさびれた感じがともなっている。敷地の手前にコンクリートの大きなドーム風の建物がみえる。しかし人気はなく、どこか廃墟の感じがする建物である。さらにその裏手には、いくつもの倉庫のような窓のない建物が立ち並んでいる。

廃炉にされた原発の建物と、放射性廃棄物の倉庫、すなわち「核燃料サイクル施設の集中する核燃料パーク地域」であることを、過去（未来）からの旅人は、ようやく理解するのである。ここで描かれた「核燃料パーク」の光景から、私はアンドレイ・タルコフスキー監督の映画『ストーカー』（一九七九年）で映像化された、曠野と変わってしまった〈ゾーン〉の風景を思い出さずにはいられなかった。

何の工場とも知れない古びた工場街が向こう岸に見える川沿いにあるカフェーで、立入り禁止区域である〈ゾーン〉に、〈ストーカー（密猟者）〉に導かれて入ってゆこうとする男たちが屯（たむろ）している。軍の警備するその地域に入るには、監視の目を潜らなければならず、さらに危険な〈ゾーン〉を渡って、その中心にある〈部屋〉まで辿りつかなければならない。

〈ゾーン〉は、人間の希望と絶望とが、背中合わせになった世界である。霧と雨に覆われた野原、藪、廃棄された鉄路。そこに入れば人間のあらゆる希望や欲望が達成されるという〈部屋〉。そこに入ろうとして、ストーカーに手引きされてその立入り禁止空間〈ゾーン〉へ赴く男たちは、偉大な作品を夢見る小説家志望の男であり、死んだ妻の再生を願う男であり、ただそこが自殺にもってこいの場所だとしか思ってない失望者の群れだ。案内人の〈ストーカー〉も含めて。

しかし、その行き先には、さまざまな試練が横たわっている。此岸から彼岸へ渡る冥界の川があり、水が奔流するトンネルがあり、人間を噛み殺す機械や装置や建物がある廃墟の世界がある。しかし、それはまた、人間たちの最終的な希望を満たしてくれる聖なる空間へと入り込むための通過儀礼であり、煉獄において与えられた試練のように、男たちに挑みかかってくるものなのだ。

タルコフスキーが、チェルノブイリ原発事故の前に、それを予見、予言した作品として評判になったこの『ストーカー』という作品に、高木仁三郎の「プルトニウム王国」の世界との近親性を感じにはいられない（高木仁三郎はこうした「プルトニウム王国（プルトピアー）」の情景を『プルトニウムの未来――2041年からのメッセージ』〈一九九四年、岩波新書〉でも克明に描き出している）。

永遠のエネルギーとしてのプルトニウムによる「核燃料サイクル」は、確かに無尽蔵な光と熱、電気による科学的文明を謳歌する人類の巨大な〝夢（希望）〟だったからである。使用済みの核燃料からさらにプルトニウム（とウラン）を取り出し、それを増殖させ、再利用する。人類が夢見ていた永久のエネルギー再生が可能となるのが、「核燃料サイクル」だったのである。使っても使っても減らないどころか、増えてゆくお金。財宝。それに等しいエネルギー増殖の〝夢〟、「プルトニウム王国」の成立基盤なのである。

しかし、それはまた絶望的な「世界の終わり」の世界にほかならなかった。そこでは科学も文明も死に絶え、赤錆びた鉄骨、崩れたコンクリート壁、繁茂した植物に埋没した建物、危険な水たまり、剥き出しにされ、破壊され、腐敗した建物や施設の臓物がはみ出している。人類の希望だった原発と核燃料サイクル、しかしそれは、今や悪夢と化している。「このとき旅人は、プルトニウムがもともと『地獄の王』にちなんで命名されたという、昔読んだ本のことを思い出した」と、高木仁三郎は書いている。水素爆発で破壊された原子炉建屋、ぐちゃぐちゃとなった鉄骨、そのなかで瓦礫に埋まっている原子炉の圧力容器、錆の浮いた格納容器、周囲には高濃度の放射能に汚染された瓦礫、コンクリート破片、崩れた鉄筋コンクリートの壁、ポンプ、パイプ、車、クレーン、鉄材……。

福島第一原発の現在の状況は、まさにプルトニウム王国が瓦壊したその夢の跡であり、廃墟となった「世界の終わり」の光景にほかならないのである。それはまた、タルコフスキーが、どうしてそんなロケ地を見つけてきたのかと、想像もつかない奇妙な場所としての〈ゾーン〉なのである。荒れ果て、見棄てられた地域でありながら、そこには生命の兆しが猛々しいまでにはびこっている。人間が存在せずに、生の生命だけが息づくような空間。「世界の終わり」とは、まさにそうした〈ゾーン〉のような場所といわざるをえないのである。

6　被災と隠蔽

三・一一の震災のあと、いちはやく震災の現場に赴いた文学者は、荻野アンナだった（もちろん、ジャーナリストやカメラマンなどは、もっと素早かったが）。荻野アンナ（とゲリラ隊）は、二〇一一年六月十四日の奥付で、『大震災　欲と仁義』（共同通信社）という本を出している。おそらく、震災に取材した単行本としては、もっとも早い出版物だろう。彼女は、四月十五日から十七日まで、共同通信の「お届け隊」の記者たちといっしょに貸切のバスに乗り込んで、仙台を経て東北自動車道沿いに気仙沼の震災被災地へ行き、気仙沼高校の避難所に救援物資を届けたのである。二度目は五月三日から五日まで、今度は仙台から海岸線を走り、石巻、女川、南三陸町を経て、気仙沼高校というルートだ。その間の沿線の被災の光景が、写真と文章で表現されている。荻野アンナは、文学者らしく、何とかその光景を文章でいい表わそうと苦吟している。


山と海の間が、一面の瓦礫ケ原になっている。街を「ミキサーにかけたような」という比喩をもう一度使う。それ以外に言葉がない。

粉々の部分をアップで写真に撮った。どんな抽象画よりも現実の形態を超えている。

私は、目の前の惨状を過去の情景に重ね合わせていた。

青海地先。

東京にそんな地名があると知る人は少ない。夢の島が公園となった後も、埋め立ては続いた。私が取材で訪ねたゴミ捨て場の住所が「青海地先」だった。

われわれの生活を構成するすべてをゴミの段階まで粉砕すると、黒や灰色ではなく、むしろベージュに近くなる。

地獄は白くて明るい。おまけに饒舌だ。あらゆる破片に無数の暮らしが詰まっている。

必ずしも被災地の惨状を十全に表現しているとは思えないが、そこから悲惨さに立ちつくして言葉を失うのではなく、何とかそれを言葉にしていい表そうとする文学者の熱く強い思いが伝わってくる。同じ比喩を繰り返すことの表現者としての言葉の無力さ。しかし、作家はそれでも表現しなくてはならない。一面の瓦礫ケ原を、「地獄」や「世界の終わり」と表現することは陳腐だが、「白くて明る」く、おまけに「饒舌」だととらえる荻野アンナの感性は、確かに文章、言語による表現者としてのものだということができるだろう。たとえ、それが瓦礫の山の上に鎮座した大型船の写真によって、そのアッピールの力を倍増以上に増やされているとしても。

だが、彼女の人間観察者としての本領が発揮されるのは、避難所でのさまざまな出来事、人間関係、いわば究極の場面に追い込まれた〝人間の条件〟をヴィヴィドに描き出す箇所においてだろう。避難所における欲と嫉妬と羨望とねたみ・そねみの混合した人間模様。ラブレー流とまではいわないものの、非常時や異常時においても、人間のエゴと悪徳と悪意とは活発に働きうるものなのだ。

避難所において、救援物資を私物化している〝牢名主〟(これは、筆者・川村の表現)のような人物がいる。彼は、救援物資を自分の個人名宛てに全国から送ってもらい、それを管理し、支給・配給を采配することによって、避難所の権力者となっている。荻野アンナは、そんな噂を聞きつけ、本当に彼はそうした避難所における「王」のように振る舞っているのかどうかを確かめようとする。噂、陰口、流言飛語は、こうした非常時においてこそ、もっとも力を持つものだからだ。そうした悪意のある噂を究明することに、彼女は、救援や慰問といったことがらよりも、熱心に取り組もうとしているようだ。ボランティアや被災者のなかには、まさに「仁義」に殉じたような高潔で人間的な人がいると思えば、俗世間の埃にまみれた小さな悪徳や陰湿な悪意の感情もまた、後を絶つことはありえないのである。

「世界の終わり」の光景のなかでも、車上荒らしや自動販売機壊しやコソ泥や掠奪や遺失物や拾得物のネコババなどは、いかにもありふれたものだろう。そうしたあからさまな欲望や小悪の横行を、今更ながら憤ってみたところで、偽善的なパフォーマンスにしかならない。その意味で、荻野アンナの避難所の〝牢名主〟の小悪に対するこだわりは、私には奇妙なもののように見える。彼女は、書いている。「責任の所在が見えない。／全貌がつかめない。／避難所から原発問題まで、根っこが見えてきた。このままだと、後世の子孫に言われかねない。／21世紀の日本人は『システムの中で判断停止に陥った人たちだ』と」。

この二〇一一年の四月と五月に、東日本大震災の被災地を訪れた記録である『大震災　欲と仁義』という書物のなかで、「原発」という言葉が出てくるのは、実はここと「はじめ」の注のなかの二か所しかない。たとえば、もし一つ間違えれば、福島第一原発と同じような原発震災を引き起こしかねなかった（それはまさに危機一髪だった）女川原発の立地する女川を通り抜ける時も、墓地の上に電車が乗っているというまさにシュールレアリズム的な「地獄図」を描き出しても、そこには「ゲンパツ」の「ゲ」の字も出てこないのだ。不思議なことに、三・一一の被災地に真っ先に乗り込んでいったといっていい荻野アンナの報告書は、フクシマも、「原発震災」も、奇妙に素通りしているのである。

もちろん、それは単なる素通りや無視であるはずがない。なぜなら、荻野アンナは、二〇〇四年に『アンナのエネルギー案内』（椎出版）という本を出し、そこでわざわざフランスまで行き、グラブリーヌ原子力発電所を見物し、その安全性をPRするという役割を買って出ているからだ（電事連の主宰によるフィンランド、スウェーデン、ドイツ、英仏の二十日間の視察旅行だった）。また、日本国内では柏崎刈羽原発、六ヶ所村の原子燃料サイクル施設、原子力発電技術機構・多度津工学試験所、東通原発など、有数の原子力施設を見学、見物し、その紹介・案内の文章を書いている（他に、水力・火力発電所なども廻っている）。柏崎刈羽原発の項では、こんなことを書いている。

そもそも放射性物質とは何なのか。

プロは分かやすく答えてくれた。物質も人間と同じ。すぐ安定するヤツと、いつまで経っても不安定なヤツがいる。いわば、ずーっと青春してるのが放射性物質。あり余る電子や中性子を放出し終わると落ちつく。この物質、実は自然界では当たり前の顔をして存在している。凝縮して青春の大爆発演じさせたのは人間、という訳。

一千年も、一万年も、一億年も「青春」しているのが、ラジウムやプルトニウムやストロンチウムということである。文学者は自ら発明した比喩の巧みさを誇るものだが、この「青春」の放射能という比喩はいただけない。「青春」の大爆発が原爆であり、それを小出しに小爆発されるのが、原発なのだ。こうした能天気な「案内人」に、したり顔に原発やエネルギー政策についてのおしゃべり（駄弁）を、大学の講壇の上からしてもらいたくない。そう考えるのは、決して私だけではないだろう。

核燃料サイクルについての彼女の紹介は、次のようなものだ。

ＰＲセンターでは美女の解説付きで、各工場の模型を見学できる。「再処理」は、早い話が、燃料の棒をちぎって溶かした硝酸液の中から、まだ使える部分とクズを分ける。「濃縮」の立役者は、洗濯機についた脱水機のようなもの。幾つもつなげた遠心分離機の中をめぐるうち、原料ウランの濃度が上がる。

彼女は、単なる廃物利用のように書いているが、その「ちぎられた燃料の棒」が、その傍にいただけで即死するような線量の放射能を出していることなど知らぬ顔で（本当に知らないのかもしれない）、リサイクルのための分別（ぶんべつ）ゴミのレベルで核燃料棒の「再処理」を説明している。これら「分別」、「洗濯機での脱水」、の過程のうちで、一瞬たりとも人間（生物）は、近傍にいることは不可能である。〝怖いもの知らず〟とは、単なる無知（と無分別？）の代名詞である。

荻野アンナは、日本中が福島第一原発の事故現場から立ち上り、撒き散らされた「放射性物質」の恐怖によって、天地鳴動の右往左往の騒ぎを演じていた三・一一以降の日本社会（東北の被災地）において、自分が数年前に書いた、この「放射性物質」の戯文（駄文？）めいた文章のことを、すっかり忘れていたのだろうか。少なくとも、福島県の道を通り、女川原発の近傍を通り抜けた時に、「青春の大爆発」としての原発震災（原発事故）をまるっきり頭から振り棄てることができたのだろうか。

いや、そんなことは考えられない。前述した通り、『大震災　欲と仁義』には、原発事故のことはもとより、「原発」という言葉そのものさえ、たった二か所にしかない。このことは、三・一一のフクシマの「原発事故」を、原発安全神話の伝道者だった彼女が、意図的に隠蔽しているものとしか考えられないのである。

荻野アンナは、本の最初にこう書いている。「これは生きるための本である。／残された者の重すぎる義務を、私も一緒に背負いたいと思う」と。また、本の最後にはこう書く。「まず個人が変わりたい。変わるための行動が、私の場合、この一冊だ」と。

しかし、フランスと日本の原発の「安全神話」のお先棒を担いだ自らの軽薄な言動（原発推進派として）を真摯に反省し、それと向き合うことを回避し、逃避した発言は、どんなに美しかろうとも、人々の胸には届かないのである。

荻野アンナは、直接的には佐高信の『原発文化人50人斬り』（二〇一一年、毎日新聞社）に〝原発おばさん〟して、原発推進派の文化人として組みいれられたことに反撥（反論）する形で、その一年近く後に、「電気小説」という作品を書いている（『すばる』二〇一二年四～五月号）。そこで彼女は、自分は原発を是とし、それの応援団を買って出たという意味では、〝原発おばさん〟だったが、同時に〝火力おばさん〟でもあり、〝水力おばさん〟〝風力おばさん〟でもあったと、奇妙な弁明を行っている。

確かに『アンナのエネルギー案内』では、火力発電所や風力発電の現場にも行っており、その意味ではエネルギー全般を応援する〝エネルギーおばさん〟なのだが、問題は火力や水力、風力の発電とまったく同じようなレベルで、原子力発電を〝応援〟したことである。つまり、原子力発電と水力、火力、風力や地熱、波力の発電とを同一視して、その応援（推進）したことについて、自分自身が批判されたことを自覚していない、あるいはそのことにあえて気が付かないふりをするというのが問題なのだ。

『原発クライシス』や『M8』などの震災や原発のパニック小説を書いた高嶋哲夫も、『震災キャラバン』（二〇一一年、集英社文庫）という、東北の震災地にいち早く訪れる登場人物たちの救援活動を描いた小説を上梓している。三・一一後の創作として刊行された「震災小説」としてはたぶん最初のこの本も、原子力研究所に勤務したことのある原発の専門家としては予想外に、原発の事故、放射能の被害については、作品のなかでは触れられていないのである。荻野アンナの『大震災　欲と仁義』ほどではないが、ここでも原発や放射能のテーマは、忌避され、隠蔽されていると思わざるをえない。

津波に遭った一家族の両親、兄弟の三人ともが無事で、神戸から現地へとはるばるとやってきた女性（娘であり妹）にはハッピーエンドが待っていた。エンターティンメント小説として書かれたとしても、これほどご都合主義ではなく、もっと悲惨で、陰惨な場面があってしかるべきではなかったのか。原子力の専門家として教養と体験を持ったはずの高嶋哲夫であるからこそ、今こそ「原発パニック小説」を書くべきではなかったのか。しかし、彼はそうした読者の願いとは裏腹な作品と意見を提出しているのみだ。

高嶋哲夫は、原発震災のほとぼりがやや冷めはじめたと見たのか、二〇一二年の『原子力文化』（原子力文化振興財団）八月号に、高レベル放射性廃棄物の地層処分に触れて、「一〇〇〇年に一度の大災害を今から考え悩む必要はないのではないか。現代に生きる我々は、せいぜい孫やひ孫の世代、一〇〇年、二〇〇年を心配すればいいのであって、あとは未来の人に託せばいい。高レベル放射性廃棄物の貯蔵に関しても同じではないか」と能天気なことをいっている。

さらに、「一〇〇年後、現在の数百倍、堅固で安全な貯蔵容器が作られているかもしれない。二〇〇年後、放射性物質の半減期を著しく早める装置や、または薬品が開発されているかもしれない。廃棄物のほとんど出ない、ビル一棟ほどの大きさの原子炉が一般的になっているかもしれない。またさらに、現在ゴミとして廃棄に苦慮している高レベル放射性廃棄物も新たな利用方法が発見されるかもしれない。いや、発見するのが科学技術の進歩というものだろう」と語っている。

日本原子力研究所（現・日本原子力開発研究機構）の研究員だったという経歴を持つ小説家とも思われない、杜撰（ずさん）で、愚かな発言である。大震災が千年目にきっちりと来るとでも思っているのか。明日が、まだ知られていなかった大震災の千年目だったらどうするのか。また、高レベルの放射性廃棄物の処理を百年後、二百年後の〝未来〟の世代に託すというのは、単なる無責任な先送りにしかすぎず、もっとも性悪な原子力施設の現状維持、原発維持の底意を持ったものにほかならない。三・一一以降、徹底的に地に落ちた〝安全神話〟や〝科学技術神話〟を臆面もなく持ち出してくることに、この作家の〝悔い改めない〟原発推進派（維持派）としての本性を見ずにはいられないのである。

7　馬よ、牛よ、海鳥たちよ

古川日出男の『馬たちよ、それでも光は無垢で』（二〇一一年、新潮社）も、東北地方の震災地に車を走らせた文学者の記録である。福島県の中通りに生まれた小説家は、自分の生まれ故郷が原発の過酷事故によって放射能汚染され、福島第一原発と第二原発を中心に、同心円状に、三キロ、十キロ、二十キロ、三十キロと住民たちの避難が行われていることを知る。作家は、その福島県浜通りの現場に行かなければと思う。「声がする。行け。お前が被曝しろ。あるいはただ、見ろ。私は福島県中通りに生まれた。私は浜通りに行かなければならない。／どうしたら苦をともにできるか」と。

もちろん、これをヒロイズムや、単なる目立ちがりや、あるいは過剰なパトリオティズム（愛郷心）と批判することも可能だろう。福島県人だけが被災の痛みを負っているわけではない。福島、あるいは「フクシマ」をあまりに強調し過ぎることは、逆に「福島」に対する風評被害を拡大化させかねない風潮に連動するかもしれない。しかし、彼は、放射能まみれの福島へ行こうとする。何のために？　被曝するために。ともに苦を担うために。もちろん、そのことに何の有用性もなければ、社会的効果も、効率もない。原発現場の収束の作業を手伝えるわけでもないし、現場の後片付けや除染の作業に助力できるわけでもない。いわば、余計な見物者であり、野次馬といわれても仕方のない立場といわなくてはならない。だが、そのことを幾度となく、自問、自戒しながら、彼はそれでもやはり少しでも「現場」近くへと行こうとするのである。

福島原発近在の避難地域では、人影はなく（宇宙服を来たような自衛隊員、警察官、消防官などの姿を遠くに眺めても）、馬や牛、犬や猫、鴉などの動物の姿を、彼らは多く見かける。避難の時に、酪農家の一部は、牛を放し飼いにして、彼らの運命を天に任せたのである。犬も猫も、座して死ぬよりも、野良となっても、自分の運命を切り開くようにと選択した飼い主も少なくなかったのである（もちろん、ペットを避難所に連れてゆくこともまったく不可能ではなかったが、それはペット自身と飼い主に多くの困苦と困難をもたらした）。

古川日出男は、馬たちのことを感動と共感と同情を込めて書いている。

> 避難馬たちだった。津波に逐われ、やられた馬もいた。屋外の馬場のみならず厩舎にも。NPO法人が運営する厩舎だった。S君が、ボランティアの人たちが世話をしているのだと聞いてきた。あとで私は思うのだが、ここに保護される馬たちはじきに県外に一時避難、あるいは不可避の移住、永住のように移されるのかもしれなかった。福島県外に。

人間さえも着の身着のままで避難しなければならなかった非常事態に、馬たちのことまで構っておられるか。これが、たぶん多くの人々の一般的な意見であり、見解だろう。そうした観点からみれば、古川日出男のこうした避難馬に対する感想は、情緒過多であり、動物好きの人間のセンチメンタルな思い入れということになるかもしれない。しかし、当然のことながら、馬や牛や犬や猫たちの生きてゆけない環境は、また人間も生きていることのできないものだ。多くの人々は、あるいは政治や行政は、動物たちを見殺し、あるいは放逐した。それはむろん、生き物として人間を大事にしないという発想とつながっている。すでに生きていない人間の遺体を、ガラクタや瓦礫やゴミの塊と同然に扱うことを意味している。そこには、生命に対する畏敬も、死に対する畏怖もない。こうした荒（すさ）んだ感情そのものが、三・一一の、そして「フクシマ」の惨状を招いた大きな要因の一つではなかっただろうか。

「ところで私は、と思うのだった。私は動物の小説を書いている。犬たち、猫たち、鳥たち、さまざまな鳥獣を主役にして。また人間たちにも動物の名前を与えた。イヌでウシ。／いや／いや、違うのか。問題は私がいま小説を書いていないということなのか。書けない」。こう、呟くように書く作者の目の前に、その「イヌでウシ」の小説のなかの主人公、狗塚牛一郎が登場する。彼は、古川日出男の長篇小説『聖家族』のなかの重要な登場人物の一人だ。

ここから、この福島県浜通りの原発被災地を廻るドキュメンタリー作品は、小説家と、その作品世界の登場人物との、奇妙な「対話」として展開されてゆく。これは小説であり、物語であるのか。あるいは、原発震災の惨状の現場を行く小説家が見た白昼夢、想像界と現実界とが入り混じった、放射能に冒された頭脳が幻視した荒唐無稽の虚構空間なのだろうか。

狗塚牛一郎は、曲亭馬琴の『南総里見八犬伝』がそうであるように、人間でありながら、動物でもあるという「名詮自性」の人物だ。彼は人間の一族であり、家族であり、親戚（甥や姪にとってのおじさん）である。それと同時に、彼は、福島の浜通りの田畑や森、無人の死の町や道路に放擲された無主の家畜たちだ。いや、それはすでに野性を取り戻し、人間たちの軛から逃れて、晴れて自由の身となった。飢え、放射能障害、他の動物たちの襲撃という野生の掟と引き換えに。

人間たちのいない光景は、何と穏やかで幸福なことか。『馬たちよ、光はそれでも無垢で』の最後のシーンは、牛舎の柵を越えて自由に出入りする母牛や仔牛について書いている。そして牛舎に入ろうとする白馬も。ヨウ素やセシウムが混じろうと、太陽の光は雑草を青々と繁らせる。牛たちや馬たちは、その青い草を腹いっぱいに食べる。それがやがて秋がきて、冬がきて、枯れてゆくまでは。「そして雑草たちを光が育てている。降る、陽光が」と、古川日出男は書く。

「そこから東に三キロ離れて海岸がある。海鳥たちが鳴いている。死にかけているものは何もない。死はたしかに存在したけれども、この瞬間には死にかけない」と書く。「ここで私のこの文章は終わり、はじまると」と最後の文章が締めくくられる。

人間たちのいない光景。植物たち、動物たちが生きている風景こそ、人間以外の生物とっての至福のユートピアなのかもしれない。それはおそらく全地球上の生物にとってそうだろう（人間に寄生する寄生虫や微生物を除いて）。

古川日出男は、三・一一以後の「世界の終わり」の光景を、ともあれ一つは提示した。それは、人間のいない光景、動物や植物たちが、核融合による太陽光のエネルギーを浴びて、活き活きとして生長し、死滅してゆく風景だ。フクシマの三キロ、十キロ、二十キロの同心円の地域がそうであるのかどうか、私は知らない。しかし、人間の立ち去ったあとの地球の光景が、そんなに悲観したものではないことは確かなようである。もちろん、馬や牛や海鳥たちにとって。私たちはこうした「世界の終わり」の光景を、厳しい絶望の果てに見出さなければならないだろう。絶望の虚妄たることは、希望のそれと相等しいという魯迅の言葉を胸に刻みながら。

8 「世界の終わり」その後の光景

映画『ナージャの村』（本橋成一監督、一九九七年）や『アレクセイの泉 百年の泉の物語』（同監督、二〇〇二年）が映し出した光景は、チェルリブイリ事故以後の、いわば「世界の終わり」のその後のウクライナの汚染地の景色である。チェルノブイリから二百キロメートルも離れているのに、そこは住民たちが避難しなければならない地域だ。しかし、村の少女ナージャの家族は、あくまでもその地に踏みとどまって、他の地域に行こうとはしない。それはただ、父親の稼ぎが悪く、その地を離れては家族の生活ができないためだ。

学校は閉鎖された。村の出入り口には番兵が立ち、黙認された村人しか行き来できない。ナージャの姉たちが町から帰ってきて、ナージャの家庭教師になっているのだ。

高度に放射能に汚染された地域の自然の美しさ！　そこにはわずかの住人（主に老人と子どもだ）と

動物（馬車馬、豚、鶏など）しかいないのだけれど、人間がいなければ、自然はこれほどまでに美しく、なごやかで、静かなたたずまいを見せるものかと感嘆したくなるような映像だ（もちろん、それは監督やカメラマンの手柄でもあるのだが）。

そこは、本当は、ウクライナ政府によって立ち入りを禁止された地帯であり、人間が住んでいけない地域、住めないはずの地域である。つまり、そこでは人間の生きるはずの「世界」は終わっている。「世界の終わり」を、まざまざと見せつけている風景のはずだ。その風景の絶対的な美しさ！　もちろん、これは「自然」と人間世界との逆説的な関わりだ。自然は、人間が関与しない、あるいは認識しないところで、その美しさを人間に認識させるのである。

野にも畑にも植物が繁茂し、実が熟れ、種がはじけ、そして枯れてゆく。森は育ち、元の田畑を藪に変え、森は浸食してゆく。動物たちは群れをなし、子どもを産み、育て、やがて年老いて死んでゆく。人間が介在しない世界は、終焉のままの光景を永遠にただ繰り広げ、繰り返すだけなのである。

篠田節子の『静かな黄昏の国』（二〇〇二年、角川書店）は、老夫婦が〝終の住みか〟として、ある介護施設に入る話である。そこには、都会では失われてしまった植物の繁る森や田園がある。老夫婦は、日常の生活のケアはもちろん、病気の治療や介護も完全なその施設に入ることを望んでそこに来た。しかし、実はその施設は、使用済み核燃料の処理施設である。つまり、そこでは放射能によって住人たちに緩慢な死が訪れるという場所なのである。

その施設に入所を希望する人々は、すべての生活、いや生存の煩いから離れることを目的としているのであり、ホスピスのように、来るべき「死」を静かに迎えるところではなく、むしろ積極的に「死」に向かって行くような場所だといえるだろう。しかし、死を迎えるのも、死へ向かうのも、本質的にどのような差異があるのだろうか。

静かな、植物たちに囲まれた森の奥のような場所に、老人たちの施設はひっそりと建っている。それは、子どもたちや、馬や牛といった家畜たちがいないことを除けば、『ナージャの村』や『アレクセイの泉』に似た世界だ。それは、ひょっとしたら、究極的な「世界の終わり」の光景ではないのだろうか。

黒川創の『いつか、この世界で起こっていたこと』（二〇一二年五月、新潮社）という創作集のなかに「チェーホフの学校」という短篇小説がある。そこに、こんな光景が描かれている。

薄い陽光がこぼれる林のなかに入り、彼ら（引用者註――ロシア人）は、柔らかな下草の茂みに目を凝らす。腰をかがめ、せかせかと左右に歩きだし、指を地面すれすれに近づけて、見つけた対象をすばやく摘みあげる。笑みを浮かべ、きのこを目の正面に持ってきて、じっくりと吟味する。満足できれば、携えている籠やバケツのなかに、きのこをぽとんと落とす。傷んでいたり、虫が付いたきのこは、容赦なく、ぽいっと投げ捨てる。

これは作家チェーホフも好きだったと云うロシアでのきのこ採りのことだが、ロシアでもベラルーシでも、ロシア人たちは秋になればきのこ狩りに近くの林に行くのだ。昔も今も。しかし、私にはこれもまた「世界の終わり」のその後の光景の一つであるように思われるのだ。そのきのこ狩りの風景は以前とまったく変わっていない。それはチェーホフの時代からそうなのだ。しかし、そうした風景を見ている私たちの「目」のほうがすでに変わっているのだ。〝いつか、この世界で起こっていたこと〟を私たちは忘れることができない。きのこたちや林や森は、まったく変わっていないのに。

川上弘美は、三・一一をきっかけとして、自分の処女作である「神様」（『神様』中央公論社）を書き換えて、「神様２０１１」（『神様２０１１』講談社）とした。隣に引っ越してきた熊といっしょに「私」が散歩に出かけるというストーリー自体はほとんど変わっていない。一部の文章を除いて、ほとんど同じような文章で綴られている。しかし、「あのこと」が起こって以来、その「世界」はまったく変わっている。道で出会う人は、防御服を着ているし、熊は放射能に強いそうだという会話も聞こえてくる。決定的に変わってしまった世界。それは恢復させることも、元に戻ることもない。「世界」の変化というより、変貌、変容そのものなのだ。日本の現代小説家たちは、そうした「世界の終わり」をいやおうなく目撃せざるをえなかったのであり、それを描くことによって、「世界の終わり」以降の世界の始まりを描き始めなければならなかったのである。

『ドラゴンヘッド』や『風の谷のナウシカ』や『ＡＫＩＲＡ』や『攻殻機動隊』などが描き出してきた「世界の終わり」の風景。それは、『渚にて』でも、『世界大戦争』でも、『みえない雲』でも、『ストーカー』でも、荒廃した都市の光景であり、廃墟と瓦礫、崩れ落ちる摩天楼であり、鉄骨とコンクリートの瓦礫に埋まった崩壊したビル群の町であり、人間が住むことのできない鬱蒼としたジャングルであり、原始林や「原子野」が広がり、人影も生きものの気配すらなく、燃え上がり、燃え尽き、そして燃え落ちた町の空漠の空間にほかならなかった。

しかし、私たちが本当に見た「世界の終わり」のその後の風景というものは違う。森には実のなる木が並び、その根本にはいっぱいのきのこが生え、草の実や花が手つかずの自然のままに成長している。麦畑、じゃがいも畑、とうもろこし畑が地平線に至るまで地上いっぱいに広がり、青い空には白い雲がゆったりと動いている。泉には滾々（こんこん）と清水が湧き、そこから流れる小さな川は、細流を集めて、やがて野原を走る川となる。牧場には牛や馬や羊が牧草を食んでいる。人影は少なく、動物たちは、自由気ままに牧場や野原のあちこちに集まって、やがて眠りに就く時間を待っている。時が停まった世界。人間たちのお節介な手が、そこには入って来ない、人工的なものをすべて排除した世界。いや、排除したのではなく、人間たちが自らそこを進入禁止の〈ゾーン〉としたのだ。

五年後、十年後の福島県の双葉町や大熊町、そして飯舘村や南相馬市の一部は、そうした「世界の終わり」の風景をそこに現出させるだろう。その時、私たちは、そうした福島県の一部だけが「世界の終わり」なのではなく、私たちが住んでいるこの場所、この町や村、都会こそが、すでに「世界の終わり」を実現させた場所であることに気がつくのだ。スリーマイル、チェルノブイリ、フクシマ、そして、私がいる、今、ここが。

Ⅱ　あやまちは何度もくりかえすからあやまちなのだ

1　つなみが来た！

①　がたがたがたと大きくゆり（揺れ）だしたじしんがやみますと、おかあさんが私に、「こんなじしんがゆると、火事が出来るもんだ」といって話して居りますと、まもなく、「つなみだ、つなみだ」と、さけぶこえがきこえてきました。私は、きくさんと一しょにはせておやまへ上りますと、すぐ波が山の下まで来ました。だんだんさむい夜があけてあたりがあかるくなりましたので、下を見下しますと死んだ人が居りました。私は、私のおとうさんもたしかに死んだだろうと思いますと、なみだが出てまいりました。下へおりていって死んだ人を見ましたら、私のお友だちでした。私は、その死んだ人に手をかけて、「みきさん」と声をかけますと、口から、あわが出てきました。

② 三月十一日の、つなみでおうちはながされてしまいました。わたしは学校のかえり　みちとても大きなじしんがありました。こわくてしゃがんでいると、ちかくの人がきて、「学校にもどりなさい」といわれて学校にもどりました。それからすこしたってつなみがきました。わたしは二かいのしゅうかいしつにいてつなみをみました。おじいさんと、5さいの男の子がながされました。こわくてないてばかりでした。でも六ねんせいのお兄ちゃんや先生が「だいじょうぶなかないで」と言ってはげましてくれましたがパパもママもまだこなかったのです。

つぎの日のおひるごろ、じえいたいの人がきて車でKウェーブまでつれていってくれました。パパがむかえにきたのは三日目でした。ママとおじいちゃんとおばあちゃんといもうとは、どうなったかとてもしんぱいでした。ママたちとあえたのは、四かめのよるでした。そのときにたべたおにぎりはとてもおいしかったです。二カ月たってもまだひなんじょにいますがじしんがくるとこわいです。うみを見るとつなみがきているみたいでこわくてないてしまいました。おうちにあったわたしのたからばこは、どこにいったかな？　はやくかぞくぜんいんでわたしのおうちにすみたいです。

①は、一九三三（昭和八）年、大津波が襲った時の田老尋常小学校三年生の大沢ウメの作文であり（吉村昭『三陸海岸大津波』文春文庫）、②は、二〇一一年の東日本大震災の際の南気仙沼小学校一年生の佐藤礼奈の書いた作文である（森健編『つなみ』文藝春秋）。その間、約七十八年の時代差があり、ウメさんと礼奈ちゃんとは、祖母と孫、いや曾祖母と曾孫ほどの年齢のひらきがある。

しかし、地震と津波の被害は、こうした七十八年間の時代差をいっきょに飛び越える。尋三のウメさんと、小一の礼奈ちゃんとで、津波の死者や行方不明者を目撃するという体験にそれほど違いがあるわけではない。恐怖と悲哀。茫然自失の経験と、寒さや飢えや不安は、八十歳近い年齢差のある二人にとって、ほぼ同様の体験として記録されているのである。

吉村昭の『三陸海岸大津波』には、岩手県、宮城県、福島県の三陸海岸に繰り返し押し寄せてきた大津波を、近代以降、次のように記録している。

明治三陸沖津波　明治二十九年（１８９６）　死者・行方不明者２６、３６０名（流失家屋９、８７９戸）
昭和三陸沖津波　昭和八年（１９３３）　２、９９５名（４、８８５戸）
チリ地震津波　昭和三十五年（１９６０）　１０５名（１、４７４戸）
東日本大震災（津波）　平成二十三年（２０１１）　死者１５、４６２名
行方不明者７、６５０名
計　２、３１１２名

一八九六年、すなわち明治二九年の大津波から三十七年を経て、一九三三年、昭和八年の大津波が襲来、さらにそれから二十七年後に、地球の裏側で起きた、いわゆるチリ地震によって大津波が襲来した。それから四十九年後の二〇一一年、日本では過去最大のマグニチュード九・〇〇の大地震によって大津波が

三陸海岸を襲い、百十五年前の明治三陸沖地震による津波とほぼ同じレベルの被害者数となった。ほぼ一世紀の間に、大津波の襲来は四回、これはもはや未曾有とか想定外とはいってならない、周期的に襲来する天変地異にほかならない。

昭和三陸津波の体験者である早野幸太郎（取材当時、七十八歳）は、吉村昭の取材に対して、こう語っている。「津波は、時世が変わってもなくならない、必ず今後も襲ってくる。しかし、今の人たちはいろいろな方法で十分警戒しているから、死ぬ人はめったにないと思う」と。だが、これは希望的観測だった。地震や津波の予知、防災計画の徹底と、すばやい警戒体制と避難訓練、そして何よりも、防潮堤や防波堤の建設、防水や排水の施設や設備の拡充は、少なくとも住民の生命も守るためには万全の対策や方法を、百年にわたって講じてきていたはずなのである。しかし、そうした努力も虚しく、大津波はそんな人間の営みを嘲笑うかのように、悪夢を百年目に再来させたのである。

次のは、やはり『三陸海岸大津波』に記録されている、過去の三陸海岸津波の記録である。古代から近代、現代まで、この地域には頻繁といっていいほど津波が押し寄せてきたことが歴史書、古文書などによって明らかになっている。短ければ数年おきに、十年、二十年ごとに大津波が繰り返し襲ったと考えられる。もちろん、記録から逸失されている津波もあったことも、容易に推測できるのである（特に、古代、中世においては）。

貞観十一（８６９）年　天正十三（１５８５）年　慶長十六（１６１１）年十月、十一月　元和二（1616）年　慶安四（1651）年　延宝四（1676）年　延宝五（1677）年　貞享四（1687）年　元禄二（1689）年　元禄九（1696）年　享保年間（1716～1736）宝暦元（1751）年　天明年間（1781～1789）天保六（1835）年　安政三（1856）年　明治元（1868）年　明治二十七（1894）年　昭和八（1933）年　昭和三十五（1960）年　平成二十三（2011）年

これだけ津波が反復して三陸海岸を襲っているのに、四、五〇年の周期で死者や流失家屋が出て、百年に一回も大津波で多数の犠牲者が出ているという〝繰り返し〟が繰り返されているのはどうしてか。科学的知見や社会政策の発展は、少なくとも「死ぬ人はめったにない」ということにならなければウソではないか。子どもたちが目の当たりに死んでゆく人を見るという恐怖と不安と悲惨な体験は、決して繰り返してはならないはずのものだったのではないか。

災害は忘れていないうちにまたやってくる。しかし、その対策、対応はすぐに忘れられて、同じような被害（被災）が何度も何度も繰り返されるのである。そういう意味で、震災、大地震や大津波による被災は「人災」にほかならない。福島第一原子力発電所の過酷事故（シビア・アクシデント）の「人災」による原発震災と同様に、である。

2　福島原発人災

福島第一原発における過酷事故も、〝反復〟された事象にほかならない。事故は頻発していた。福島第一原発の原子炉においても、その周辺機器によっても。その繰り返しの例としては、①地震による被害としては、柏崎刈羽原発での火災事故、および放射能汚染水の流失事故がある。平成十九年七月十六日に発生した新潟県中越沖地震によって、柏崎刈羽原発では七つの原子炉はすべてが停止した（停止中だった三つの原子炉を含む）。しかし、地震による「事象」（原発業界では、「事故」のことをこう言い換える）は一～七号機において六十四件あり、原子力安全委員会による決定では「3号機所内変圧器における火災の発生や6号機における放射性物質を含む水の非管理区域及び環境への一部漏えい等の影響を与えた。また、6号機原子炉建屋の天井クレーンの駆動軸継手部の破損が判明している」として、「いずれも環境への影響が懸念されるものではないものの、発電所内にある設備・機器等が大きな影響を受けたことは、今後、地震時における原子力発電所の安全性を確保する上で重要な教訓であると考えている」と結論づけている。

つまり、三号機の変圧器から火災が起こり、黒い煙と炎を出し続けながら、消火に十数時間も費やすという、不測の事態が発生したのである。また、六号機では、放射能に汚染された水が、所内だけではなく、海に流失し、海水の汚染を発生させた。この「事故」について、日本機械学会の「中越沖地震の柏崎刈羽原子力発電所への影響評価研究分科会」（主査・岡本孝司）は、その結論として「1、柏崎刈羽原子力発電所は大規模な地震に見舞われましたが、安全の根幹となる「止める」「冷やす」「閉じ込める」の3点は達成され、安全性は保たれたと判断されます」「2、一部、極微量の放射性物質が環境に放出されましたが、その量は無視できるほど小さく環境への影響は全く無いと考えられます」とまとめた。

福島第一原発事故において、東電の事故調査報告書は、地震による原発内の設備、機器に関する「事象」は見られず、ひとえに「想定外の大津波」が原因であると結論づけた。柏崎刈羽原発の事故についても「いずれも環境への影響が懸念されるものではない」としながらも、「発電所内にある設備・機器等が大きな影響を受けたこと」を認めている当時の原子力安全委員会の結論と較べても、現実に過酷事故を起こした福島第一原発について、真摯なる反省も自省も見られず、強弁と取られてもしかたのない報告を行ったのは、東電関係者の自己保身、責任逃れ以外の何ものでもなかったのである。

反復のその②は、一九九九年九月のＪＣＯ事故の際の対応についてである。死者二人を出した、この臨界による放射能の漏洩事故に関して、読売新聞の記者がまとめた『青い閃光――東海村臨界事故』（一九九九年、中央公論社）というノンフィクションがあるが、当事者としてのＪＣＯはもちろん、原子力安全委員会、原子力委員会、原子力安全基盤機構、経済産業省、文部科学省、そして政府・政党・学界のいたるところにおいて、機能不全や伝達不能、判断と責任の回避、対応と対策の漫然とした遅延、茫然自失による当為の放棄、忘失、誤謬の実例は数限りない。

こうした現象は福島第一原発においても、その規模を何十倍にして〝反復〟された。ＪＣＯ事故では、地元の東海町の町長は、中央政府や県庁、関係省庁からの何の指示も命令もなく、個人的な決断によって住民を避難させた。今回の福島原発震災では、避難区域を小出しに拡大し、避難に関する具体的な対応・対策も指示せず（できず）、いたずらに住民・避難民を被曝させたのは、〝未必の故意〟といってもいい、犯罪的な〝反復〟にほかならなかった。臨界の発生箇所からの放射能漏出について、建物の近傍に土嚢を積んで対処しようとしたＪＣＯ事故の際の対応に対して、放射能を帯びた水に対して紙おむつや新聞紙で吸収させようとした今回の措置は、それを笑うことは決してできないのである。

その③として、そもそも福島第一原発について、事故、事象が頻発していたことである。また、そうした事故に対しての隠蔽や欺瞞、放置や瞞着も構造化していた。福島第一原発が数々のトラブル、事故を起こしており、それを監督官庁や県庁に報告しないどころか、もみ消しに躍起となり、内部からの告発に対して、その犯人捜しに血道をあげていたという実態がある。原子力安全・保安院は、その内部告発者の存在をわざわざ東電に知らせ、事故やトラブルの防止ではなく、そうした内部からの〝裏切り者〟としての告発者を見つけ出すということに精力を費やしたのである。

さらに、もっと大きな〝反復〟であり、〝繰り返し〟であるのは、スリーマイル、チェルノブイリ、フクシマと続く原発の巨大事故の再現であり、また、ヒロシマ、ナガサキ、ビキニ、フクシマという〝あやまち〟の系譜の〝繰り返し〟ということだ。広島の平和公園の原爆慰霊塔の碑には、「やすらかにおねむりください、あやまちはくりかえしませぬから」と彫られていることは有名である。原爆投下の責任（犯罪者）者を名指ししないこの碑面の言葉に対してはこれまで左右両翼からの批判があったが、今回のフクシマの原発震災によって、〝みたびくりかえすまじ〟と誓ったはずの原子力による人間への暴力を、繰り返し実現させてしまったことの自覚の乏しさだ。広島へのウラン爆弾、長崎へのプルトニウム爆弾、そして福島第一原発の原子炉からの放射能流出（空気、地面、海の汚染）。これらは同じ核エネルギーの人為的な取り出しに関わる人体や環境への巨大な暴力、障害であり、原爆と原発は違うといった言説では覆い切れない「あやまち」の三重唱である。

3　「あやまち」は繰り返される

「あやまち」は繰り返すことによって本当のあやまちとなる。あるいは、繰り返されるあやまちこそ、「あやまち」の名にふさわしいものだ。震災も災害も繰り返されることで、本当の震災となり、災害となる。反復されることのない災害はありえず、その災害への対応ということで、人々は「あやまち」を繰り返す。それは、いつも既視感をもって災害が語られる原因であり、理由である。明治の大津波も、昭和の大津波も、そして平成年間の東日本大震災の被害も、その被災者である子どもの目から見て、何ほどの違いもないことを、私たちはその作文によって見てきた。五十年が経とうと、百年が経とうと、大自然の圧倒的な力の前では人間は無力だ。そこで人々は言葉を失い、失語する。目前の、あるいはテレビ画像のなかの情景はあまりにも圧倒的過ぎて、人々は無言になる。言葉を発することができるのは、本来、言葉においても、社会的な環境においても無力だった子どもたちだけだ。彼らは、自分たちが、そして自分たちの言葉が最初から無力であることを知っているからこそ、「わたしはこわい」ということが言えるのだ。「わたしは泣きました」と書くことができるのである。

三・一一の大津波と、福島原発の爆発事故は、テレビ映像を通じて全世界に発信された。燃え上がる家を巻き込みながら、黒い大津波が不気味な生き物のように陸上に這い上がり、家や田畑、電信柱や自動車や人や家畜やらのすべてものを飲み込んで蠢動する。それはちょうど十年前のテレビの画面で見た二つの高層ビルを、旅客機が串刺しするかのように突っ込んでゆく映像と同じように、固唾を飲んでその光景を見入っていた時と同じような体験だったといえる。三・一一と九・一一。それは、ビジュアルなもの、映像が私たちから言葉を奪い、沈黙させたということで、同質の体験だったのである。

阪神淡路大震災の時に、上空のヘリコプターからの中継で、温泉場のようにあちこちから煙が立ち上っているといって顰蹙を買ったアナウンサーがいた。その煙の下には、今しも炎で焼かれようとしている人がいるかもしれないのに、不謹慎な、ということらしい。しかし、咄嗟にそのアナウンサーが温泉の源泉としての地獄谷のような光景を見てしまったとしても、それは別段咎められるべきことではないはずだ。傍観者として見ているだけのテレビの前の視聴者の、なんとももどかしい苛立ちが、そのアナウンサーに八つ当たり的に発揮されたにしか過ぎない。それは、本来対応の遅れた当時の村山富市政権、自衛隊の出動の要請をためらい、救助できたかもしれない生命を、漫然とした不作為によって失わせてしまった政治家や官僚や公務員たちに向けられてしかるべきものだった。しかし、その傍観者たち、圧倒的な映像の前で無力感と失語感に苛まれていた人たちは、「温泉のような」という単なる比喩に攻撃の矛先を向けたのである。

これは福島第一原発震災においても、東電（原発）のコマーシャルに出ていたという理由で、〝原発文化人〝たちを断罪した佐高信の『原発文化人50人斬り』などで繰り返された愚行と同様である。もちろん、原発推進のプロパガンダを、無知と欲との二人連れで買って出た（似非）文化人（たとえば、吉村作治やビートたけし、田原総一朗や神津カンナのような）は批判されなければならないが、といって彼らが原発を作ったわけでも、その事故原因となる杜撰さと誤謬と隠蔽の責任を負うべき立場にいたわけでもない。あくまでもそれは、間接的な共犯者であって、本当に〝斬られる〟べき人物は、東電や電事連、経団連などの産業界、経済界の実業家、自民党と民主党の政治家、経産省、文科省のOBも含めた高級官僚、大学や団体の研究者や技術者、そして最後にテレビ局、新聞社、出版社などのマスコミがあり、〝原発文化人〟など、それらのマスコミの掌の上で踊っている電波芸人、活字芸人にしか過ぎないのである（といって、私は彼らを糾弾すること自体を否定しているわけではない――佐高信はなぜ日本の電力界に原発を導入することを結果的に容認し、福島の地に原発を立地させた木川田一隆のような電力ボスを斬らないのか）。

つまり、それはまるで、昭和天皇の戦争犯罪（責任）を免罪（免責）して、B、C級戦犯を断罪して、そのうちの朝鮮人、台湾人戦犯に死刑執行した事例と似ている（ただし、A、B、C級はその罪の度合いを示したものではない）。本来、責任を取るべき人間がのうのうと政治の世界や経済界のバリアーによって守られている現実社会において、〝原発文化人〟のみを断罪することは、不正義であり、不公正であることは論を俟たないからだ。「二十年以上、人が住めない地域ができる」「死の町だ」という、当然ともいえる発言を袋叩きにする風潮は、ファシズムが、その悪業を自らの敵に転嫁させ、逆キャンペーンを張るといったこととときわめて近似的なプロパガンダの方法なのである。

マスコミやマスメディアが健忘症にかかっている、あるいはそのフリをしていることのもう一つの問題は、これが国内的な問題にとどまるのではなく、世界的な、グローバルな広がりを持っているということだ。大津波による瓦礫が、太平洋を横断して北米大陸の東海岸にまでたどりついていることや、海洋を汚染していることは伝えられているものの、思い出のサッカーボールやラケットが拾得した米国人から元の持ち主の手に戻ったという美談ほどにも報道されているわけではない。日本の代替エネルギーがどうなろうとも、近隣諸国や外国にとって、海水に夥しく放出された放射能の問題は、日本の責任において除去してもらわなければならない問題であり、ましてやこれ以上の放出、漏出が許されるはずがない。グローバルな地球環境からすれば、日本の危なっかしい原発など再稼働などもってのほかのことなのだ（高速増殖炉実験や、核燃料サイクル、ベトナムやトルコへの原発の海外輸出なども当然中止しなければならない）。

こうしたお角違いともいえる〝やつ当たり〟的な対応は福島第一原発の事故の際に、あちこちで頻繁に見られたものだった。たとえば、政府の参与だった松本健一は、福島では二十年以上住めない地域ができるという菅（元）総理の言葉を、〝あやまって〟伝えたとして、その発言を自分のものとして修正し、政府の参与を辞任せざるをえなかった。鉢呂吉雄経産大臣は、原発事故の被災地は「死の町」だという当然の比喩を使ったことによってその職を棒に振った（別にこの〝綾小路きみまろ〟に似た政治家を擁護するつもりはないが）。そのくせ、原発事故は「神のしわざ」といった元財務大臣の与謝野馨（彼は日本原子力発電の元社員だった）はその言葉を咎められず、震災を「天罰」といった前東京都知事の石原慎太郎は、前言を撤回することで糾弾や糾問から身をそらした。

責任のある者がその責任を取らず、大した責任のない者が槍玉にあげられる。それどころか、責任があり、いわば犯罪者でもあるというべき存在が、見逃されているということがある。こうした例のもっとも重大であると思われるのは、福島第一原子力発電所の所長で、現場で事故収束の作業に当った吉田昌郎に対する評価や賞讃、あるいは同情についてだろう。

「フクシマ・フィフティ」などというニックネームをつけられ、決死の覚悟で事故の収束に当った福島第一原発の作業員を英雄視する向きがあった。彼らが、そのまま いれば死ぬかもしれないという、きわめて厳しい環境のなかで、必死に事故の収束の対策に当ったことは事実だろう。また、その先頭に立った吉田所長が、部下たちや菅総理の信頼を受け、東電幹部の無責任な現場撤収（放棄、逃避）の発言にも耳を貸さず、ひたすら事故の処理に当ったことは、彼の職責上、当然のことであったにしろ、称揚され、賞讃されるべきことかもしれない。ただし、彼は事故を起こした福島第一原発の最高責任者の「所長」であり、その前には東電本店の原子力設備管理部長だったことを忘れてはならない。

政府の事故調査・検証委員会の委員の一人である吉岡斉は、『脱原子力国家への道』（二〇一二年、岩波書店）で「津波対策に関しては、政府においても東京電力においても、地震対策と比べて大幅に手薄だったことと、東京電力の津波に関する想定がきわめて甘かったということが指摘されている。２００２年および２００８年に津波リスクを再検討するチャンスがあったが、社内での検討の結果として、現行の対策を見直す必要はないとの結論が出されたのである」と書いている。この「2008年の決定」は、「武藤栄原子力立地本部副本部長（当時）と、吉田昌郎原子力設備管理部長（当時）が中心に行ったことが明らかになっている」としている。自らの失火によって自分の家を焼いた本人が、いくら消火活動に尽力したとしても、それは称揚にも賞讃にも値しないことは自明だろう。防潮壁を建設することや、電源を高台に移設するといった、巨大企業の東電としては歯牙にもかからないような金額の予算をケチり、結果的には莫大な損失を東電という企業のみならず、日本全国、いや、世界全体に与えた罪は、古臭いいい方をすれば万死に価するものだろう。

津波による原発震災は、二〇〇四年一二月のインドネシアのスマトラ沖大地震の時にすでに地球規模において経験済みのことだった。インド洋全体に大津波を引き起こしたこの地震は、世界最大級のもので、約六〇万人が犠牲者になったといわれる。その数だけからしても、東日本大震災を上回るものだが、この大地震を他山の石として、日本が震災対策、津波対策の教訓とした形跡はない。むしろ、遅れた国々、地域の震災、防災対策の遅れとして侮（あなど）り、日本の地震対策・防災対応の優位性や安全性を誇るかのような言説に終始したのである。

このスマトラ沖地震の引き起こしたインド洋の津波によって、インドのマドラスの原子力発電所の一基が、津波による浸水によって発電機がストップした。津波の高さが発電機の位置より上回ったのだ。さいわい、もう一基の発電機が稼働してことなきを得たのだが、津波の冠水による発電機による電源喪失という事象は、この例を見ても〝想定外〟などでは決してありえなかったのだ。

こうした事態を踏まえて、原子力安全・保安院は、東電にも津波対策の必要性を通達したが、東電では日本では起こり得ないこととして、何の対応も講じなかったのである。その対応の責任者が、上記の通り、「武藤栄原子力立地本部副本部長（当時）」と「吉田昌郎原子力設備管理部長（当時）」の二人だった。十分な高さの防潮堤を築くとか、発電機を据えた建物を防水にするとか、もっと簡単な方法として、発電機を高台に移すといった方法――大企業の東電にとってそれらの工事費、費用は何ほどのものではなかったはずだ――事故の対応に使われなければならなかった莫大な費用に較べれば（しかもそれらのコストは電気料金に転嫁できる）。

すなわち、福島第一原発は、その当事者たちの不作為によって爆発、崩壊したといっても過言ではないのである（門田隆将は『死の淵を見た男　吉田昌郎と福島第一原発の五〇〇日』（二〇一二年・PHP）で吉田昌郎の原発事故に際しての〝活躍〟を賞揚しているが、二〇〇四年の津波リスクを未然に解消するチャンスを吉田自身が潰したことに触れていない。――こうしたチャンスがあったことは「おわりに」で指摘している――これは吉田にとっても不本意な不誠実な書き方であろう）。

4　科学者・医学者の「あやまち」

大地震も、大津波も、原発事故も、いってしまえば退屈な〝反復〟にほかならなかった。三・一一を「文明史的転換」と受け取る受け止め方があるが（たとえば、『神奈川大評論』七〇号の特集題）、これは限定的に使うべき言葉だろう。先述したように、原発企業に勤め、原子力発電を政治家として推進してきた与謝野馨は、原発事故について「神のみぞ知る」といって大方の顰蹙を買った。しかし、これは日本の原子力についての言説史を見れば必ずしも奇矯な言ではない。長崎でプルトニウム原子爆弾を浴びた永井隆は、自らの頭上に落とされた原爆を「神の摂理」と語った。さらに、「原子力」というエネルギーの人間の手による解放は、神の恩寵に等しいものとして、その誕生を寿いだのである。放射線医学の研究者であり、その放射線障害によって白血病になっていた彼は、「原子力」の未来の可能性を一時も疑わなかったようだ。

原子爆弾は人類に、全く新しい資源の在ることを教えてくれた。ここに大きな情義がある。石油は乏しくなる。石炭の底は見えてきた。動力源がなくなると共に人類の文明も終るのではあるまいか？人類生存の前途には絶望の黒岩が立ちふさがっていた。——その岩を原子爆弾は吹き飛ばしたのだった。原子爆弾の吹き飛ばした穴を通して、新しい世界の光が射し出すのを人類は見た。この穴から入って探せば、新しい動力はいくらでも取り出せるぞ、新しい物資はいくらで引き出せるぞ、という明るい希望が人類の胸に湧いた。

永井隆は、このように「原子爆弾」の希望としての可能性を息子の誠一に熱っぽく語ったのである（『この子残して』一九四八年、講談社）。原爆によって、自分の妻の死体が見つからないほど粉々に吹き飛ばされ、自身も甚大な被害を被った原爆をこれほど肯定的に語ることのできる神経、考え方に私は不思議な感じを持たざるをえない。原爆投下を〝神の摂理〟といったことには、キリスト教的な原罪意識が含まれていると考えることができるが、人類のエネルギー問題の解決のために、原子爆弾をこれほど手離しで誉めたたえることとは、よほどの科学者的狂信がなければ無理なのではないかと思わざるをえないのだ。

いわば、永井隆は、原爆の悲惨な面、原子力（核エネルギー）の危険な面を一切捨消して、いまだ明らかとなっていない「希望」としてのエネルギーとしての原子力、原爆を見ているのだ。そこでは、原爆の被害者となった個人としての人間は忘れられ、ただ人類の無限の文明の発展を寿ぐサイエンティスト（放射線医学者）、そしてキリスト者としての永井隆がいるのである。

この永井隆に私淑して、長崎大の医学部の教授になったのが、山下俊一だった。彼は『原子力文化』（二〇一二年五月号）のインタビュー記事のなかで、尊敬すべき先輩として永井隆の名前を上げ、放射線医学の道に進んだことを明らかにしている（彼の直接の師は元長崎医大教授で、やはり〝御用学者〟の汚名を浴びた、元放射線医学総合研究所長だった長瀧重信である）。そうした放射線医学の専門家として、彼は広島・長崎での原爆被爆者、またチェルノブイリの被曝患者たちを見てきたという触れ込みで、こんなことをいっている（「対談〈レベル7〉福島原発の病巣」『朝日ジャーナル・原発と人間』二〇一一年六月）。

世界の国際放射線防護基準は、広島・長崎の被爆者12万人を約60年間、長期に追跡して出されたものです。被曝線量がきちんと同定されて死亡の原因が全部わかっている。これだけの母集団から確率論として導き出されたのが、発がんのリスクが高まるのは１００ミリシーベルトか２００ミリシーベルトという結論なんです。

「広島・長崎の被爆者12万人を約60年間、長期に追跡して出されたもの」とか、「被曝線量がきちんと同定されて死亡の原因が全部わかっている」というのは、途方もないデタラメとしか思えない。アメリカの作ったＡＢＣＣ（Atomic Bomb Casualty Commission＝原爆傷害調査委員会）が、広島や長崎の被爆者のデーターだけを取り、一切の治療行為を行わなかったことはつとに知られたことであるし、その欺瞞性に後ろめたさを感じたアメリカの国務省がＡＢＣＣに資金を出させて広島大、長崎大の医学部を援助させ、病院業務に当たらせたことが有馬哲夫の『原発と原爆「日・米・英」核武装の暗闘』（二〇一二年八月、文春新書）に書かれている。そのＡＢＣＣの業務が放射研に引き継がれ、放射研や長崎大医学部のように国策や政策に都合のいい研究者を輩出してきたのである。がそれをもって六十年間追跡調査を行ったなど、デタラメも休み休みいってほしいものだ。「死亡の原因」など、自殺や交通事故死以外に、原爆症として明確に原因とされたことなどありえないのである。さらに、山下俊一はいう。

教科書的には広島・長崎のデーターから１００ミリシーベルトを基準にしています。これ以下であれば疫学的に証明できないということで、そこはある意味でグレーゾーンなんです。ですから安全の線引きが重要になってきます。で、平常時の一般の人の年間の被曝線量は1ミリシーベルトなので、それを公衆の1年間の被曝限度としてるんです。しかし、非常事態では20ミリシーベルトの線量としたわけです。これはいまは障害は起こらないけれども、将来はわからないと考えたからです。

医学者でも科学者でもなくても、この山下俊一の発言の「おかしさ」は誰の目にも明らかだろう。「非常事態」には発がんのリスクがあるかもしれないけれど、20ミリシーベルトぐらいは我慢しなさいといってるわけだが、原発労働者でもない一般人や、ましてや福島の子どもたちが、「非常事態」時の限度量をなぜ、いつまでも甘受しなければならないのか。「将来的にわからない」という危険性があるならば、そうした放射能の高い線量の場所からすみやかに退避（疎開）すべきだと指導するのが、医学者、科学者の務めだろう。ましてや、前提としての「100ミリシーベルト」という基準が、デタラメのデータによって導き出された、信頼性の乏しいものであるとすれば、何をか言わんや、である。

データー（それもデタラメ）や確率論の数字を見るだけで、放射能に被曝した個人としての人間を見ていないということにおいて、山下俊一は、まさに永井隆や長瀧重信を〝模倣〟し、〝反復〟している。「ニコニコ笑っていれば、放射能障害にはならない」とか「放射能を心配するストレスのほうが、病気になりやすい」といったトンデモ本的な〝山下語録〟は、原爆投下を神の摂理といった〝永井語録〟とほとんど同じような自分の科学的、医学的な見識についての盲目的な自信に裏付けられていると考えられる。それとも、彼はそうした〝放射能なんて怖くない〟という〝風評被害〟を流すことによって、何か個人的な利得や益得を得ようとしているのだろうか（彼は福島県立大学副学長に就任し、福島県の被曝医療の元締めとなって、行政的な被曝対策を〝歪めている〟ことはつとに明らかとなっている）。

科学者、医学者たちも「あやまち」を繰り返す。あまつさえ、その「あやまち」をはるか後世において〝反復〟する。こうした〝反復〟という輪廻の輪のなかから、私たちは抜け出す方法があるだろうか。それはただ一つ、〝反復〟していることを自覚し、繰り返すことを繰り返さぬようにすることだけである。来たるべき日に福島第一原発の跡地に建設される慰霊碑の碑面には、こう刻まれなければならないだろう。

「(あなたたちは)安らかには眠ることはできないでしょう、あやまちは何度もくりかえすからあやまちとなるのですから」。

Ⅲ　反原発と原発推進の文学

1　故郷の原発

原子力発電所という巨大な〝異物〟を、私たちの社会は抱え込んで生きることができるだろうか。否である。それは三・一一以降の日本列島の社会を見れば明らかだ。激烈な核爆発である原子爆弾を制御できないように、穏やかな核分裂であるはずの発電用原子炉の運転を、私たちは最終的には制御できない。このことが理論的な原子核物理学と、それを応用する原子核工業の技術の大きな乖離にあるとする山本義隆の見解（『福島原発事故をめぐって――いくつか学び考えたこと』二〇一一年、みすず書房）を私は是とする。これは、文明論的な問題ではなく、科学的な、あるいは科学技術の問題なのだ。

各地の原発に隣接する原発啓蒙センターで、私は原子炉の実物大模型というのを見た（玄海原発、川内原発、浜岡原発、高浜原発、敦賀原発で）。鋼鉄製の原子炉（圧力容器）と格納容器、そして原子炉建屋という分厚いコンクリート壁に包まれた「原発」は、単なる湯沸かしとしては、常軌を逸した巨大で複雑なメカニズムとテクノロジーの化け物だった。人間は時として自分たちの手に負えない怪物を作り出してしまうのだ。

しかも、それは使用済み燃料や放射性廃棄物（いわゆる死の灰）の処理能力を持たない、致命的な欠陥のある「炉」である。そんなものは、原子炉から取り出された燃料や「死の灰」の処理ができるようになるまでは使っていけない代物なのだ。それを、目先の利益に目の眩んだ連中が、人々や社会を欺し、瞞着しながら、マフィア的なビジネスとして強引に推し進めた。これが日本の原子力発電（産業）の実相であり、実態である。

もちろん、こうした日本の原子力発電の危険性、怪物性に警鐘を鳴らし続けてきた一群の文学者たちがいた。水上勉、井上光晴、野坂昭如といった作家である。原子科学はもちろん、あまり経済学、工学的な素養や知識と一般的には縁のなさそうに見られる小説家たちが、なぜ原発という先端科学や先端テクノロジーの塊のような分野のテーマに、手を伸ばしたのだろうか。

一つには、彼らの故郷に対する執着心や、ふるさとの風土に対する愛着の魂といってよいだろう。水上勉は、終生、故郷の若狭を中心とする、裏日本と呼ばれる丹後地方、若狭や敦賀の半島の海と山にこだわり続けた。その故郷の山を切り崩し、海のそばに異形の姿をした原子力発電所が数多く作られたことは、作家にとって痛恨の極みだった。大飯、高浜、美浜、敦賀、まさに〝原発銀座〟呼ばれる原発多在地域が現出したのである。水上勉は、『故郷』（集英社文庫、二〇〇四年）という新聞連載の長篇小説で、貧しく、過疎的な地域で、長子が相続したわずかな田畑を基に生活をしていたのだが、彼らの都会並みの文化的生活への渇望が、原発誘致をもたらし、風光明媚な海域を〝原発銀座〟に変えてしまったことを嘆いたのだ。

野坂昭如にも、その出身地、新潟への思いがその作品のなかに渦巻いているといえるだろう。東京電力が大都市の電力供給のために、新潟県の不毛な砂丘地帯に建設したのが、柏崎刈羽原発である。かつては、零細規模の油田があり、それも忘れられてしまった極貧の土地。そこに目をつけたのが、東京電力であり、金権政治の権化だった田中角栄だった。田中角栄は、利用価値のない不毛の土地を買い占め、それを東京電力に転売することによって巨大な利益をえた。彼はまた、原発建設のために、辺境の村や町に大金を投入し、金まみれにして原発を誘致せざるようにするという「電源三法」の資金循環のシステムを構築した。日本各地に五十四基もの原発を作り上げた最大の貢献者の一人が田中角栄（それと政治家では中曽根康弘）だったのである。

新潟選出の衆議院議員だった田中角栄に対抗して、彼の選挙区から国会議員に立候補したこともある野坂昭如は、「乱離骨灰鬼胎草（らんりこっぱいおにばらみ）」や「山師の死」（両作とも『乱離骨灰鬼胎草』一九九四年、福武書店）などの短篇小説で、裏日本の沿岸の漁村に作られた原発の放射能によって、一つの共同体が死滅してゆく、隠々滅々たる因果物語を語ってみせたのである。その作品のなかには、悲惨さを強調するあまり、遺伝的障害を過度に強調する部分もあり、それは必ずしも医学的、生物学的には妥当ではないが、歌舞伎の外題（げだい）を倣ったような題名と相俟って、原発という存在のおどろおどろしさを十分に描き切っている。

辺境、過疎地域、限定集落と、差別視されてきた地域が原発立地とされ、それから飛散する放射能の汚染地域とされる。それは必然的に犠牲者を発生させる装置であり、システムなのだ。古い風土的因習と封建的な家族制度や人間関係。それを重なり合わせた世界を、野坂は早い時期から批判的に描き出している。小説だけでなく、エッセイのなかでも、反原発の考え方をいち早く表明していた文学者である（彼には、原子力ムラからはじき出された原子力の専門家を主人公に、使用済み燃料、放射性廃棄物の問題を取り上げた『終末処分』〈二〇一二年十月、幻戯書房〉という長篇小説もある）。

井上光晴の場合も、作家自身の魂の根拠地としての筑豊や佐賀をはじめとする炭鉱地域の風土を見逃すことはできない。本格的な〝原発小説〟の嚆矢ともいえる『西海原子力発電所』（一九八六年、文藝春秋）は、明らかに佐賀県の東松浦半島の先端にある玄海原子力発電所をモデルとしており、周囲にある石炭から石油へのエネルギー転換によって廃鉱となった炭田地方の貧しさが、原発誘致を成功させた要因の地域なのである。原発が放射能を垂れ流し、周辺の生き物たち――猫の子に放射性の障害を引き起こしている。そんな噂を言いふらす周辺住民と原発職員との反目と反撥。「プルトニウムの秋」という反原子力（原爆も原発も）芝居を公演して歩く地方劇団の座長と座員の葛藤。『地の群れ』の作者らしく、井上光晴は、原発の立地する「西海地方」の下積みの人々の葛藤と抗争、傷つけ合い、騙し合う人間たちの業のようなものを、作品世界の底に漲らせているのである。

水上勉の若狭・敦賀、野坂昭如の新潟・柏崎、井上光晴の西海・玄海。辺境であり、貧しく、不毛な土地が広がっているからこそ、そこに原子力発電所が乗り込んでくる。住民たちは、これまでに見たこともない大金に目が眩み、親子や夫婦、恋人や友達や親戚同士が、原発推進派と反対派とに分かれ、骨肉の争いを演じ始める。原発立地のまず最初の罪悪は、人々を分裂させ、共同体を崩壊させ、町や村を回復不可能なまでに壊してしまうことなのである。

2　推進派と反対派

あまり、数の多くない原発小説のなかでも、豊田有恒の「隣の風車」は、やや毛色の変わった作品である。彼が『日本の原発技術が世界を変える』(二〇一一年、祥伝社新書)の著者であり、原子力文化振興財団の理事であることからも分かる通り、文学者のなかでは珍しく原発推進派に属するからだ。小説の内容も、原子力発電へのエネルギー転換をストップしたことによって、電力が必要なだけ供給されず、きわめて生活に不自由を来たすようになった近未来の世界を描いたものであり、風力発電のための風車を各家々が思い思いに設置し、近所同士の紛争の種になるという、クリーンでソフトな自然エネルギーであるはずの風力発電の、きわめて不安定で、未完成である発電方法を皮肉っぽく描き出しているのである。

われがちに大型の風車を設置し、我田引水ならぬ〝我家引風〟に浮身をやつし、ついにはご近所同士で殺戮の闘いさえ始まってしまうハメとなる。水争いならぬ風争い、水戦争にも劣らぬほどの過酷な風戦争がほかならぬ日本の共同体のなかで勃発してしまうのだ。原子力発電を目の仇にし、海のものとも山のものともしれぬ太陽光、地熱、温泉、波力、風力といった自然なソフト・エネルギー(クリーン・エネルギー)の、なかば新興宗教的なイデオロギーによって、せっかく設置され、運転されていた原発を、反原発、脱原発の威勢のいい掛け声だけによって、それを廃棄してしまったツケが廻って来たのである。

もちろん、この小説は、日本において原発の生み出す電力がなくなれば、こんなに不自由で不便で惨めな生活になるよという、電力会社や原発業界の、なかば脅迫のような主張をそのまま物語化したものといえる。反原発、脱原発の行方は、暗闇のなかで食事をせねばならず、テレビや冷蔵庫も使えない〝原子的〟ならぬ〝原始的〟な生活を余儀なくされるというのは、原発停止即停電という、原発推進派の脅迫キャンペーンに近いものを感じさせることは否めないだろう。

だが、私はこの小説を脱原発社会のネガ（陰画）として読むのではなく、ポジ（陽画）として読むことを提唱する。あるいは反面教師として読むということを推奨したいのだ。作中に、こんな光景が描写される。

はるか海岸まで見渡すと、紫色にかすんだ半島の付け根が見える。そこに、原子力発電所が予定されていたが、住民の反対によって建設は立消えになった。ここからでも、原子炉建屋になるはずのビルが、廃墟のようになっているのが見える。その近くに、鉄骨の塔が一基だけ見えている。それは、電力の送電ロスを少なくするための、最新鋭の十万ボルト送電鉄塔になるはずのものだったが、そのまま挫折したきりである。

もう一つの風景を上げておこう。

さらに歩き続けた旅人は、海岸に出た。そこにも壁で囲われた一画があった。しかし、町なかとうって変って、そこには草が生い茂り、広大な敷地にはさびけた感じがともなっている。敷地の手前にコンクリートの大きなドーム風の建物がみえる。しかし人気はなく、どこか廃墟の感じがする建物である。さらにその裏手には、いくつもの倉庫のような窓のない建物が立ち並んでいる。

前者はもちろん「隣の風車」から、後者は、高木仁三郎の『プルトニウムの恐怖』（一九八一年、岩波新書）のなかから引いた一節である。もちろん、反原発、脱原発の私たちが待ち望んでいるのは、こうした風景である。日本中に五十四基も現存する原発が、すべてこうした廃墟となることを私は望んでいるのだが、豊田有恒とは、群馬大の付属中学校時代に同級生だったという高木仁三郎が『プルトニウムの恐怖』のなかで、近未来の風景として描いているのも、こうした原発の廃墟、廃炉となった原子力発電所の光景なのである。期せずして、原発推進派の代表的な作家の豊田有恒と、反原発派のカリスマ的存在ともいえる高木仁三郎は、〝廃墟となった原発〟という荒廃した風景を幻視することにおいて共通していたのだ。

もちろん、豊田有恒の「隣の風車」は、こうした光景が実現してはならないという意味において、原発の廃墟を描いた。反原発派の非科学的で、感情的な反対運動によって、原発建設が挫折し、運転開始が不可能となり、建物は虚しくその廃墟としての残骸を荒野に晒している。その結果を、その後始末を、いったい誰が責任をもって担うのか。

しかし、それはそのまま、原発推進派の人々に投げ返すべき設問である。人も住めないような広大な荒野と化した敷地を、いったい誰が作り上げたのか。「隣の風車」を少しだけ位相転換して読めば、こうした原発の廃墟を前に、互いに〝風車〟（＝使用済み燃料や放射性廃棄物）を相手の責任において押し付け合う、脱原発後の責任の押し付け合い、なすりつけ合いのようにも読むことができるのだ。自分（の家）だけが良ければいいというエゴイズムによる争いが、原発が廃墟となった近未来の世界でも展開されてしまう。それは、避けられない近未来なのだろうか。

いずれにしても、小説（文学）というものは不思議なものだ。原発推進派である豊田有恒の作品も、その作品の位相を少しだけずらすことによって、それは反原発や脱原発の近未来を透視するものとなり、原子力発電の問題が、誰がエネルギーを支配し、誰がその一番大きいパイを手にするかという生存競争の問題になるということを、「隣の風車」は、如実に示しているのである。

そうであれば、そうしたエネルギーの支配権や所有権について、エゴイズムを関与させない公共的な場を作り出すことが、まず何よりも必要であるという考えが提出されるべきだろう。一部の政治家や官僚が、あるいは一部の民間企業や企業家が、電力エネルギーを独裁的に、独善的に所有し、運営することの「悪」は明らかである。各自が勝手に「風車」を作って電力を作るという「隣りの風車」の事態は、絶対的に避けなければならないものとし、反面教師として描かれているのだ。私たちがこの小説から読みとるべきものは、東京電力のような独裁的な営利企業（企業エゴで動く）に、原子力発電であれ、風力発電であれ、決して任せ切りにしてはならないということなのだ。

3　放射能の恐怖

清水義範の「放射能がいっぱい」と、星新一の「おーい、でてこーい」は、コントとでもいうべき作品である。いずれも放射能という、目にも見えず、手にも触れえない厄介なものをテーマとしている。三・一一以降、日本社会では、それまでには聞いたこともなかったシーベルトとか、ベクレルとか、アルファ線、ガンマ線、ベーター線といった術語を聞き覚えずにはいられなかった。スリーマイルやチェルノブイリ、大熊町、双葉町、飯舘村などの、これまで全く無関係だと思っていた地名を頻繁に耳にしなければならなくなったのである。福島第一原発の事故さえなければ、一生無関係でいられた言葉であり、地名だったはずである。

「放射能がいっぱい」に出てくる「梅千代」という一杯飲屋のおかみは、テレビ・ドラマで映画化もされた『夢千代日記』（テレビドラマ一九八一～八四年、NHK、映画一九八五年、浦山桐郎監督）の主人公・夢千代のパロディー的人物である。広島で母親の胎内にいた時に被曝し、白血病で死ぬ運命にある美人薄命の典型のような人物だ（テレビ、映画とも吉永小百合が演じた）。目には見えない放射能が、まだ産まれてもいない胎児に影響し、悲劇の運命の主人公とする。キノコ雲も、原爆ドームも出てこない「原爆もの」のドラマとして好評だった。ある意味では、読者、視聴者などの小説やドラマの受け手は、そうした目に見える破壊された都市や廃墟、むごたらしい死体や痛ましいケロイドなどに飽きていた。ヒバクシャであっても、外見的にはそれと知られることのない夢千代のような被曝二世の時代になったともいえるのだ。目に見えるモノ（原爆被爆）よりも、目にみえないモノ（放射能による被曝）こそ、重要となってきたのである。

もう一つの新たな問題は、原発から出てくる使用済み核燃料や核廃棄物をいかに処理し、処分するかということだ。「放射能がいっぱい」のなかに「この地方に核廃棄物処理工場を作る計画があって、土地の人は反対運動をしているんですけれど」という梅千代のセリフがある。燃えたあとの核燃料や核廃棄物を処理・処分する技術も能力も、その貯蔵の場所すらも今の日本にはない。下北半島の六ヶ所村に処理工場が建設されるはずだったが、まだ操業開始には至っていないし、そのメドさえもついていないのである。そんな状況下で、原発の運転を続けているのは、信じられないことといえるのだが、見切り発車のツケは、ますます重く、大きく膨らんでゆくのである。高速増殖炉やプルサーマル計画も、技術的に困難があり、故障続きですっかり信頼を失っている。関係者が望んでいるのは、まさに星新一の「おーい、でてこーい」にあるような巨大で、無限な穴ぼこであり、そこに抛り込んでもかまわないものならば、使用済み核燃料棒や核廃棄物、放射能にまみれた衣服や器具、瓦礫や土壌など、何でもかんでも抛り込みたいのが本音だろう。それがいつか巡り巡って、元の場所に戻って来たとしても（自分が責任を取らなければならない時間・期間内でなければ）。

平石貴樹の『虹のカマクーラ』（一九八四年、集英社）は、すばる文学賞の受賞作品だが、一見すると、原発とはほとんど関係のない物語世界であるといえる。トウキョーのハンバーガー・ショップで知り合ったタイの少女と黒人青年が、カマクーラ（鎌倉）に大きなブッダと、綺麗な虹を見にゆく小旅行を行うという話で、二人の間の会話は英語であり、翻訳小説のように、それが（　）に囲まれた日本語で表記される。学生のように見える少女は、本当はストリップ・ショーで、ステージに上がってきた観客とセックスをする売春婦だった。彼女はステージの上で、見知らぬ男にレイプされるのと同時に、多くの異性の目によって視姦される存在でもある。見られることによって、肉体と精神を同時に傷つけられているのだ。

それに対し、黒人青年は「原子力発電所（アトミックプラント）で働いていたんだ」という。一週間だけの危険で高価な仕事。一時間に百ドルという高給の代わりに、彼は、目に見えない放射能によって、体の深部にまで深いダメージを負ってしまったのだ。原発ジプシーといわれる原発の下層労働者のなかには、民族的マイノリティー、黒人、外国人といった存在も少なくないのだ。

黒人青年が、鎌倉の森のなかで出会った日本人カップルに暴行し、彼らを惨殺する場面は衝撃的である。マイノリティーによる突発的な暴力という、いわばどこか通俗的なパターン化のキライはあるものの、日本人によって傷つけられた二人のマイノリティーが、マジョリティーの日本人に〝復讐〟するというストーリーは、この場合には必然的なものとも思えるのである。

原発での被曝労働という問題が、この作品にはさりげなく挿入されているのであり、それが絶対的な少数者として設定され、小説のもっとも奥のところに深く隠されているカギである。日本人は目に見えない放射能という暴力によって、黒人青年の身体の内部を壊した。タイの少女は、ただひたすら見られるだけ、犯されるだけの存在として、一個の商品としてその人間としての羞恥や尊厳性を消費される。日本の社会そのものに追い詰められた彼らは、まるで野生の鰐のように、たまたま出会った日本人に喰らいつくのである。

放射能を浴びた人間や動物は、異常化し、巨大化し、怪物化する。『ゴジラ』や『美女と液体人間』や『マタンゴ』のような日本映画、『原子怪獣現わる』や『放射能X』や『戦慄！ プルトニウム人間』や『太陽の怪物』のようなアメリカ映画を問わず、放射能の恐怖を可視化するような映像の物語は多く作られている。さらに、放射性廃棄物の問題は、奇形化した人間をある時はマイナスの英雄として（『悪魔の毒々モンスター』のように）、また人類に対する異族の敵として（『ヒルズ・ハブ・アイズ』のように）、コミック映画、ホラー映画として作られ続けているのである（これらの「原子力／核」恐怖映画については、巻末のフィルモグラフィーを参照されたい）。

目に見えないものの恐怖をいかに人々に伝えることができるか。原発文学の困難の一つは、そうした身体性や精神性が深奥から傷つけられ、破壊され、奇形化してゆくことの恐怖を、いかにリアリティーをもって描くかということである。もちろん、それは、分子レベル、原子レベルで生物の細胞を破壊し、遺伝子を傷つけてゆく身体的な破壊や変形だけではなく、精神の在り方さえも深く傷つけ、変形させてゆくのだ。

『虹のカマクーラ』の後半のスプラッター映画のような世界への変貌は唐突である。しかし、もちろん、それは人間の細胞レベル、遺伝子レベルで、すでに組み込まれている暴力的な殺人衝動であり、破壊願望だ。日本社会のマイノリティーたちに押しつけられた見えない暴力性が、一瞬に顕現する悪夢的な世界を、この小説は日本語にはならない日本語の作品として表出しようとしているのである。

（※この文章は、水声社刊『日本原発小説集』の「解説」として依頼され、執筆した。校正の途中で収録作品の作者・豊田有恒氏から〝書き換え〟を要請され、それに応じなければすでに組版を終えた作品を引き揚げるということのため、編集部と相談のうえ、やむをえず一部の文章、語句を改訂した。もとより私の本意ではないので、この本に収録するにあたっては元の原稿に戻した。星新一氏の「おーい、出てこい」については収録予定であったが、著作権者の了解が取れず（一旦は承諾したものの）、収録を断念した旨を編集部から報告された。ここではやはり元の形のままとした。なお、元の原稿では『虹のカマクーラ』の登場人物の「少女」について「フィリピンの少女」と誤記した。「タイの少女」が正しいのでここでは訂正した。）

Ⅳ　原発と日本の文学者

1　放射能・無常の風

これまで、日本の文学者たちが、原子力発電（原発）の問題と真剣に向き合ってきたとは到底いえない。アメリカによって原爆を落とされたヒロシマ、ナガサキについて、あるいは原水爆実験の問題については、「原爆文学」と称されるジャンルの存在が語られるほどに取り組んできた日本の文学者たちも、こと、同じ核分裂現象の応用であり、利用である原子力発電（所）については、ほとんど何も語ってこなかったに等しい。

「核エネルギー」を人間が恣意的に扱うことの危険性を百も承知のはずの日本人が、原発に対して、なぜ、これほど関心を示してこなかったのか。反原発、脱原発どころか、逆に、明らかに原発推進の肩を持ったと思われる文学者たちの存在も指摘されており（佐高信『原発文化人50人斬り』）、ヒロシマ、ナガサキ、そして、第五福竜丸の被曝体験を経てきた日本人（文学者）としては、看過できない問題だと思われる。

そんななかで、長老的作家ともいえる井伏鱒二が、原発のことを書いているといえば奇妙に思われるだろうか。原爆被災下の広島の状況を長篇小説の『黒い雨』（一九六六年、新潮社）や、短篇小説「かきつばた」（『中央公論』一九五一年六月号）などを書いた井伏鱒二だから、原水爆や放射能については関心を持っていたはずで、原子力の平和利用といいながら、原理的には原爆と同じ原発についても興味と関心を持っていたはずだとも考えることができるし、あるいは、飄逸味とユーモアのある私小説的な作品の書き手である井伏鱒二が、そんな政治的、社会的な問題について興味を示したとは思えないというのも、何となく本当らしく思える。

事実は、短いものながら、「原発事故のこと」と「無常の風」という二つの文章を井伏は書いていて、この二つはほとんど同一の内容といってよいが、「原発事故のこと」は、『新潮』一九八六（昭和六十一）年七月号にエッセイとして書かれ、「無常の風」は、松本直治著『原発死――一人息子を奪われた父親の手記』（一九七九年、潮出版社――厳密にはこの作品が『潮』に掲載された時の紹介文）の序文として書かれたものだ。

文章の趣意は、井伏の知人である松本直治の一人息子・勝信が北陸電力に入社し、東海や敦賀の原発のかなり危険な現場で働き、そのためにガンに全身を蝕まれて死んだことを悼んだもので、「松本君の書いた『原発死』といふ題の手記は、謂はば息子さんへの鎮魂歌である。私は松本君に頼まれて、この手記に対し『まへがき』の意味で、怖るべき原発はこの地上から取去つてしまはなくてはいけない、といふことを書いた。『放射能』と書いて『無常の風』とルビを振りたいものだと書いた」と「原発事故のこと」には書いている。

井伏鱒二は、この松本直治の『原発死』に序文を書いただけではなく、内容や構成への助言や雑誌掲載の際の出版社との橋渡しなど、かなりの程度関与していたことが、松本宛ての書簡によって明らかになっている（『原発死　増補改訂版』「上田正行　新資料・松本直治宛　井伏鱒二書簡」）。井伏がなぜこれほどまでに知人の手記の発表に尽力したかというと、井伏と松本は、戦時中に大阪の聯隊に徴用され、陸軍報道班員としてシンガポールに連れてゆかれ、そこで住民宣撫のための宣伝活動（日本語教育や新聞作り）や日本への宣伝などについていっしょに携わり、いわば〝戦友〟であったからだ。松本直治は、『大本営派遣の記者たち』（一九九三年、桂書房）などで、井伏鱒二も含めたその頃の派遣文学者の動静を描いている（海音寺潮五郎や神保光太郎、中島建造などがいた）。井伏は戦時中にそのシンガポール体験を基にした『花の町』（一九四三年、文藝春秋社）を書き、戦後にそのシンガポール時代を回想して『徴用中のこと』（一九九六年、講談社）を『海』に連載したが（一九七七〜八〇年）、この時に松本に資料の提供を求めている。松本が戦時中に書いた『新生マライの表情』（一九四三年、朝陽社）や、その頃現地で出されていた『陣中新聞』などを借りている（なお、『徴用中のこと』は、完結しないまま中断した——のち、井伏の死後に単行本として刊行された。「シンガポールのこと、書きかけて中止して失態でした。戦争のことを書くと雑音が入るので考へものです」と、井伏は松本宛てのハガキに書いている。「占領後に起こった華僑粛清事件」、すなわちシンガポールでの日本軍による華人虐殺事件の目撃証言を井伏は書き残そうとしたのだが、それが〝雑音〟によって横槍を入れられたと思われる)。

死と隣り合わせにいた(彼らは真実そう思っていた)陣中で、同じ釜の飯を喰い、遊び、苦難を共にした戦友。その戦友が故郷に生還し、ようやく一粒種の息子を得たが、その子は原発の犠牲になって死んでしまった。井伏鱒二にとっても、それが深く同情するに価することであったことは、贅言(ぜいげん)を要すまい。「今度もし俺が生きて日本へ帰つたら、是非とも男の子を持ちたいものだ。俺は新婚の女房に男の子を生ませたい」(同前書)と、松本直治は井伏鱒二に語っていたのであり、そして帰国して、ようやく儲けた「男の子」であったのだから。

2　原発と戦争

松本信勝は、一九四三(昭和十八)年生まれ、地方新聞の記者(論説委員)である父親・直治の一人息子として大切に育てられ、成長して北陸電力に勤め、東海村や敦賀の日本原子力発電所に出向し、やがて能登に開設されるという原発の技術者として、主に放射線管理の仕事に就いていた。しかし、放射線被曝によって舌ガンとなり、何度かの入退院を繰り返したあげく、三十一歳の若さで死去した。あとには老父母と、二十代の若妻と三歳の一人息子・陽介が遺された。

だが、北陸電力は、彼の死とその職務との因果関係を認めなかった。原発の安全管理は完全であり、ガンになるような放射線の被曝はありえないとして、突っぱねたのである。

松本直治は、納得しなかった。成人するまで健康だった息子が、原発に五年間勤務して発ガンしたのだ。

そこに因果関係がないはずはない。

しかもその勤務内容は、会社側（日本原子力発電株式会社―彼は北陸電力から出向していた）の記録によれば、安全管理課で放射線管理班に所属して、放射線汚染強度の測定や放射能汚染機器の手入れ時の作業員安全確保の任に当たっており、まさに高濃度の放射線に汚染された現場で体を張って働いていたのである（松本直治の『火の墓標――原発よ一人息子をかえせ』〈一九八一年、現代書林〉には勝信の勤務状況や被曝過程、入院記録を記した手記「黒いノート」が収録されている）。

公式の記録だけでも、一九六九年度は一一・一ミリシーベルト、七〇年度は五・七ミリシーベルト、七一年度は一・七ミリシーベルト、七二年度は一〇・一ミリシーベルト、四年間の合計は二九・五ミリシーベルトの放射線に被曝している（原文では単位はレムだが、一レム＝一〇ミリシーベルトとして換算した）。普通の人が一年間に被曝する許容限度が一ミリシーベルトだから、松本の被曝量が過大なものであることはいうまでもない。しかし、会社側は法定基準量の枠内であり、したがって被曝と発ガンとの〝有意〟な因果関係はないとしたのである。

広島、長崎での〝黒い雨〟に当った被曝者たちの原爆被災症の認定を極力渋り、戦後半世紀以上経っても未認定患者が残っているという後ろ向きの「原爆症」対策の政策を取っている日本国政府が、国策として続けてきた「原発推進」の方針の障害物となるような、原発での被曝者の存在を簡単に認めようはずがない。

これはもちろん、単に日本原電や北陸電力という企業の内部だけの規約規定の問題ではなく、日本という国の原子力行政の根幹に関わる問題だったのである。つまり、原発を国策として推進させる以上、原発での被曝者、「原子病」の患者の発生は、これを認めるわけにはいかなかったのだ（だから、労務災害保険の適用になることは、ラクダが針の穴を潜るように難しかった）。

井伏鱒二にとって、松本信勝の死とは、単に戦友の息子の死という同情すべきものだけでなく、国家によって戦場へとひっぱりだされ、徴用の報道班員として、死の隣りに坐らされたのと同じような、国家的な犯罪として見えていたと思われる。

戦争というものは国家が引き起こす。そんな戦争に巻き込まれた庶民たちの嘆きは、「わしらは国家のないところに生まれたかった」いうものだ。そこに働く人たちの安全を度外視し、原子力発電を推進し、維持するために進められる国策としての原発の運転。それは多くの反対運動を押し潰し、反対者を抹殺し、数多くの事故を隠蔽し、危険を放置したまま、日本で四十年間続けられ、東海原発の一号炉を皮きりに、日本で五十四基まで増加、拡大、拡張を続けてきたのである。二〇一一年三月十一日の福島第一原発の重大な事故に至るまで。

井伏鱒二の反原発の立場は、決して原子力についての科学的な知見や、社会学的な考察に基づいたものではない。それは友人の息子の死を悼むという、きわめて個人的で情緒的、人間的な感情に裏打ちされたものだ。

その文章は、原爆小説としての『黒い雨』を被爆者たちの声高な怨念や弾劾の言葉によって語らせるのではなく、淡々とした語り口で主人公の日記、あるいは被爆体験者の手記として書いたように、抑制されたトーンで、死者を悼むと同時に、戦争や原爆投下という国家犯罪と同等である原発による事故や危険性を、本質的なところから指弾し、糾弾するものとして書かれている。

原子力発電所は、その後ますます増設され、次々と日本列島を汚染の渦に巻き込んでゐると私は思つてゐる。そのことは、かつて戦争の足音が国民の上に暗く覆ひかぶさつた暗い過去の思ひに繋がるのだが、一般にはその原発の持つ恐怖が意外に知られてゐない。あたかも戦争への道が、何も知らされないうちにでき上つて行つたやうに――。

この、松本直治の『原発死』のなかの一節を、井伏鱒二は共感を込めて、自分のエッセイのなかに引用している(「原発事故のこと」は、そのほとんどが、松本の著書の引用からできている。松本書の紹介の意味で書いたものだからだろう)。

松本直治は、息子の死をきっかけに、日本における原発の建設の政治的、社会的過程や放射能の対策を調べることによって、それが日本国民の悲惨さのどん底に突き落とした戦争との類似性を持つことに気がついた。

国民の意志でも総意でもなく、密かにアメリカの原子力政策と結託して導入された日本の原発。それは核武装の底意を孕みながら、平和や安全というオブラートに包みこまれながら、原子力産業や原子力業界の権益を維持し、拡大させるためだけに遂行されてきたのである。戦争が、軍需産業や軍隊、軍国主義の体制そのものを守護し、その権益を拡張させるために展開されたように。

井伏鱒二は、直観的に原発と戦争との結び付き、原爆と原発との連続性、接続性を見ていた。「私は原爆のことを取扱つた『黒い雨』といふ小説を書くときに、広島での放射能の恐しさを調べたこともあつて、放射能については無関心といふわけではない。放射能の底知れぬ脅威は聞かされすぎるほど聞かされてゐる。その無気味な物体の放つ放射能によつて、謂はゆる被曝する原子力開発は『両刃の剣』であると思つてゐる」と、井伏鱒二は「無常の風」のなかに書いている。

井伏にとって、（『黒い雨』の登場人物の）矢須子の死と、松本信勝の死とは、基本的に異なったものではなかった。国家による犯罪としての戦争（原爆）と原発による若者の無念の死。それは、井伏鱒二にとって沖縄などの戦場や広島・長崎での死者と同じようにものとして見えていたのであり、区別などできようにもない放射能障害による死なのである。

『黒い雨』から「原発事故のこと」「無常の風」までは、たった一歩だけのことであり、井伏鱒二には原爆も原発も、天変地異をもたらす神話的な災厄の元凶にほかならなかったのである。

3　飢餓と原発

原発と関わったもう一人の長老的文学者がいる。水上勉である。福井県大飯郡本郷村（現おおい町）で宮大工の次男として生まれた彼は、十代で京都の相国寺に小僧として出され、等持寺に移り、これらの小僧の体験が、のちに『雁の寺』や『金閣炎上』を書くのに活かされることになる。水上勉は、故郷若狭の土地を舞台に、多くの小説を書いたのだが、幼少年時に離れざるをえなかった故郷は、彼にとって、常に魂の拠り所であり、その「文学のふるさと」でもあった。

若狭、丹後、越前、越後……鈍色の波の打ち寄せる日本海側の沿岸は、北陸とも裏日本とも呼ばれ、貧しい土地柄として知られているが、水上勉の生まれた若狭は、その裏日本のなかでもとりわけ貧しく、暗いイメージの強い辺境の地にほかならなかった。農耕に適した土地は狭く、丘や山が連なり、海は荒れていて、漁業の漁獲も少なかった。水上勉が小僧奉公に出されたのも、むろん生家の貧しさによるものであり、五人の子供のなかで、一人でも口を減らすことは、親にとって家族の生き残りのための、やむをえぬ手段だったのである。

水上勉の生まれ故郷、福井県の大飯町に原子力発電所ができたのは、一九七九年のことだった。この年の三月に一号炉が、十二月には二号炉が完成し、運転を開始したのである。若狭湾に突き出た大島半島の突端近くにあるこの原発は、同じく大飯町高浜にある高浜原発、そして美浜にある美浜原発、敦賀にある敦賀原発と近距離にあり、いわゆる裏日本の原発銀座を形成している。大飯原発一号から四号までの四基、高浜原発一号から四号までの四基、美浜原発一号から三号までの三基、敦賀原発一号から二号までの二基、合わせて十三基もの原子炉（さらに、高速増殖炉「もんじゅ」もある）が集中したのは、ひとえにこの地域が貧しかったからにほかならない。

東海村に原子の火が点ったという原発の最初期は別として、原発立地の用地を電力会社が取得するのは、どこでもそんなに容易なことではなかった。原発の建設計画が浮かび上がった時点で、現地には反対運動が巻き起こり、土地の買収、取得がきわめて困難となり、電力会社はその用地の確保に多大のテマヒマと金を使わざるをえなかったのである。

日本の原発は、冷却水として海水を多量に使うために海岸に立地させなければならない。土地の手当てと同時に、近海の漁業権の補償や、山林の入会(いりあい)権などの問題もクリアしなければならない。痩せた土地、貧しい漁獲の海村、山村であれば、〝札束でほっぺたをひっぱたく〟ようにして、ようやく土地を買い上げることができる。

過疎の村、辺鄙な半島の海岸が、原発立地として目を付けられる。口減らしのために十代の子供を京都のお寺にやってしまうような貧しい村。京都の五番町のような遊廓に娘を身売りさせなければならないような貧窮の家の多い村。若狭や敦賀が原発銀座となったのは、その地域の貧しさが、まず第一の条件だったといってよいのである。

水上勉の代表作に『飢餓海峡』（一九六三年、朝日新聞社）がある。犬飼多吉を主人公とするこのミステリー小説は、青函連絡船の洞爺丸が嵐に沈んだ夜から始まるのだが、その翌日、北海道の岩幌（岩内）内では大火事が起こり、町の大半を焼いてしまった。犬飼多吉は、北海道から下北半島の大湊に渡り、そこで娼婦をしていた杉戸八重と出会い、多額の現金を彼女に渡すのだった。東京でやはり娼婦として働いていた八重は、新聞で犬飼の写真を見て、かつてのお礼を述べようと、彼の住む舞鶴を訪ねてゆく。それが食品会社の社長、樽見京一郎と名乗っていた犬飼多吉にとって、前歴が明らかとなることの恐怖を抱かせる、招かれざる客の訪問であるとも知らずに。

ここで私が指摘したいのは、北海道の岩内（作中では岩幌という仮名）、下北の大湊（現むつ市）、そして若狭（舞鶴）という、この『飢餓海峡』の主要な舞台が、北海道電力の泊原発、東北電力、東京電力、日本電源の大間原発、東通原発、そして関西電力の大飯原発、敦賀原発、美浜原発というように、原発立地となっていることの暗合のようなものだ。共通するのは、海に面していることと、それぞれに極端なまでに過疎、辺鄙な寒村であることだ。まさに〝飢餓〟に直面するような貧困地帯である。

もちろん、『飢餓海峡』が書かれた時には、大間や東通原発や泊原発はおろか、日本最初の原子力発電の営業運転を行った敦賀原発でさえできあがっていなかったのだから、水上勉が、そうした原発立地を地図上でなぞったわけではない。むしろ、そうした飢餓（と貧窮）に悩む地域に、大枚の金を落とせば、原発を作る土地が手に入ると、原発推進側が、この小説からヒントを得たのではないかとさえ思われるほどだ（もちろん、そんなことは現実にはありえないだろうが）。

しかし、むろん、単なる貧しさだけが、それらの寒村、貧村に原発を誘致させたということではない。過疎の村、辺鄙な村、老人だけで若者や子供のいない衰退してゆく村落など、日本中にいくらでもあるからだ。原発立地には、それぞれの、それなりの理由と要因があると思われる。それはまさに、政界・財界・官界・学界の癒着した原子力マフィアとしての「原子力ムラ」ではなく、原発の立地する「原子力村」の、悲惨で哀れな村内事情にほかならないのである。

4　七つのゲロ

「金槌の話」という短篇小説がある。語り手の〈私〉は、若狭本郷の出身の小説家で、今、東京に住んでいるというから、作者の水上勉その人であると考えることは十分妥当性があるだろう。水上勉の私小説といってよい。母方の遠縁に当たる工藤良作は、若狭に在住しているが、山林二町歩、水田一町二反を所有している素封家の当主ということだから、決して貧しい農民ということではない。

〈私〉は、母親の一周忌ということで故郷に帰り、その法事の席で良作と隣り合わせになったので、よくしゃべり、よく飲んだのだが、彼は〈私〉に「ゲンパツ」の話をしてくれた。良作は、農閑期だけ、この「ゲンパツ」の下請会社である栗田工業という会社で日雇いの労務者をしているという。

「毎日バスではこばれていって、仕事の段取りは毎日かわるし、場所もかわる。何が専門というわけでもないけんど、炉心部では、まわりの掃除をする仕事が多いし、時には、あっちのものをこっちへもってゆけ、こっちのものをあっちへいざらせいわれて、それを仲間らとはこぶのが、まあ仕事といえる。わしらは百姓やさけ、原子炉の冷却装置や、やれ温排水やてらいうても、大きな建物にコンクリートの穴みたいなところがいっぱいあるのをみるだけで、どこがどうなっとるのかさっぱりわからん。それで、上役の技師さんらのいうとおりうごいとるだけでのう」と、良作はいうのである。

一日に九千円という日給の「ゲンパツ」での仕事は、かつて働いたどんな日雇いの仕事よりも高給だった。田植え機や稲刈り機などの機械に頼る現在の日本の農業では、機械や農薬の購入資金がなくては農業を営むことはできず、篤農家といわれたり、素封家といわれるような農家でも、農閑期に日雇いに出ることは、良作の村においても決して珍しくはないのだった。

〈私〉は、夜中に時々、良作が若狭から長距離電話をかけてきて、郷里のことを話すのを楽しみにして聞いていたのだが、ある夜、彼は酒に酔った調子で、その日の朝にマイクロバスに乗って「ゲンパツ」に行く途中、その舗装道路の真ん中に「ゲロ（反吐）」が七つあるのを見たという。七人もの誰かが、道路に七つのゲロを吐いたのだ。

「わしにも犯人の見当はつかんがのう、けんどなぜ、道路のまん中に、七つもゲロを吐いたんかのう。わしらのバスの運転手は、ちょっと速度をおとして、そいつをわしらに見せよったがのう。七つも一人が吐くとは思えんから、やっぱり、これは七人がならんでゲロを吐いたにちがいないがのう。いったい、七人が朝ま早ようにならんで、こんな道路でゲロを吐くようなことが考えられるかのう、ツトムさん」と、このように電話の向こう側で話す良作は、しくしくと泣いているようだったと〈私〉は書きとめるのである。

この〝七つのゲロ〟とは、何だろうか。朝早く、「ゲンパツ」からの仕事の帰り道に、七人の男が路上にいっせいにゲロを吐いた。これは、急性の放射性障害が、まず嘔吐や耳鳴りから始まり、下痢、頭痛、全身の倦怠感といった症状を呈することと無縁ではないだろう。つまり、七人の労務者は、その夜の作業において、かなりの濃度の放射能を浴びたということを意味しているのかもしれない。

しかし、「わしら」のような「百姓」は、「上役の技師さん」がいうとおりに動くだけで、そこが高度の放射能の汚染地帯であろうと、高濃度の場所であろうと、ただ「あっち」へ行き、「こっち」で仕事をするだけだ。九千円という高給は、放射能汚染という危険手当、被曝手当が含まれていたのである。危険ということを知らされずに、目に見えない放射能汚染地域で働かされる原発の下請け労働者たち。だが、すでに見てきたように電力会社の正規の社員や技術者だって、その放射能の被曝と病状との因果関係が認められることは、ほとんどないといってよいのだ（松本信勝の場合のように）。

七人の男たちは、自分の身体を犠牲にしながら「ゲンパツ」に奉仕している。それは必ずしも日本の電力、エネルギー確保のためではない。経済産業省や電力会社、原子力ムラの利害関係者がいうようには、原子力発電は安価でも、安全でも、必要不可欠なエネルギー源でもない。それはただ、原発推進のための原発推進というトートロジーに陥っている。高速増殖炉も、プルサーマル計画も、核燃料の再処理計画も、実践的にはとっくに破綻しているのに、その計画実行が自己目的化しているのだ。原発労働者、事故の被害者や反対派の弾圧という多くの犠牲を強いながら、である。

5　都会の闇に落ちた金槌

「金槌の話」は、原発に日雇いで働きにゆく地元の「百姓」たちが、何を失ったかを描いた作品だが、小説の後半は、工藤良作の知人の大工が、東京の高層ビルの屋上に稲荷の祠（ほこら）を建てに行き、ビルとビルの隙間の谷に、使い慣れていた金槌を落としてしまう話だ。良作は〈私〉に、そのビルへ行き、一度、その金槌の行方を見届けにいってくれんかと頼んだのである。

〈私〉は何かのついでの時に、そのビルへ出かけ、屋上まで上らせてもらった。宮大工の父親を持つ水上勉が、近代的なビルの屋上に鎮座する稲荷社に興味を持つことは十分に考えられる。隙間なく立て込んだビル群の谷間の空間は、とても人が入れる余地はなく、一方か、両方のビルが壊されるまで、金槌を取り出すことはまったく不可能という結論に達するのだが、さて、この金槌は「ゲンパツ」にまつわる前半の物語とどう絡み合うのだろうか。

田畑を家人に任せ、家長たちが原発の労務者として働く。それと田舎の大工が東京に仕事に来て、金槌を落とす話と、うまくつながるようには思われないのだ。

この若狭から東京に出てきた大工が落とす金槌のエピソードは、長篇小説『鳥たちの夜』（一九八四年、集英社）のなかにも、印象深いものとして描かれている。話の展開はまったく「金槌の話」と同じで、大工が、〈私〉＝水上勉ではなく、小説の主人公の知人とされているだけだ。

この長篇小説は、一口でいってしまうと、若狭地方で中学校の教師をしていた初老の主人公が退職に際して、都会へ集団就職させた元の教え子を〝追指導〟として訪れる話だ。就職先から抜け出し、都会のなかで行方がわからなくなった教え子たちを、彼は一人一人訪ねて行く旅に出たのだった。

家出をした自分の娘も含めて五人の元生徒の消息をつかみ、訪ね、安心する。いずれも都会の生活のなかで、傷ついたり、汚されたりしているが、おおむね健気に、一生懸命に自分の道を捜しながら生きているようだ。しかし、一人だけ、中学生の当時から、美貌で、男たちの目を引いた女の子だけが、悪い男につかまり、借金に追われるような悲惨な生活をしているようだ。主人公の元教師は、そんな一匹の〝迷える子羊〟のような教え子を捜さずにはいられないのだ。

そんな物語の展開のなかで、語られる「金槌」のエピソードは、都会の林立する高層ビルの暗い隙間、闇の谷間に転落していった若者たちを象徴しているようだ。夢と希望に胸を膨らませて、都会へ旅立った、若狭という田舎町で、汚れず、傷つかずに育った純真な若者たち。しかし、いったん彼ら、彼女らが都会の闇に沈んでしまうと、もうそれは救いようない転落であり、二度と光を見ることのない陥穽に落ち込んでしまったということなのだ。

『鳥たちの夜』には、「原発」のある若狭（あるいは敦賀地方）と都会とが、常に比較対照されている。若狭、あるいは敦賀といえば、それは都会の人々にとって〝原発のある恐い所〟〝放射能がある危険な恐ろしい地帯〟としてしか考えられていないのだ。そうした生まれ故郷に対する風評や流言飛語に主人公の老教師は反撥するのだが、貧しさと無知が選んだ「原発銀座」の異名を、彼は完全に否定することができないのである。

つまり、「金槌の話」は、この『鳥たちの夜』を補助線として引くことによって、前半を貧しい故郷で「ゲンパツ」の労務者として働く村人たちを、そして後半では、その貧しさから抜け出すつもりで都会の闇のなかで行方不明となり、故郷に帰ることできなかったはぐれ鳥、あるいは〝渡り〟の途中で落鳥となった「個」を描いているといってよいのである。

いずれにしても、そこに「原発」という大きな問題が、人々の存在そのものを圧迫していることには変わりはない。『鳥たちの夜』では、登場人物たちは、原発の是非や、その危険性や社会的有用性や存続の可否について論議する。原発問題小説と称しても過言ではないだろう。

わが故郷にある原発。水上勉の書いたエッセイ「若狭憂愁」や、やはり〝原発銀座〟の若狭、敦賀を舞台とした長篇小説『故郷』には、原発事故の危険性、送電線の醜さ、原発にまつわる地方経済の崩壊の憂いなど、苦渋に満ちた水上勉の故郷への愛憎が織り交ぜられている。

水上勉が故郷若狭の文化興隆のために設立した「若狭一滴文庫」は、彼の死後、所在地である「おおい町」の町立として運営されている。実質的な館長は「おおい町」の町長であり、彼は原発推進派として、三・一一後の大飯原発の再稼働にもっとも熱心に動いた地元人であることを考えれば、水上勉の〝反原発〟の意志は、その地元でもっともひどく踏みにじられているといっても過言ではないだろう。

6　芋と放射能

林京子の「収穫」(『希望』二〇〇五年、講談社)は、長崎での被曝体験を自分の小説のテーマの原点とした作家が、核施設の事故を背景とした作品として書いたものだ。ある村に核燃料工場が誘致され農地や宅地が次々と地上げされ、工場が建設された。その隣りで農業を営む老人は自分のさつま芋畑の一部が日陰になってしまったことをいまいましく思っているが、それでも、年ごとに甘味を増してゆく芋を育て上げることに丹精を込めていたのである。

ある日の午前十時を少し廻った頃、工場の塀のなかからサイレンが聞こえてきた。老人とその息子は工場の方を見たが、空にも太陽にも変わりはないが、幹線道路をサイレンを鳴らして車が走ってゆく。

爆発事故が起こったのだ。庭に車が来て、男たちが下り、「この地区の住民は避難準備をしてください」と、触れ回っているのだ。しかし、彼は避難の準備をしようともしない。育てている芋をほうりっぱなしにして家を離れるなんて考えは毛頭ないのである。

村に余計なものは要らねえ、だから俺はあのとき反対した、湿気もねえし今日は芋掘り日和だ、と父親は庭へ出ようとするる。やめたほうがいいよ、核燃料っていえば放射能だろう、事故はそれしか考えられない、目にみえないけれどもよ、俺たちが考えている核爆発なら、おやじ、俺たちは放射線で串刺しにされているはずだ、レントゲンの強い奴だよ、と息子がいった。

だから、掘る、芋たちを見捨てるわけにはいかねえよ。

この「おやじ」は、無知で、愚かなのだろうか。近くの「核燃料加工工場」で臨界事故が起こり、周囲が放射能によって汚染された。水も、土も、植物もだ。当然、その土のなかで育ち、水を吸い、蔓や葉を成長させてきたさつま芋が、放射能に汚染されていないはずがない。それは収穫しても売りものにならないだろうし、自家用にだって食べられないかもしれない。草木の灰を撒き、腐葉土を埋めて、さつま芋専用の土造りから始めた芋だ。その甘味を見込んで芋あんを売りものにしている和菓子屋が、畑ごと買い上げてくれている自慢の芋だ。検査でたとえ放射能の反応が出なかったとしても、風評被害が起き、誰もわざわざ臨界事故のあった場所の近隣で獲れたさつま芋など、食べたいとは思わないはずだ。

事故から三日後に、サンプル調査した村の井戸水や土地、そして作物からも家畜からも牛乳からも放射能の影響は見られないと公式の発表があった。「採集した品目を種別に検査し、分析の結果『人工放射性核種不検出』と答えが出た」のだ。「おやじ」の畑から持って行った雨水や芋からも「不検出」だったのだろう。ただし、「採集したうちの、三十数ヶ所の土壌から『人工放射性核種』が検出された」が、それは「人間が自然界から受ける線量より、〝ずっと低い値〟という」のである。つまり、放射能があったとしても、「直ちに健康には害がない」程度のものだったというのである。

この小説自体は、一九九九年九月の東海村のＪＣＯの臨界事故をモデルとして書かれていると思われるが、こうした放射能の測定値の発表や、それにまつわる疑惑と不信感は、三・一一の福島第一原発事故以降の状況を彷彿とさせる。政府や企業や産業界は、放射能汚染を極力、低いように低いようにと数値を誘導し、その許容量を今度は最大限に見積もろうとする。そんな姑息なやり方が信用されるはずがない。公的に発表される数値が信用できないとするならば、数値そのものを信じないまでだ。逃げ出すか、諦めるか、うまい手段や方法が見つかるまで、考え抜くか、するだけだ。

そういう意味では、「収穫」は、今日の事態を予見した小説といえるかもしれない。芋農家の「おやじ」と同じく、日本（あるいは福島）に住む人間の一人一人が、何の手がかりもなしに、こんな残酷で過酷な事態に対処しなければならなくなったという意味において。

しかし、林京子自身は、そうした予見的、予言的に意味をこの作品に付与することには反対であるように思う。伝聞によるが、彼女は、この作品を「原発小説」のアンソロジーに入れたいという編集者の申し込みを断ったという。彼女がこれまで書き続けてきた小説を「原爆文学」「原爆小説」として一括りにされることを拒否していたように、「収穫」を「原発小説」としてのみ読まれることを拒絶しようとしたということだろう。つまり、「原爆小説」の書き手である林京子が、まるでＪＣＯ事故に取材したような「原発小説」を書いたという、そうした見立てを否定したのである。

7　ヒバクシャという立場

新・フェミニズム批評の会が編纂した『〈3・11フクシマ〉以後のフェミニズム　脱原発と新しい世界へ』（二〇一二年七月、お茶の水書房）に収録された講演「被爆を生きて」のなかで、林京子は、原爆の被爆国である日本が、その教訓を一切生かしもせず、学習もせずに、福島の原発事故を迎えたことに対し、「本当に空しい」「非常に悔しい」と繰り返し、「本心を打ち明けますと、事故以来〝もうどうでもいい〟投げやりな気持ちになっていました」と述懐している。「八月六日、九日の被爆者達は、この苦しみは自分達だけで結構だという思いから、被爆体験を語り、書いたりしてきたのですが、それが何の役にも立たなかった。役に立つという言い方はおかしいですね。私は、命であがなわれるものは何もないと考えています。しかし、起きたことへの学習はしてほしいです」といっている。さらに、彼女は、こういう。

この三月一一日の福島の原発事故以来、私達の命が、少なくとも放射線に傷つけられた私たち被爆者が辿った命の軌道を役立てたい、しかし多くの被爆者は八月九日のことは話さないと口を閉ざしています。その理由は様々ありますが、一番の理由は、被爆国でありながら過去の体験が何も生かされていなかったという絶望感です。そして、何も学習されていなかったという国に対する空しさです。

その「空しさ」「悔しさ」は、林京子にとって、語っても語っても、語り尽くせないものであることは間違いないだろう。原子爆弾の熱線や爆風や衝撃によって死傷したのと同時に、被爆者たちを苦しめたのは放射線障害であり、原爆投下の当時には知られていなかった「内部被曝」や、「胎内被曝」、さらには遺伝子障害による異常出産、異常分娩、そして障害児の誕生だった。〝直ちに健康に害はない〟といい募った官房長官、大人と同量の放射能の基準値を設定した文部科学省、土にも水にも植物にも水産物にも放射能は「不検出」か、検出されても「人間が自然界から受ける線量より、〝ずっと低い値〟なのであり、暫定的な基準値を超えるものではない」と平然と発表する役所や学者やマス・メディア。

林京子がいう。「生き残った私たちが話せば『何言っているのだ、あなた達八〇過ぎまで生きているじゃないか』と逆手に取られそうなこの国のありかたに私は不安を感じます。ですから、口にチャックなのです。生き残った私たちものんべんだらりと健康で生きてきたのではありません。入退院を繰り返して、疲れた体と心を繕いながら、生きてきたのです。〝直に現れない〟それが怖いから、私たち被爆者は舌っ足らずで話したり、書いたりして来たのです」と。

ここでおそらく林京子がいいたいのは、この国でヒバクシャであることの苦痛と苦悩についてだろう。いつ白血病や癌の死が訪れるか、というヒバクシャとしての苦しみだけではなく、「何言っているのだ、あなた達八〇過ぎまで生きているじゃないか」と、まるで生き残ったことが罪悪であるかのように突き放すこの国のありかた。「黒い雨」による原爆症発症を認めず、あたかも詐欺師か、仮病人か、福祉にたかっている厄介者かのようにヒバクシャたちを扱ってきたこの国の政府と社会。

三・一一のフクシマ以降、林京子たちヒバクシャと、日本に住む人間すべてがようやく同等になったといえるだろう。すなわち、われわれ全員が多かれ少なかれ〝ヒバクシャ〟になったのだから。もちろん、本当はそれは三・一一以前から始まっていた。亀井文夫監督が作ったドキュメンタリー映画『世界は恐怖する　死の灰の正体』（三映社、一九五七年）で語っているように、原水爆実験による放射能は成層圏に滞留し、雨や雪とともに地表に降り注ぎ、日本人の体内には、放射能に汚染された内臓、血液、骨が収まっているからだ。映画のなかで実験され、解剖されたネズミやウサギのように。

私たちすべてがヒバクシャである。これまでヒバクシャであることの苦しみ、悲しみは、すべて広島と長崎の被爆者＝被曝者が担ってきた。しかし、三・一一以降は、福島県のみならず、宮城・岩手・山形・青森の東北の各県、そして茨城県、千葉県、埼玉県、東京都、神奈川県、山梨県も、作物の放射能被害だけでなく、ホットスポットの出現、食物による内部被曝によって、可能性としては日本に住む全員がヒバクシャとならざるをえなかったのだ。

ヒバクシャという立場に立つことによって、はじめて人はヒバクシャであることの苦しみに気がつく。私たちもこれからは「のんべんだらりと健康で生きて」ゆくことはできず、まさに癌の発生に怯えながら「疲れた体と心を繕いながら」生きてゆかなければならないだろう。三月十一日、福島第一原発の一号機、二号機、三号機、四号機から出た膨大な線量の放射線は、私たちみんなの体を串刺しにしたのである。「過去の体験が何も生かされていなかったという絶望感」と、「何も学習されていなかった」という「空しさ」を超えて、私たちはヒバクの体験を、全世界の人々と、未来に生まれてくる人類とに伝えなければならない。それが、林京子たちヒバクシャの文学に学んだ私たちの文学の使命なのである。

V　曝書閑記録――「原発震災」関係書を読む

1　原発本と反原発本

二〇一一年の三・一一以降、別棟の書庫の書棚が全部倒れ、〝書籍流〟となって床面を覆っているが、手をつけていない。余震があってまた倒れたら元の木阿弥だという気持ちが先立って、〝今日、やりたくないことは、明日もやらない〟という怠け心が抜けないからだ（というといいわけで、一年近くが過ぎた）。

その代わり、新刊書（や旧刊書）をせっせと買って読書に励んでいる。もっぱら、震災・原発関係の本である。『福島原発人災記』（二〇一一年四月、現代書館）を書いたということで、ワシントン・ポスト紙の取材を受けたのだが、その時に関係書の購入に二千ドルくらいを使ったといったのが、そのまま記事に出たが（それ以外のことはほとんど記事にならなかった）、今では五千ドルにもなっているだろうか。新刊書、古書、原発・原爆・放射能関連の映画のＤＶＤ、ビデオなどを含めてのことである。

原発関係の本は、反原発派、原発推進派のものも区別せずに買い集めた。榎本聡明の『原子力発電がよくわかる本』（二〇〇九年、オーム社）、石川迪夫（みちお）の『原子炉解体・安全な退役のために』（一九九三年、講談社）など、名うての原子力村のボス的存在の人物のものも読んだ（本当は、題名にだまされて、反［脱］原発、あるいは中立派の本だと思ったのである）。正直、よくわからないところも多かったが彼らの原発推進の精神は、なまなかのものではなく、根性が坐っていると思った。金銭欲、名誉欲、出世欲、何の欲望かはわからないが、彼らのアブラぎった欲望と二人三脚の原発推進〝欲〟は、中途半端なものではない。あっさりと表舞台から引っ込んだ、清水正孝（元東電社長）や西山英彦（元原子力安全・保安院のスポークスマン）のような、すぐに腰砕けになるようなひ弱な〝原発〟関係者（マフィア）ではないのだ。

たくさん読んだ原発本（原発関係書）のなかで、一番面白かったのは、山中与三郎という人の書いた『プル子よ、さらば』（二〇一〇年、牧歌舎）という本だった。「プル子」というのは著者の恋人で、彼が生涯愛してやまなかった対象だ。というと、恋愛小説のようだが、この恋愛の対象はプルトニウム、それを擬人化して「プル子」と著者は呼んでいるのだ。副題の「プルトニウムとともに生きた男の戦いと挫折」というのを見れば、これが冗談でもおふざけでもないことがわかる（プルトニウムは飲んでも安全とプロパガンダするアニメキャラのプルト君とは違うのだ――所詮は同じか？）。

著者は東大工学部を出て、動力炉・核燃料開発事業団（現・原子力開発研究機構）に長く勤務し、高速増殖炉「もんじゅ」の設計から建設、運転に関わり、特にそのプルトニウムとウランを混合した燃料棒を設計して、その責任者になった人物だから、「プル子」に対する思い入れは深い。この本は、簡単にいうと、文筆にど素人の工学系の人間の書いた自伝ということだが、東大という学歴エリートとしての臭味が紛々として、また、青春の日の艶福ぶりや、組織や企業に入ってからの自らの業績や手柄を手放しで自慢するところなど、好人物としかいえないような性格なのだろう。しかし、本書の価値はそこにあるのではない。つまり、彼はそこで日本の核燃料サイクル、すなわち高速増殖炉「もんじゅ」やプルサーマル計画、六ヶ所村の再処理施設などが、結果的に失敗している（完成は絶望的である）ことを、現場からの視点で語っているのだ。

動燃や電力会社、経産省などの原子力村での陰険な勢力争いと足の引っ張り合い、フランスやイギリスを巻き込んで（巻き込まれて）の不正や虚偽や謀略、そして彼はついにそうした業界内、組織内の敗残者として「もんじゅ」の現場から追われてしまうのだが、その恨みつらみが、この本を書かせた動機らしい。自費出版による内輪話の暴露本ともいえるわけで、怪文書に近いものとして、本来はまともに相手にすべきものではないとも思われるが、「もんじゅ」に使う燃料棒の不具合、不適切さなど、内情を知る人間しか書けない生々しい内容がある。トンデモ本として一蹴するには、いかにも惜しいのである。

ついでにいうと、原発推進派、賛成派の自費出版的な本は、彼らの恨みつらみ、反原発派に対する憎悪や嫌悪感が生々しく表出されていて、人間臭い読み物として結構面白い。その一つに元東洋町長だった田嶋裕起の書いた『誰も知らなかった小さな町の「原子力戦争」』（二〇〇八年、ワック）がある。四国は高知県の東洋町が、核廃棄物の最終処理場の調査地候補として名乗りを上げた。文献調査に手を上げただけで二億円（後に十億円にアップ）が交付されるという。元共産党員だった町長が、背に腹は変えられぬと手を上げたから、この過疎の町はてんやわんやの騒ぎとなった。

その渦中にいて、町長の座から引きずり下ろされた元町長が、反原発派に対する怨念と憎悪を込めて書いたのが、この本であり、核廃棄物の最終処分場となれば、どれだけの交付金、援助金、寄付金が受け取れたかと、捕らぬ狸の皮算用や、絵に描いた餅の羅列が痛々しい。核処理場となった物騒な町に、温泉やスポーツセンター、養殖魚の刺身を食べさせるレストランがあるからといって、観光客がわんさかと押しかけると、この人物が本当に思っているとしたらお目出度い人だ。ちなみに、出版元のワックは、渡部昇一ら保守派言論人の本を多く出し、社長の鈴木隆一は、東電マネーによる広告費を多く受けている保守系雑誌『Ｗ・ｉＬＬ』の発行人であり、その『Ｗ・ｉＬＬ』の編集長・花田紀凱は三・一一の時に東電の勝俣会長といっしょに中国旅行をしていた言論人の一人である。

『日本の原発技術が世界を変える』（二〇一〇年、祥伝社新書）と、大見得切った本を出した直後に、三・一一の福島原発事故に見舞われた豊田有恒の本や、電事連のあご足付きでフランスの原発まで視察に行き、六ヶ所村や柏崎刈羽原発で、その安全神話の太鼓を叩いた荻野アンナの『アンナのエネルギー案内』（二〇〇四年、枻(えい)出版社）など、原発推進派が、三・一一以前に書いた本は、今から読むとみんな面白すぎて、開いた口がふさがらないのだ。

元原子力安全委員会の委員で、元日本原子力学会会長の住田健二は、『原子力とどうつきあうか』という本を書いていた（二〇〇〇年九月、ちくまプリマーブックス、筑摩書房）。これは、副題に「ＪＣＯ臨界事故体験」とあるように、一九九九年九月三十日、東海村のJCOという核燃料製造会社で起こった臨界事故について、自らの体験を含めて、ドキュメンタリー的に記録したものだ。日本の原子力の最高権威たちがなすすべもなく手を拱（こまね）き、中性子線を防ぐために、現場周辺に土嚢を積んだという経験をあまり恥ずかしがる様子もなく書いている。

結局、決死隊の投入と臨界が自然に終止したことで、大事故（レベル4）にまではいたらなかったが、それでも二人の人間が死に、多くの住民が被曝したこの事件について、彼は原子力を選ぶリスクと、放棄するリスクを対等にあげ、原子力発電を含めたエネルギーのベスト・ミックスを選ぶという方向に結論を導いている。地頭は転んでも土を掴む、というが、原発推進派は、事故が起きて、自分たちの無力さを自覚しても、まだ、原子力ムラの既得権益にしがみつく輩（やから）なのである。

2　革命と大転換

高校時代に、数学、物理、化学の三科目で零点というクラスでの金字塔を建てた私だから、原子力、放射能、原発についての科学的な知識や判断力があるわけはない。だから、高木仁三郎、安斎育郎、田中三彦、小出裕章、今中哲二、広瀬隆のような反（脱）原発派の人たちの本を読んでにわか勉強をしたのだが、何しろウランというと、鉄腕アトムの妹のウランちゃんを（弟はコバルト君だ）、プルトニウムというと、プルト君を、ラジウムというと、ついつい温泉を思い浮かべてしまい、あまり身についた勉強にならなかった。そんな私でも、地震学者・石橋克彦の『原発震災――警鐘の軌跡』（二〇一一年二月、七つ森書館）は、問題点がよく整理されており、「原発震災」について素人にもわかりやすい、きわめて啓蒙的な良書であると思った。

それでも、原子力発電が、原子力の平和利用（アトムズ・フォー・ピース）のかけ声で出発したものの、本当はそれは原子力＝核の軍事利用の一変形にしかすぎないことはよくわかった。早い話が、原子力発電所というのは、原子力潜水艦を海中から地上に出して、縦にしたようなもので、海中ならば冷却水はふんだんにあるし、汚染された放射能水が漏れても、海洋で希釈されるから大したことにならない（本当はそうでもないのだろうが）が、原発はそうではない。まさに、海に住むべき〝魚が（地上へ）出てきた〟のである。

物理学の原理や工学的技術や生態系への放射能の影響などは、現に福島第一原発で事故が起こり、一号炉から四号炉まで悲惨な状態となり、福島県民のみならず、日本人全部が右往左往しているという現状を見ただけでも、原発が危険で、われわれ人類と本質的には同居できないものということはよくわかる。

古川和男の『原発安全革命』（二〇一一年五月、文春新書）という本がある。この本の基になった『「原発」革命』（二〇〇一年、文春新書）という本を読んだが、現在のウランの固形燃料を燃やす原子炉を、トリウムの液体燃料に変えて燃やし、エネルギーを生み出そうとする主張だが、もちろん、その科学的な原理の正しさや技術的な問題について、私が何かをいえることは全くない。ただし、『「原発」革命』の最初において、原発が今後も必要であり、それが進展するということを社会科学の方法によって証明しているのを見て、この著者に対する不信感を持った。前提として、「原発」はどうしても必要であり、発展するということは私の考えでは決して〝証明できない〟からだ。何からエネルギーを得るかということは、科学的な論議より、社会学的、経済学的な問題だ。石炭・石油がエネルギー源として廃（すた）れた（いずれ廃れる）のは、それが物理的になくなったからではなく、経済的に引き合わなくなったからである。石炭採掘のもろもろのコストが、石油や天然ガスに負けたのであって、それは科学的判断ではない。

　この著者は社会学的素養には全く乏しい人で、彼の主張するトリウム溶融塩原子炉が、プルトニウムを出さず、その処理といった難問を解決するといっている。世界や日本のウラン原子炉が、運転されてきたのは、プルトニウムを生産し、それが核兵器の原料となるからこそ、進展してきたのであり、その逆ではないことがこの人には全く見えていない。一歩譲ってプルトニウムを軍事利用しないとしても（日本のこの原子力政策は、建前用のウソであり、日本の保守政権（自民党、民主党）は、一貫して核兵器製造の潜在的能力を放棄していない）、ウランがプルトニウムを生み、プルトニウムがさらにプルトニウムを生むという核燃料（リ）サイクルの完成を核政策の悲願としており、いまだ海のものとも山のものともしれない〝安全で、安価な〟溶融塩原子炉など、誰も望んではいないのだ。それは、核分裂ではなく、核融合を将来のエネルギー源と考えている空想科学者と同様な〝見果てぬ夢〟である（私のところに、核融合の画期的な利用法を考え出したという人から文書が送られてきた。その内容は私にはチンプンカンプンだったが、世の中には空想科学者が多いものだと感心した――それはマッド・サイエンティストと紙一重だ、いや、同じだ）。

　私がもう一つ、違和感を持ったのは、三・一一以降に日本に文明論的転換が起こったという言説だ。私よりはずっと科学に強いはずの中沢新一が『日本の大転換』（二〇一一年八月、集英社新書）でいっていることで、レトリックの力もあり、それなりの説得力を持っているのだが、少し考えてみると、これは怪しい論理だ。彼は、東日本大震災と福島原発事故が、日本に「文明論的大転換」を迫っているとするのだが、これはいかにも国内向けの言説である。数年前のスマトラ沖地震とそれによる津波は、インド洋沿岸の各地を襲い、六〇万人もの命を奪ったが、これを現代文明の大転換とすべきだといった人はいなかった。せいぜい、日本の技術による津波警報のシステムを各国、各地に普及させようといった議論があったぐらいで、日本では所詮対岸の火事（いや、対岸の津波）として、日本人の被災者ばかりのニュースが流れていたと記憶している（中国の唐山地震、ハイチ地震もあったが、誰も現代文明を反省しなかった。中国やハイチやインドネシアには、現代文明がなかったからか？）。

フクシマと同じレベル7のチェルノブイリの原発事故の時も、ソ連の原発そのものが「社会主義」的なもので、これで社会主義からの脱却が図られるだろうといったことを、日本の知識人がいっていたという記憶はない（今頃になって、チェルノブイリがソ連崩壊の引き金となったといっているぐらいだ）。そう考えると、中沢新一が「東日本大震災と原発事故は現代文明そのものの一大転換であり、人類は新しい文明のありようを模索していかなければならない」というのが、いかにも大仰で、預言者的というか、タカマチの香具師（やし）の口上のように聞こえてくる。

津波についていえば、防波堤や防潮堤をあまり当てにするな、警報があればすぐ高台に避難しろ、そもそも何十年かの周期で地震や津波の来るところに集落を作るな、ここの地域ではこの坂より下に住むなどといった古老の知恵を尊ぶべきで、別に文明を大転換させなければ被災を食いとめられないというわけでもないだろう（吉村昭の『三陸海岸大津波』を読めば、これも人災だったといわざるをえない）。原発事故に至っては、広瀬隆や石橋克彦の警世の書が克明に〝想定〟していた通りの事故が起きたのであり、これも何もわれわれが文明の在り方を総転換しなければならないような〝一億総懺悔〟的なものではなく、反原発、脱原発へと社会的システムを現実的に変更してゆくことで解決されることである（もちろん、原子力マフィアという国際的、国内的な強固な反対［反動］勢力があり、これが難しいのだが）。

中沢新一は、「ほんらい生態圏には属さない『外部』の思考を『内部』に取り込んでつくられた思考のシステム、それはほかならぬ一神教（モノティズム）である」と書く。原子力は人間の住む生態圏には本来馴染まないもので、それを電気を作るための湯沸かし器に使おうというのは間違っている、といえばそれでいいのに、彼はそこでもわざわざキリスト教文明＝一神教＝資本主義といった見立てを並べ、預言者気取りで「第八次エネルギー革命」とか「エネルゴロジー」とやらの考え方を披瀝するのである。

原子力エネルギーを排した、太陽光・風力・地熱・潮力などの自然エネルギーへの転換は、私も大賛成だが（私は彼の提唱する緑の党構想については賛成している）、これを「一神教から仏教への転回として理解することができる」として、「仏教は、生態圏の外部の超越者という他者性を否定する」というのは、仏教（や神道）への贔屓の引き倒しというより、原子力マフィアをいかに叩き潰すかという現実的な戦略の問題を、宗教的なコンニャク問答へと位相転換させてしまう。

そもそも「もんじゅ（文殊）」とか「ふげん（普賢）」とかは、仏教の菩薩名であり、この命名者の旧動燃の清成迪（すすむ）理事長は、仏教的信仰からこの名前をつけたのだ。無量の光や熱の輪廻転生というのが「核燃料サイクル」であり、いかにも日本仏教的な思想ともいえる——これは本気でいっているのではない。

さらに、一神教と多神教という対立項も相対的なものにしかすぎず、仏教でも阿弥陀信仰や法華経信仰のように強力な一神教的な側面もある。一神教＝キリスト教原理を唱える人は、イスラム教のことを忘れている。宗教的アナロジーで語れることの限界を、宗教学者はきちんとわきまえておくべきだろう。科学史が専門の山本義隆のように、原発には、原理論的な核物理学と工学的な技術との間に大きな乖離があり、それが現在の原発の本質的な危険性だと科学的に語ればいいだけで（『福島の原発事故をめぐって——いくつか学び考えたこと』二〇一一年八月、みすず書房）、一神教やらエネルギーの存在論（エネルゴロジー）やら、アサッテを向いた議論にほかならないのである。

私がこんなことをいうのも、日本の原子力マフィアの集団のなかで、一方のボスと目される鈴木篤之（専門を「核燃料サイクル」と称する元東大教授、現原子力研究開発機構理事長）が、『プルトニウム』（一九九四年、ＥＲＣ出版）という編著のなかで、こんなことを書いているからだ。

今日の国際社会において主流となっている資本主義や欧米の民主主義はいずれもキリスト教的な考え方と密接な関係がある。プルトニウム利用に関する欧米諸国の考え方にもこれらの主義主張がある。その国際社会の一員としてわが国も立派な資本主義と民主主義の国と認められているように思うが、いわゆるキリスト教的考え方がその基盤にないという意味で欧米諸国からみればやはり異質なものに映っているようだ。

前原子力安全委員会の委員長で、現原子力研究開発機構の理事長（すなわち、原発の推進と規制の両組織のリーダーを経験している）の鈴木篤之が、ここで突然、「キリスト教」を持ち出してくることに、唐突感を抱かざるをえない。鈴木の文章は、プルトニウムはいかに危険性が低く、エネルギー効率のよい元素であるかを啓蒙的に語っているものだが、ここにきて、キリスト教やら民主主義が出てきて、欧米諸国と「わが国」との考え方の違いについて語っていることに違和感を覚えざるをえないのである。

鈴木の考えを忖度していえば、欧米はすでにプルトニウムを燃料として発電を行う高速増殖炉からは撤退し、また、プルサーマル計画のように、既存の軽水炉の原子炉でプルトニウムとウランを混ぜたMOX燃料を燃やすことも考えていない（プルサーマルというのは和製英語である。これは日本でしか行われていないことを意味している）。つまり、世界中でプルトニウムを原子力発電に利用しようとしているのは、日本以外にはない（中国やインドなどの非キリスト教国にはあるようだが）。欧米諸国は、日本がプルトニウムを生産し、それを貯蔵し、原発に使おうとしていることに不信感、あるいは危惧を抱いている（それは核兵器製造の隠れ蓑ではないかとして）。それを鈴木は「日本がキリスト教国でない」から、不信感を持たれているのだと考えている。

しかし、欧米諸国の疑念は正しい。日本は核兵器の製造、所有というポテンシャルを失いたくないために、いわゆる「核燃料サイクル」を通じて、プルトニウムを生産し、使用済み核燃料を自前で再処理して、核兵器の製造能力を保持しようとしている。鈴木はそれをキリスト教国と非キリスト教国との思考の違いとして、文明論的な対立へと問題を逸らそうとする。天然にはない人工的なプルトニウムという元素を使用することには、神がすべての元素の創造主であるとするキリスト教的一神論の教えに背馳する（中沢が書いているように、実は天然プルトニウムというのも、ごく微量だが、地球上には存在するのだが）。結論は逆でも、中沢新一と鈴木篤之の思考方法は文明論的な対立という深層構造においては通底しているといわざるをえない。現実の問題は現実社会のなかで、神の問題は神の世界で解決せねばならないのだ。

3　死に神にシカトされた私たち

加藤典洋の『3・11――死に神に突き飛ばされる』（二〇一一年一一月、岩波書店）は、共感を持って読んだ。とりわけ、三・一一以降の放射能騒ぎのなかで、放射能という死に神に突き飛ばされ、より若い者、幼い者へとその襲撃が向かっていったという件りには、加藤と同年輩である私にも身につまされる思いがした。いったん汚染された福島原発の周辺には、二〇年以上誰も住むことできず、廃炉にするまでにもそれ以上の時間がかかると聞けば、それはすでに私の生きている時間内のことではないと思わざるをえない。それは「生存圏内」の「吾事」ではないのだ。まさに、死に神にも「お前なんかは関係ない。ひっこんでいろ」と、突き飛ばされる思いなのである。

大澤真幸が、平野啓一郎との対談「『3・11』以後の日本社会の希望をめぐって――地震・津波から原発事故まで」（二〇一一年一一月、『神奈川大学評論』70号）のなかで、こういう。「原発か脱原発かという選択は、この偽ソフィーの選択と同じです。そして、原発の方を取るということ、たとえば交付金を目当てに原発を取ること、あるいは交付金ではなく安価で豊富な電力のために──経済の活性化のために──原発を選ぶということは、偽ソフィーが、子ではなく一億円の方を選んだ、ということと同じことなのです。ここで疑問です。偽ソフィー問題という寓話のかたちならば、誰もが、子どもを救う方を選択すべきだと主張するのに、なぜ原発問題では、かなりの人が、逆の選択をするのか」と問うている。

そして、彼はこう答える。「それは『時間』という問題が関係しているからですね。たとえば、次の原発事故がいつ起こるのか、と考えるわけです。あるいは、この原発が残した放射性廃棄物の被害が深刻になるのはいつのことだろうか、と考えるわけです。それは、千年とか一万年とかの先のことであろうと予想されたりする。そうすると、言われた人は、事故は事実上、起こらない、被害はほとんどないと感じてしまうのです」「原発事故は、我々が社会的な意思決定をするとき、この万年にもなるような未来の他者というものをどのように組み込むか、という課題を突きつけている」と、大澤は語るのだ（なお、私もこの『神奈川大学評論』に文章を書いているが、この特集題「文明史的転換点」には、前述の意味で賛同しかねる）。

いったんは、死に神に突き飛ばされた私たちが、原発の問題に関わらなければならないのは、こうした大澤真幸の課題に答えるためだ。「子どもの命」と「一億円」という二つの選択肢しかなければ、誰でも子どもを選ぶ（一億円を選ぶというアマノジャクや偽悪者は、無視する）。三・一一以降に、原発か反（脱）原発かと問えば、原発を選ぶという人は、まずいない。それなのに、原発の再稼働どころか、原発推進や原発輸出を主張する人がいるというのは、私たちの「生」の時間が有限であり、その制限時間がいっぱいのなかでも、死に神と相撲を取ろうとする人がいるということだ。死に神と交渉したり、なんとか丸め込もうと考える人もなかにはいる。しかし、私たちはすべからく死すべきものとして、「子ども」か、「一億円」かを真剣に選ばなければならない（私にとって、答えは決まっている。「一億円」は他の人の犠牲の可能性を孕んでいる、「子ども」はそうではない。誰も他人を犠牲にして、自分［だけ］の利益を得る権利はない）。

原発が許されないのは、それが「犠牲のシステム」によって成り立っているからだと明快に説いているのが、高橋哲哉の『犠牲のシステム　福島・沖縄』（二〇一二年一月、集英社新書）だ。私はこの本にもっとも共感を感じた。原発はその立地から建設、運転に至るまで、誰かに犠牲を強いるシステムであるという高橋の論理は、もっとも単純で的確に原発の〝悪〟を指摘してみせる。

福島県出身の彼は、故郷の福島（あるいは若狭や丹後、福井）が東京などの大都市の〝犠牲〟となって、原子力発電を強いられている現状を指摘し、そして通常の原発の運転、点検が電力会社の下請け、孫請けなどの下層労働者の被曝という〝犠牲〟によって成り立っていることを語っている。それは結局は、ごく一部の人たち（原子力マフィアといわれる人たち）の利益のために、多くの人が〝犠牲〟とならざるをえない、収奪と格差の生成源となるシステムにほかならないのである。

高橋哲哉は、さらに震災や原発事故を「天罰」と口走った東京都知事の話から、「天罰論」「天譴（てんけん）論」「天恵論」へと話を進める。関東大震災の際に、渋沢栄一や内村鑑三が震災は天災であるとともに天譴であるとして、堕落した文明人としての東京市民の自己批判をしたのだが、防災をないがしろにした政治家や官僚、そして天災につけこんで朝鮮人や社会主義者などを抹殺しようとした軍部や右翼のテロリストたちの責任を一切封じ込める働きをしたことは明らかだ。つまり、天罰論や天譴論は、常に政治的駆け引きの文脈においてこそ、利用されるものであって、そこに含まれていると思われる倫理的、宗教的な問いかけは、いつも薄汚れた政治的謀略のダシとして使われるだけのものなのだ。

興味深いことは、私が共感を抱いた原発関連書の三冊、加藤典洋の『3・11——死に神に突き飛ばされる』、この高橋哲哉の『犠牲のシステム　福島・沖縄』、そしてもう一冊、陣野俊史の『世界史の中のフクシマ——ナガサキから世界へ』（二〇一一年一二月、河出ブックス）が、いずれも、永井隆に対する言及を多く含んでいるということだ。

加藤典洋は、ナガサキのヒバクシャでありながら、ヒバクシャの治療に献身的に携わった永井隆のような人々の「原子力の平和利用」の「祈念」を取り上げようとしているし、高橋哲哉は「長崎への原爆投下が『神の摂理』であり、天恵であったとする」永井隆の考え方を、俎上に載せる。「天罰による死者がいるからこそ罪は償われるのであり、死者は罪の許しを得るための犠牲の死者なのであって、天罰による犠牲こそが許しを可能にするという意味で、それはまた天恵なのである」。つまり、犠牲のシステムが貫徹されている社会では、天罰＝天譴＝天恵論はいつでも胚胎してくる。それはいってみれば、キリスト教的原理に支えられたものかもしれない。だからといって、キリスト教原理が、問題なのではない。いつでも、「犠牲のシステム」を美しい言葉で瞞着させ、自分たちの利益のために使おうとする輩がいる。

問題は、いつもそうした似非道徳家、倫理や神を語る（騙る）者たちの存在なのである。

陣野俊史の永井隆に対する態度は、これらよりもう少し複雑である。彼が長崎出身であり、聖人・永井隆という教育に強く影響されていたからだろうか。彼はやや苦しげに、こう永井隆を擁護する。「永井隆の『原爆は神のみ摂理、神の恵み、神に感謝』という言葉は、もともと浦上のカトリック信徒へ向けて発された言葉だった。いわばそれは内部の言葉である。だが、やや無防備なその言葉たちは、外部へと拡散した。永井にも非はある。ただ彼が予想しなかったのは、永井の言葉を流通させることで利用しようとした連中がいたことだろう。たとえば、前述したごとく、永井は原子力の未来に途轍もなく明るい希望を抱いていた。その事実を戦後の原子力の平和利用に重ね合わせるとき、永井隆の存在はゆがめられていった」と。

加藤や陣野の永井隆に対する言述の前提として、どうも私（川村）の、永井へ対する批判的言辞があるらしい。私は『原発と原爆――「核」の戦後精神史』（二〇一一年八月、河出ブックス）のなかで、永井隆の「原爆投下＝神の愛の摂理」説と、「原子力エネルギー」への手放しの礼賛を批判したからである。

両書とも、私の永井隆への言及を直接的に批判しているわけではないから、私がここで反論するというのも変なものだが、一つだけいっておきたい。私は、永井隆の「原爆投下は神の愛の摂理」という天罰＝天恵論を批判していると同時に、永井の戦争観、その戦争責任の追及が全く見られないことを批判しているのだ。彼はいう。

即ち午前十一時二分、一発の原子爆弾は吾が浦上に爆裂し、カトリック信者八千の霊魂は一瞬に天主の御手に召され、猛火は数時間にして東洋の聖地を灰の廃墟と化して去ったのであります。その日の真夜半天主堂は突然火を発して炎上しましたが、これとまったく時刻を同じうして大本営に於いては天皇陛下が終戦の聖断を下し給うたのでございます。八月十五日終戦の大詔が発せられ、世界があまねく平和の日を迎えたのでありますが、この日は聖母の被昇天の大祝日に当っておりました。浦上天主堂が聖母に献げられたものであることを想い起こします。これらの事件の奇しき一致は果たして単なる偶然でありましょうか？　それとも天主の妙なる摂理でありましょうか？（『この子を残して』一九四八年、講談社）

つまり、永井隆のいう「神」や「神秘」のなかには、現人神（あらひとがみ）としての昭和天皇が含まれており、長崎への原爆投下と、天皇の「終戦の詔勅」は、同じような「天主の妙なる摂理」として捉えられているのだ。ここから、戦争―原爆投下―敗戦に至る道筋は、全く歪められたものとなってしまう。長崎の「カトリック信者八千の霊」は、単にキリスト教の神による〝犠牲〟ではなく、日本天皇による戦争の〝犠牲者〟にほかならない。こうした、戦争責任者である昭和天皇を「神」の名において免責する考え方を、私は決して肯定しようとは思わないのだ。

4　責任と無責任の間

福島第一原発の事故のドキュメンタリーとして、大鹿靖明の『メルトダウン――ドキュメント福島第一原発事故』（二〇一二年一月、講談社）が読み応えがあった。事故発生から、現場、東電本社、内閣府、各省庁で、誰が、どんな言動を行い、それがどういう結果を生んでいったか。まさに生々しい立体的な記録文学だ。すでに国民の間では明々白々になっていることだが、事故が起こるべくして起こったこと、そして「原子力村」といわれる政治家、官僚、企業、学者・研究者、メディアのいずれもが、すでに内部から〝メルトダウン〟していたという恐るべき事実（真相）を、この本は改めて私たちに示して見せた。東電、原子力安全・保安院、原子力安全委員会の信じられないほどの無能ぶりとデタラメさ。彼らの無能さが、私たちを地獄の炎のすぐ縁にまで追いやったのである。完全な破綻から救抜されたのは、偶然であり、運が良かったのであり、まさに「神のみ摂理」にほかならない。

しかし、悲喜劇の二幕目はすでにあがっている。責任逃れと責任転嫁だけには異常に発達した東電と原子力村、そして政治家と官僚たちは、被災者・被害者の救済・補償については、実に見事な連携プレーによって、それをごまかし、曖昧にし、開き直り、そして隠蔽、瞞着、詐欺、虚偽のありとあらゆる手を打って、責任を免れようとしている。その悪どい策略の二つの例が、「計画停電」と「菅降ろし」にほかならない（ほかにも、もちろんいくつもあるが）。

原発再稼働とさらなる推進を企む「原子力村」は、停電と電気料金値上げという脅迫によって、自分たちの既得権益を守ろうとした。そもそも電力会社は電力の安定した供給を行うことが〝義務〟だ。その義務を放棄した東電は、速やかに電力供給事業から立ち去らねばならない。それなのに、計画停電なる無計画停電を一方的に押しつけ、電気料金の値上げは〝権利〟だとうそぶく電力会社は、自らの存在の意味を忘失し、自己否定したものといわざるをえない。

この『メルトダウン』のなかに、菅首相のブレインとしてしばしば登場してくるのが、内閣参謀参与として「統合対策部」に詰め、原発事故の対応に当たった田坂広志だ。その彼が、参与を辞め、フリーになった時点で、官邸での数か月での生活についてインタビューに答えたのが、『官邸から見た原発事故の真実——これから始まる真の危機』（二〇一二年一月、光文社新書）である。

事故対応も対策も、まだ始まりにしかすぎないという彼の意見を、現時点での事故の経過、対策の実情、これから考え、実現してゆかなければならないことを、「国民の七つの疑問」に答えるという応答形式でまとめたものだ。菅政権での、現在明らかにできる範囲での原発事故対策の実相が赤裸々に示されているると同時に、その問題点も簡潔に整理されている。七つの疑問とは、①原子力発電所の安全性　②使用済み燃料の長期保管　③放射性廃棄物の最終処分　④核燃料サイクルの実現性　⑤環境中放射能の長期的影響　⑥社会心理的な影響　⑦原子力発電のコスト、という疑問である。

その主張は、原発増設の停止、核燃料サイクル計画の放棄、「もんじゅ」や六ヶ所村計画からの撤退といった、脱原発的な方向を目指しているが、たとえ原発維持の方向へ向かうとしても、そこには大きな困難があることを指摘している。

その最大の要因として、国民が原子力村はおろか、すでに国策や政策レベルでの原子力の安全神話や必要悪の神話などをもはや信じておらず、何事につけても政界・財界・業界・学界が国民の「信頼」を失っていることだ。失われたのは、生命や財物だけではなく、人間の信頼性そのものなのだ。原発の再開に向けてのストレステストや、耐震性や津波対策の再検討、放射能の被害や除染のための工程表の作成、あるいは被害の補償や地域の復興。こうしたすべての対応、対策において、国は国民の信頼を失ったのであり、発表される数値や工程表、客観的な確率や余裕の幅を持った放射能汚染度とその許容量も、国民は全くそれらを信用しようとはしないのである、それはＳＰＥＥＤＩ（スピーディー）の情報を隠蔽した者たちに対しては、当然のことだが。

日隅一雄・木野龍逸の『検証・福島原発事故・記者会見――東電・政府は何を隠したのか』（二〇一二年一月、岩波書店）は、こうした情報隠蔽を、東電・原子力安全保安院・原子力安全委員会、および事故対策統合本部がいかに記者会見の席で行ったかをルポ的に再現したものであり、彼らの出してくる情報が、いかに信用できないものであるかを明々白々に示している。東電の勝俣会長、清水社長、武藤副社長、松本本部長代理、保安院の寺坂院長、西山審議官、安全委員会の班目委員長、代谷・久住委員、政府の海江田経産大臣、枝野官房長官、細野担当大臣（肩書きはいずれも当時）らが、鳩首（きゅうしゅ）してこれらの情報隠蔽を図ったのである――もちろん、これは〝表〟に出てきた人たちだけである。

国が国民からの信頼性を回復しようと思うならば、それはただ一つ。現時点で解明される限りでの自己の「責任」を果敢に明らかにし、その「責任者」を処罰することだ。だが、菅政権も、野田政権も明らかにそれと真逆のことをしている（そして再登場した安倍政権はそれに倍して）。経産省事務次官、資源エネルギー庁長官、原子力安全・保安院院長を、更迭というのは口先だけ、その退職金にて割増金を上乗せさせ、これまでの慣例通りの人事をやってのけた。東電の社長（最低の社長といわれた）は退職金を手にして辞め、会長は居座り（のち辞めた）、原子力委員会、原子力安全委員会の誰一人として、責任をとってその地位から退こうとはしなかった（今も、退こうとはしていない――）。

福山哲郎の『原発危機　官邸からの証言』（二〇一二年八月、ちくま新書）は、官房副長官として原発事故に官邸側から関与した、いわば当事者が語る三・一一以降の「現場」からの報告である。ここから浮かびあがってくるのは「保安院」「東電」などの原子力ムラのどうしようもない精神的退廃であり、その巨大な無責任体系の頑健さだ。こうした政府側からの証言が出てくることが未曾有の大災厄がもたらしたほとんど唯一の効用というべきだろう。

木村英昭『検証　福島原発事故　官邸の一〇〇時間』（二〇一二年八月、岩波書店）は、やはり官邸側からのレポートというべきだが、東電が事故原発の「放棄」を図るといった無責任ぶりは目を蔽わんばかりの人間的「退化」である。計画停電について「大口はお客さんです」といって大口需要家に電力使用の停止を求めなかったことについては、客ならざる小口消費者として怒るというより、もはや脱力してしまうよりほかかない。

朝日新聞に連載された『プロメテウスの罠――明かされなかった福島原発事故の真実』（朝日新聞特別報道部、二〇一二年三月、学研パブリッシング）は、一見、エピソード的な事実をきっかけに福島第一原発の「真相」「真実」に迫っていこうという、いい意味での新聞ジャーナリズムの力を証明するような企画であり、実践である。東電の、民間の、政府の、そして国会での事故調査報告書が出そろい、その四つの報告書が互いに齟齬を持ち、主張を違え、見解を異にするのは、むしろさまざまな形での調査・検証がありえるという意味では評価すべきものだろう（ただし、東電のものは自己弁護や歪曲や捏造に満ち、客観的評価に耐えるものではないことはいっておかなければならない）。ただ、そうした公的な調査や検証から落ちこぼれるものこそ、新聞ジャーナリズムが追究すべきものであって、『プロメテウスの罠』はその点で合格なのである。だが、それぞれの章によって精粗があるのは、共同作業としてやむを得ないところもあるか。なお、新聞連載は継続しており、二〇一二年四月には『プロメテウスの罠2』が刊行された。

ところで、東電と同じく今回の事故の「戦犯」ともいえる原子力村の学者たちが集う分村、すなわち原子力学会での二〇一一年九月でのシンポジウムでは、「原子力発電所が受けた震災――事故の遠因とこれからの取組み」と称する報告があり、そこで原子力学会標準委員会の宮野廣（法政大学）が、「責任とその対応」として、こんなことをいっている（これは個人の見解というより、学会の公式的なものと受け止められる）。

誰がどのように責任を持っていたのだろうか、まずそこが重要と考える。すなわち役割としての責任である。誰が国の電源のあり方を決め、原子力発電の安全のあり方を主導してきたのだろうか。国家が維持し、エネルギーセキュリティーの循環、国策として推進してきたのではないだろうか。安全確保は事業者の責任だけだろうか。一義的にはその責任は当然事業にある。事業者は規則を守り、安全確保のための最大限の努力を払わなければならないのはいうまでもない。しかし、技術的に国の規制基準に従い、設計し、運転の順を定め、安全審査を受け、更に原子力発電所の安全確保のための仕組み、規則に従って施工し、運転してきたのである。襲ってくる最大の津波の大きさの想定についても、すべての規制に携わってきた、学識経験者や技術者の合意で定め、評価してきたものであった。だが、実際のそれは想定したよりははるかに大きなものであったのである。この巨大な津波をもたらした地震動の規模が、想定をはるかに超える地殻変動だったということである。その結果として原子力発電所が被災し、事故になったのである。

彼ら（原子力村の御用学者たち）の辞書には、「反省」とか「責任」といった言葉はない。国が国策として決めた原発を、国が決めた通りに運転してきた自分たちに瑕疵（かし）は一切ない。想定外の大きさの津波や地震だって、国が決めた基準通りにやってきた自分たちにとって不可抗力である。すべては自分以外のもの、国や国策という目に見えないものとして、恬（てん）として恥じないところは、むしろ驚嘆に値する。ここまでの破廉恥、無責任、責任転嫁は、お見事といわざるをえない。これだけではない。彼は、さらにこんなこともいっている。

「軽微と思われる事故、トラブルにこだわり、社会問題化することで、マスコミも地方自治体もトラブルを政治問題化してしまい、本質的な原子力安全への取り組みを避けてきた」「社会が包容力を失ってしまったことも重要な要因」だ、と。

おいおい、本気か、とツッコミを入れたくなるが、「もんじゅ」のナトリウム漏れの火災や、原子炉本体のひび割れや、パイプのギロチン切断が〝軽微〟な事故やトラブルであったとしても、それを隠蔽して、信頼性を失うようなことをあえてしたのは、一体誰なんだ？

これは事故の責任は反原発派にも等分にあるといった詭弁を弄する〝隠れ原発推進派〟の論者たちの論理と同じである（たとえば、武田徹の『わたしたちはこうして「原発大国」を目指した』（二〇一一年、中公新書）や『原発報道とメディア』（二〇一一年、講談社現代新書）は、「反原発派」を比重を失して批判している）。つまり、そうした論者たちは、〝お前ら（＝反原発派、マスコミ、地方自治体）がガタガタ騒ぐから、（自分たちが）ちゃんと運転ができず、事故をおこしちゃったんじゃないか〟と居直って恫喝しようとしているのだから、ここまで廉恥心や罪の意識や良識に欠けた人間も珍しいだろう。こうした〝原発犯罪者〟の居直りや恫喝や脅迫や逃亡を許さないように、私たちは、見張り塔からずっと見張り続けなければならないのである。

日本の原発大国化に大きな役割を果たしてきたメディアについては、ようやく本格的にメスを入れることが始まったといえるだろう。上丸洋一（じょうまる）の『原発とメディア　新聞ジャーナリズム2度目の敗北』（二〇一二年九月、朝日新聞出版）は、新聞の主張、潮流を中心に「原子力」がいかに推進され、プロパガンダされてきたかを描き、加藤久晴『原発テレビの荒野　政府・電力会社のテレビコントロール』（二〇一二年四月、大月書店）は、テレビ放送局が担ってきた「原子力の夢」「原発神話」を跡付けている。

吉見俊哉『夢の原子力』（二〇一二年八月、ちくま新書）はマスメディアのみならず、大衆社会の文化イメージとして「原子力」を戦後社会史のなかに位置づけた。山本昭宏『核エネルギー言説の戦後史1945─1960』（二〇一二年六月、人文書院）は、原爆の記憶から原発の夢へと方向転換してゆく社会のなかでその言説の行方を追っている。

以下、私が読んだ原発本についての短いコメントを付して、この稿を締めくくりたい。

日本の電力事業史、とりわけ原子力発電の歴史については、吉岡斉の『原子力の社会史──その日本的展開』（一九九九年、朝日選書）という古典的な著作があり、三・一一以降、その増補新版が出された。また、彼は「叢書・震災と社会」の一冊として『脱原子力国家への道』（二〇一二年六月、岩波書店）を出し、政府の事故調査検証委員会の委員としての調査を踏まえ、福島第一原発事故の経緯や原因について、もっとも客観的な見解を示した。

戦後の日本の原子力行政に力を振るった正力松太郎については、佐野眞一の『巨怪伝──正力松太郎と影武者達の一世紀』（一九九四年、文藝春秋）があったが、もっと原子力と密接な関係を暴き出した有馬哲夫の『原発・正力・CIA──機密文書で読む昭和裏面史』（二〇〇八年、新潮新書）があり、有馬はさらに『日本テレビとCIA──発掘された「正力ファイル」』という書物も著している（彼は二〇一二年八月には『原発と原爆』（文春新書）を出し、戦後の保守的政治家たちの核武装計画と原発政策が並行的であることを実証した）。

これらは主に三・一一以前のものだが、以後のものとしては、山岡淳一郎の『原発と権力――戦後から辿る支配者の系譜』（二〇一一年九月、ちくま新書）が、もっとも簡便に日本の原子力行政の裏面史を辿り、「原発翼賛体制」が戦後の日本に作られてきた過程を描き出している。日本の原発導入、推進、展開が、正力松太郎や中曽根康弘などの政治家の権力掌握の道具として使われ、軍備、資源問題、外交問題と絡んで、いかに〝政治的〟に展開させられてきたのかを、明確に指摘している。

昔、新聞はインテリが作って、ヤクザが売るといわれたものだが、鈴木智彦の『ヤクザと原発――福島第一潜入記』（二〇一一年一二月、文藝春秋）を読むと、原発は科学者が設計し、技術者が作り、ヤクザがメンテナンスをするといえそうだ。ただし、この本自体は、〝突撃ルポ〟としての価値はあっても、『原発ジプシー』などの古典的著作と較べると遙かに見劣りがする。ライターとしての志が低いからである。

志村嘉一郎の『東電帝国――その失敗の本質』（二〇一一年六月、文春新書）は、東電という企業の歴史、組織の在り方から、原発事故への東電の対応を指弾している。町田徹『東電国有化の罠』（二〇一二年六月、ちくま新書）は、東電国有化が結果的に「原子力ムラ」や「電力マフィア」の温存に手を貸したことを暴き、補償、除染のコストが国民全体に割り振られたことを揚抉している。『原発の深い闇（別冊宝島1796）』（二〇一一年七月、宝島社）は、原子力村の暗く、影になった部分を強調して浮き彫りにする。いわゆる原子力村の実態やその成り立ちについては、飯田哲也・佐藤栄佐久・河野太郎の共著『「原子力ムラ」を超えて――ポスト福島のエネルギー政策』（二〇一一年七月、NHK出版）があり、それとの熾烈な戦いを佐藤栄佐久は『福島原発の真実』（二〇一一年六月、平凡社新書）で書いた（どうでもいいことだけれど、この人は名前でずいぶん誤解を受けているのではないだろうか?)。

河野太郎の『原発と日本はこうなる――南へ向かうべきか、そこに住み続けるべきか』(二〇一一年一一月、講談社)は、日本の政治家では珍しい脱原発派の論客の政治家が、これからの原子力行政やエネルギー政策について考えたもの。原発がこれほど環境保護の法令から除外され、庇護されてきたのかと感嘆する思いに駆られる。それにしても、立法、司法の問題は重大だ。田中角栄の考え出した列島改造法案や電源三法が、いかに原発推進に有効だったかは、今になってはっきりとわかるのだ。

田原総一朗の『新原子力戦争――日本人は原発とどうつきあうべきか』(二〇一二年一月、PHP研究所)は、一見、脱原発派と原発推進(維持)派の間でニュートラルな立場を標榜しているが、明らかに原発維持に肩を持っている。それはオビの「『脱原発』こそ無責任だ」とか、「『脱原発』は逆に危うい」とか、「日本に原発推進派はいない」といった章の見出しが証明しているが、その言説は従来の原発維持派の論理をなぞったものでしかない。原子力ムラの裏情報にはある程度通じているようだが、所詮、「朝まで生テレビ」の事情通のレベルでしかない。それにしても、この程度の男がジャーナリストの代表顔をしている日本の社会も困ったものだ。

澤田哲生『誰も書かなかった福島原発の真実』(二〇一二年四月、ワック)は、これまでさほど「原子力ムラ」の恩恵に与らなかった〝御用学者〟が、ここぞとばかり登場してきた恰好だが、「放射能煽り報道」を敵視し、「脱原発」が日本の経済を疲弊させるという〝煽り〟はこの人物もまた「原子力ムラ」の狭隘な視野しかない学者である事を自ら物語っている。使用済み核燃料の処理、処分には目をつぶり、放射線障害については「自分に都合の良いデータを持ち出す」として、危険性を訴える研究者と、非難している。人々に放射能の危険性をしらしめすのがどうして「自分に都合の良いデータ」なのか。それは「事故の責任者によって都合がよく、被災者にとって都合の悪いデータ」を逆に隠蔽するための逆宣伝にほかならないのではないか。ニュートラルを気取った「原子力ムラ」の仮面住民の素面がところどころ垣間見られるのである。

北村俊郎の『原発推進者の無念――避難所生活で考え直したこと』（二〇一一年一〇月、平凡社新書）は、日本原子力発電所に勤め、発電所の現場で安全管理や地域対応、社員教育を担当していた実務者が富岡町に住み、避難所生活を送った体験と原発を推進する側に身を置いてきた自分の立場を反省的に考え直したもの。定年退職後も、日本原子力産業協会の参事を務めている彼は、自ら福島原発に近い富岡町に居住していたのだが、三・一一以降、自宅を離れ、避難所生活を余儀なくされた。単なる避難の記録だけでなく、自らが一生をかけたといえる「原発」に〝裏切られた〟無念さが全編に貫かれている。

これらの本を読んで私が考えたことは、私たちが失ったのは、日本の「国家」や「戦後の体制・システム」といったものへの信頼性だけではなく、私たち自身の理性や良識や健全な判断力への「信頼」であると思える。〝見えざる神の手〟によって市場が健全に働くという資本主義経済は、強欲な資本の投機のグローバリズムによってめちゃくちゃとなった。階級闘争ではなく、階層闘争が惹起しかねない格差社会が実現してしまったのに、権力者の一部の特権階層の利益を守るために貧しい階層からさらに搾取する手段のみを考えている。原発事故が露わにしたのは、こうしたあからさまな弱肉強食の社会制度の実態相である。問題点は明瞭に見えている。責任者は、明確に指摘できる。それなのに、私たちは、彼らの破廉恥な居直り、居座り、言い逃れを許している。私たちが〝正しいこと〟への信頼を見失ってしまったからだ。

Ⅵ　周防祝島反原発闘争民俗誌——宮本民俗学の実践の場として

1　旅の訓え

宮本善十郎は、旅の人だった。若い頃（明治二〇年代）には、オセアニアのフィジーにまで砂糖黍畑の農業移民として、故郷の周防大島（＝屋代島・山口県大島町）の村を離れたこともある。もっともそれは、うまい話にだまされたようなもので、一年もたたないうちに、多くの人は現地の風土病に倒れ、村から出かけた二百五十人のうち、生きて戻ることができたのは、半数にも満たない百十五人という過酷な旅だった。可愛い子には旅をさせろという格言の域を超えた、とても悲惨な旅だったのである。

その教訓（反省）からか、善十郎は、故郷の地に足をしっかりと下ろした農業生活を営むことにした。桑の木を植えて、養蚕を始めた。フィジーから持ち帰ったバナナを植え、蜜柑や枇杷の栽培を実践し、果樹栽培を島の産業として定着させた。若い日の海外雄飛の夢が破れてからは、善十郎は、基本的には郷里周防大島を離れず、故郷の村を発展させることを考えた。それでも、〝旅〟は、善十郎だけではなく、故郷の村に生きる男たちみんなにとって、島の生活の原点ともいえた。

旅に出て、ひろく〝世間〟を見ること。それは井の中の蛙とならず、故郷である狭い島の世界においても、常に時代や外側の世界との交通の道を開いておくことの必要性から来るものだった。島と海は、だから狭い世界に閉じ籠もるのではなく、広い世界に広がってゆくことの条件だったのである。

こうした善十郎の人生訓を、その息子の常一は、家訓として一生、拳々服膺(けんけんふくよう)した。長じて民俗学者となった常一は、『家郷の訓』や『民俗学の旅』を著し、父善十郎の一生から得た〝訓(おし)（え）〟を普遍的な庶民の旅の教えとして定式化したのである。

「汽車に乗ったら窓から外をよく見よ、田や畑に何が植えられているか、育ちがよいかわるいか、村の家が大きいか小さいか、瓦屋根か草葺きか、そういうこともよく見ることだ」と善十郎は訓えを垂れるのである。

「村でも町でも新しくたずねていったところはかならず高いところへ上ってみよ」。

「金があったら、その土地の名物や料理はたべておくのがよい」。

「時間のゆとりがあったら、できるだけ歩いてみることだ」。

「自分でよいと思ったことはやってみよ」。

「人の見のこしたものを見るようにせよ」。

これらの訓えは、まさに民俗学者・宮本常一を生み出すための教訓のようである。宮本常一は、こう書いている。「もともと出稼ぎの盛んなところで、旅へ出ることをそれほど苦にする者はなかったし、気が向けばどこかへ大した目的も持たずに出かけていく者も少なからずあったわけで、父のような旅も父一人の性癖ではなかったと思う」「そして旅での観察眼を私に最初に説いたのも、そうした体験の中から得たものであっただろう。父にとって旅が師であったかと思う。そして私を旅に出させることにしたのも旅に学ばせるためであったと思っている」と。

さて、こうした善十郎—常一の父子の教訓は、現在の日本でどんな形で生き延びているだろうか。

善十郎が広い世界の旅から帰ってきた故郷、そして常一が、生涯の最後まで語って倦むことのなかった周防大島のすぐそばに、周防灘に浮かぶ、ちょっとひしゃげたハートの形をした小島がある。小島といっても、多島海である瀬戸内海の島々では八番目の大きさであり、古来から瀬戸内から関門海峡、玄界灘へと抜ける航路の寄港地として知られる祝島（山口県上関町）である。

この万葉集にも歌われた祝島が、二十世紀の終わり、二十一世紀の初めにかけて、日本の社会において（いや、世界的にも）、さらによく知られることとなる。祝島と目と鼻の先にある（三・五キロメートル）長島の四代（上関町）の田ノ浦の入り江が、中国電力による、松江に次ぐ二番目の原子力発電所の建設の有力候補地となり、祝島では、島ぐるみの原発反対闘争が巻き起こったからである。

祝島島民による反原発の闘争は、三〇年近くを閲した。中国電力が上関町を原発立地の候補地として挙げたのが一九八二年、一九八五年には町議会が原発誘致を決議し、一九九四年に中電が施設計画に上関原発を盛り込んだ。一九九八年には祝島漁協を除く推進派七漁協と中電との漁業補償交渉が始まり、一九九九年に中電が環境影響調査報告書を資源エネルギー庁に提出した。

二〇〇〇年、共同漁業権管理委員会と四代、上関両漁協が漁業補償契約に調印したが、祝島漁協は十億円ともいわれる補償金の金の受け取りを拒否し、逆に漁業補償契約の無効の確認を求めて山口地裁岩国支部に提訴する。これは地裁では漁民側の勝訴となるが、山口高裁によって逆転敗訴となる。

二〇〇一年、上関原発計画を国の電源開発基本計画に組み入れることを、それまでぬらくらと煮え切らぬ態度を取り続けてきた山口県知事が同意し、強圧的な手法で知られる右派の経済産業相が計画を決定した。

二〇〇五年、中電は原子炉許可申請のための「詳細調査」を開始した。四代地区の共有地訴訟、漁業補償無効確認訴訟、神社地訴訟など、長年、懸案となっていた共有地、神社地などの訴訟が次々と高裁レベルで住民側の敗訴となり、勢いづいた中国電力は、すぐさま、立地候補の地域のボーリング調査や資材の導入などを始め、海域の埋め立て工事が着手されることになった。

この間、一貫して上関原発計画に反対し、それを実力的に阻止してきたのは、祝島漁協であり、「上関原発を建てさせない祝島島民の会」や「原発に反対し上関の安全と発展を考える会」などの漁民、市民たちの運動体であり、組織だった。

環境調査を阻止し、公開ヒアリングを中止させ、推進派議員や町長の祝島への来島を阻み、漁船による海上デモ、作業台船の進行を阻んでの海上封鎖、漁業権交渉の阻止とその契約の無効を求めての提訴などの法廷闘争を行い、三〇年近くにわたって週一回、月曜の午後に島内での反原発デモを実践するなど、挫けず、めげず、諦めない祝島漁民の反原発闘争は、見事なまでに持続されているのである。

2　上関に原発を！

日本の原子力発電所は、海辺の過疎地に立地する。沸騰水型（ＢＷＲ）にしろ加圧水型（ＰＷＲ）にしろ、日本の原発の主流である軽水炉は、冷却のために多くの水を使い、それを海水から採るために海岸に立地しなければならない。そして広大な土地を必要とし、万一の事故の危険性のために、人口が希薄で、近隣に大きな都市がないところが選ばれるからだ。

農漁業の第一次産業が斜陽で、主立った商工業もなく、人口の減衰と経済力の低下に悩む地方の共同体が、過疎化からの一発逆転の賭けを試みたのが原発誘致だった。日本列島改造計画のビジョンに従って、辺境の土地を活用化し、なおかつエネルギー転換の切り札ともなったのが原子力発電の推進であり、原発立地の市町村に、大盤振る舞いともいえる交付金、援助金を支出するのが、時の総理大臣・田中角栄、時の通産大臣・中曽根康弘らが主導した「電源三法」であり、この悪法によって、日本全国に原発が五〇基以上造られ、麻薬患者と同じく、原発を誘致した市町村は、交付金、補助金、協力金、寄付金といったさまざまな名目の金なしでは存立できず、原発関連施設を次々と誘致し、それでいて地方経済は疲弊するという悪循環を生み出したのである。

上関町の町議会が中国電力の原発を誘致を決議したのは、前述のように一九八五年九月だった。それより三年前、中国電力は、島根県（のち、島根市）の次の二か所目の原発立地として、上関町を候補地として挙げた。これには、すぐさま原発立地の上関町長島の四代地区の真向かいにある祝島の漁協が反対決議を行った。

一九七七年に山口県豊玉町に原発建設を申し入れ、地元漁協の激しい反対運動にあって計画の挫折を経験していた中電は、地元からの要請、地元の議会や行政、産業界とりわけ漁協などの〝意志の一致〟がなければ、自らは計画に乗り出さないという作戦を取った。もちろん、現実には金と暴力を使った町長選や町議会選への露骨な干渉（中電社員の住民登録による不正選挙騒ぎさえあった）、祝島漁協を除く関係七漁協への現金攻撃による買収など（百二十五億五千万円！）、さまざまな奥の手、闇の手が使われたわけだが、原発誘致派の町長と町議会の多数派による誘致決議などの地元の〝合意〟が必要という表向きの一線を守ったフリをしたのである。

上関原発の計画が持ち上がって以来、一貫して誘致派・推進派の町長として連続当選した片山秀行は、新聞記者のインタビューに答えて、こんなことをいっている。

――なぜ、原発を誘致しようと思ったのですか。

「この町に大手商社のＬＰＧ基地をつくる計画があったが、町に受け入れる積極性がなく、失敗した、そうしたときに、原発の話が浮上した。道路や水、土地がなく、過疎地が進むこの町の将来は、これしかないと思った。各種の交付金や固定資産税も大きなメリットだ。過疎の克服がわたしの政治生命だ」

——原発を誘致して、どんなまちづくりを進めるのですか。

「町民が一定の文化的な生活を送れるところまで、この町を引き上げなければならない。原発立地に伴う財源で、分散してまともに駐車場もない役場庁舎にかえて、情報化時代にふさわしい機能を持つ新庁舎を建てる。統合小学校も必要だ。室津漁港は一部を埋め立て、老朽化した中央公民館にかわる統合文化センターを建て、図書館や文化会館も整備する。漁業振興や道路整備も進めなければならない」

(二〇〇一年八月、朝日新聞山口支局編著『国策の行方 上関原発計画の20年』南方新社)

これは、都会(大都市)に〝遅れを取った田舎〟の大方の首長が語るところとまったく変わっていない。「健康で文化的な生活」という日本国憲法に定められた条項に、どれだけの国民(町民だけでなく)が当てはまるかどうかを別として、「文化センター」や「文化会館」の新設の夢を語る町長は、ハコモノ行政といわれる建築・土木業界への露骨な利益誘導ということを考えに入れなければ、「文化的生活」を享受していないという「田舎」の「都会」に対する深刻なルサンチマンに由来しているように思える。

しかし、反対派との長年にわたる対立、論争のなかで、片山町長の立場は、若干、いわゆる原発推進派のものと違ってきたようにも思える。片山町長は、こういっている。「上関町はそもそも、農業や漁業一本で食べて行ける状況にはない。上関だけに魚がたくさん来るわけでもない。だから、半農半漁でいい。若者に働く場があって、親がいて、子がいて、生活していくリズムができればそれでいい」と。

この発言は、過疎化を食い止め、経済的発展を図り、町民の生活を「文化的な生活」のレベルに引き上げるという先の発言といささか齟齬しているように思えるのだ。「半農半漁でいい。若者に働く場があって、親がいて、子がいて、生活していくリズムができればそれでいい」というのは、むしろ原発反対派の言葉であり、それまで通りに半農半漁の生活をして、それでそれが〝持続可能〟であればいいというのなら、原発は必ずしも必要ではなくなるだろう。反対派の候補者と、常に危うい選挙結果によって五期目まで町長選に勝ち抜いてきた片山秀行は、〝現状維持〟〝持続可能性〟〝半農半漁〟の生活リズムの保持というところまで、反対派の論理に近づいてきたといえるのではないだろうか。

3　祝島の「世間師」

祝島の原発反対闘争において、いわゆる〝原発労働者〟、原発で保守・点検の下積みの労働に携わってきた出稼ぎ労働の経験者がいたということは、きわめて大きなファクターだった。朝日新聞の山口版は、反対派の磯部一男の言葉を紹介している。彼は福島第一原発に出稼ぎに行き、定期修理の作業員として働いていたという。彼はいう。

「ポケット線量計など四つの放射能測定機を持って作業に入ったが、五分間で七〇ミリレムが記録されたこともある。こんなとき作業中止。危険だ」（『国策の行方』）。実際に放射能による被曝の危機を体験した彼らの発言は、説得力があり、有力だった。

『中電さん、さようなら――山口県祝島原発とたたかう島人の記録』（写真・文・那須圭子）という写真集のなかに、「島には下請け作業員として原発で働いた経験者が十数名おり、原発内のずさんな管理体制や被ばく労働の恐ろしさを早くから島民に説いて回った」との文章付きで、「原発絶対反対」の看板を背後に九名の男たちの写真が載っている（一九八〇年代福島菊次郎撮影）。体験の重さを訴える原発労働の経験者たちは、反対運動の中核を担ったのである。

宮本常一は、島（周防大島、瀬戸内海の島々）の人々が、男も女も若い頃にいったん島を出て、いわゆる「世間」を見てくることの重要性をその著書のなかで強調している。男たちは石積みや大工や養蚕や果樹栽培の仕事を他郷で行い、その技術と産業の芽を島にもたらす。宮本常一の父の善十郎が、島の村に養蚕業をもたらし、蜜柑や枇杷の栽培をもたらしたように（ただし、養蚕や蜜柑は、国家による生糸やオレンジなどの輸入政策の変更で、いずれも産業としては衰退した）。

祝島の名物となっている石積みの練り塀も、もともとは周防灘に浮かぶ離島から、出稼ぎとして本土へ渡っていった男たちが持ち帰ってきた石積み職人としての土木技術から始まったものだろう。宮本常一は、中国地方に石垣が多い理由として、もともと花崗岩の石材が多く、そして鍛冶や製鉄の発展で、石切りのタガネが発達し、地元の農民たちに石切り、石積みの技術を蓄積させ、それが現在見るような石垣を築き上げげさせたのではないかと推測している。

祝島で、〝平さんの棚田〟として有名な水田の石垣も、こうした石積み技術を学んできた三代前の「平」家の主人が、独力で高さ八メートルもの石垣を積んで作り上げたもので、決して祝島は孤島として「世間＝外界」から切り離されたままであったわけではなかったのだ。

もちろん、それらの島外の「世間」の風が、いつも島に幸いをもたらすものとは限らない。宮本家の没落の原因となった親類の者の持ち運んできた伝染病（赤痢）や感染症、また島の外（村の外）へと出ていったきり、帰ってこない若者の増加といった現象は、「世間」への知見が増すたびに増加していったはずだからだ。

だが、祝島の真向かいに原発という〝異物〟がやって来ようとした時、原発労働という貴重な体験を持った数人の「世間」を見てきた男たちの見識は有用だった。中電や推進派の甘い言葉にだまされず、原発がいかに危険で、彼らのいうように、過疎の離島に「文化的な生活」をもたらす、一発逆転、起死回生の妙薬などという甘言にだまされないだけの「世間智」を持っていた。まさに彼らは、宮本常一のいう、自分の生まれ故郷だけの狭い世界から出て、広い世界を渡り歩き、そこから知識や知恵を汲んできた「世間師（しょけんし）」だったのである。

4　過疎の町

祝島を含む上関町の人口は、昭和六〇年には六、一五五人、二〇年後の平成一七年は三、七〇六人と大幅に減少している。逆に町民の平均年齢は上昇し、六〇歳以上の人が二千人以上に上り、高齢化社会の事実は否めない。

だが、もちろんそれは上関町だけの問題ではない。それは日本列島の一部の都市を除いて、地方都市、周辺地域、ましてや離島などにおいては普遍的な現象であり、日本社会における「近代化」「現代化」がもたらした必然的ともいえる現象だったのである（だから、その問題は、一地域、一市町村レベルだけで解決されるようなものではない）。

第一次産業としての農漁業の衰退だけではない。石炭などの鉱業や、時代から取り残されたような軽工業、重工業も不振に喘いでいるのであり、第三次産業の拡大は、周辺から都市への人口の流入を促進し、経済成長は「都市化」「人口集中化」を促さざるをえなかった。上関町の人口減少、高年齢化、過疎化という現象は、日本においていたって平凡な、ありふれた（あるいは手垢にまみれたといってよい）〝悩み〟にほかならなかったのである。

上関町を構成する室津半島、長島（現在は上関大橋によって室津半島と地続きとなっている）、祝島、八島は、平地が少なく、水も不足で水田耕作に適せず、畑作や枇杷、蜜柑の果樹栽培と、一本釣りの沿岸漁業で口を糊するような零細産業の町だった。これは、宮本常一の故郷、周防大島も同じようなもので、出稼ぎや、公共投資による建設・土木業が主たる産業ということになる。

こんな上関町に、降って湧いたようにもたらされたのが、原発建設計画だった。町長や町議会、産業界ともいえないような産業界は、一も二もなく賛成した。原発立地の莫大な交付金が下り、固定資産税が入り、地元での雇用が促進され、建設・土木業はもちろん、運輸、通信、金融、情報、飲食業、サービス業にいたるまでのほとんどのすべての産業が、原発一～二号機の建設費だけでも九千億円という厖大な投資の金によって潤うのである。

もちろん、それは地元の上関にとって一時的なバブル経済の現象にほかならない。電力会社も政府（経済産業省）も、釣った魚にそれ以上のエサはやらない。福島第一原発の立地する大熊町や双葉町がそうであったように、バブルの金を使い果たし、財政危機に見舞われた市町村にとって、縋りつくのは、原発の増設、施設の拡充による〝交付金よ、もう一度〟という麻薬中毒に似た〝破滅へのサイクル〟の道以外にないのである。

原発労働を経験してきた祝島の島民の幾人かは、こうした現実を知っていた。被曝の怖ろしさはもとより、原発の新設や増設が、電力の増大やエネルギー構造の転換といったお題目ではなく、原子力産業の利益構造と、立地の地元の飽くなき経済的な〝欲望〟に根拠を持つものであり、しかもそれは一回受け入れたならば、灼けつく喉に海水を注ぐように、果てしなく喉の〝渇き〟を癒すために海水を飲み続けずにいられないのである、まさに死に至るまで。

5　祝島で

祝島は人口約五百人、面積七・六七平方キロ、周囲十二キロに満たない小島である。山陽本線の小駅に接する柳井港（山口県柳井市）から一日二便の定期船が就航し、室津、上関、祝島を約一時間と五分で結んでいる。島に必要な物資や郵便物は、この船によって島に届けられる。

有限会社上関航運の「いわい」号が祝島の岸壁に着く。防波堤には、鷗たちが一列に並んで入る船を見守っている。名物となっている猫が一匹、鋭い目つきをして、草むらにうずくまっている。以前は、原発賛成派の入島を監視していたのだ。港のわきの小屋に「原発反対」の看板が今も残っている。

島民の平均年齢はきわめて高い。だから、陸と船の荷物の上げ下ろしなども、老人たちが行い、港の通りをスクーターで行き来するのも七〇は超えたと思われる老人ばかりだ。彼らの話を小耳にはさんでみると、誰それのお通夜が今夜で、葬式は明日といった話だった。島には善徳寺など三つの寺があり、人口の割合からすればいささか多いという感じがする。

船が祝島の港に入ってゆく時に、集落の全体を眺め渡すと、右手の小高い丘の上の墓石群が目につく。住民の数よりも墓石の数のほうが多いのではと、不謹慎な思いに駆り立てられる。スーパーやコンビニなどはもとよりなく、日本中の津々浦々にある清涼飲料水の自動販売機さえ、私が見た限りでは、漁協横のたった一台だけだった。

島の産業は、農業が枇杷（その葉で枇杷茶も作る）の栽培、〝平さんの棚田〟で有名な米作りと（寒干し）大根などの畑作で、漁業では鯛の一本釣り、蛸壺による蛸漁（干し蛸を作る風景は面白い）、ヒジキや海苔などの海草採りで、いずれも小規模な〝半農半漁〟の海村であり、同じ上関町に属する他の島（長島）や岬（室津半島）とほとんど変わるところはない。変わっているのは、上関原発建設計画に対して、他の集落の共同体や漁協がこの計画に賛同あるいは妥協あるいは屈従したのに対し、一貫として、しかも島民一丸となって反対の意志を表明し続けたことである。

この祝島や長島の島民を中心とする上関原発建設に対する反対運動は、民俗学的現象ととても深く関わっているように思われる。中電が建設用地の取得のために土地売買交渉に入ろうとしてネックとなったのは、建設予定地のなかの地元住民が入会権を持つ入会地と、四代の正八幡宮が持つ所有地の問題だった。

中電が原子炉一号機、二号機を造ろうとしている田ノ浦の用地内に、地元の人々が薪や山菜を採りに入っていた入会地（共有地）があり、それは地元の住民たちの総意がなければ、所有権の移転はできないはずだったからだ。

多くの住民たちが、中電とそれと結託した町の威しや賺しや利益供与に転んでゆくなかで、頑として反対を唱える少数者の、入会地や入会浜の権利の放棄（売却）には、成員の全員一致が原則であるという主張に対し、多数決で決着させるという原発賛成派の言い分を裁判所も認め、結果的に中電が取得に成功することとなった。だが、これは慣習法としての入会権に対する無理解と無視があるように思われる。

そもそも、宮本常一が『忘れられた日本人』の「対馬にて」や「村の寄りあい」で書いているように、日本の村落共同体には、何か問題が起きた場合、各地の肝煎役が集まって、「寄りあい」を持ち、そこで評定して解決を図るという方法があった。村の古文書を東京の学者が借覧したいとやってきた。それを貸してよいものかどうか。経験豊かな肝煎り役が、異論や反論がある間は根気よく話し合い、何度でも何日でもかけて全員が納得し、頷けるような結論に持ってゆくのである。多数決や近代法による裁定といった乱暴な解決法は、民俗的慣習に大いに背馳しているものといわざるをえないのだ。

また、やはり宮本常一が書いているように、日本の農山漁村には「共有林」があり、「共有林は松の枯枝や、松の木の下に繁っている雑木は誰がとってもよかった」（『民俗学の旅』）という慣習があった。それは近代の土地所有の制度とは馴染まない共有地としての入会地であり、それは共同体の総意として守られなければならないものであって、決して経済的利益を追求する企業などに（ましてや、公害企業に）売ってはいけないものだったのである。

6　正八幡社騒動

四代には正八幡神社がある。この神社の所有地が、上関原発の敷地予定地のなかにあり、中電がこの土地を取得しない限り、原発建設工事のＯＫは、県、政府レベルから出てこない。しかし、林春彦宮司は原発の建設にそもそも反対であり、また神社の社有地を寸土であっても譲らないという意志を示した。これには日本の近代の神社神道をめぐる歴史的経緯が絡んでいると思われる。

幕末から明治にかけての国家神道の成立は、廃仏棄釈というスローガンを掲げ、仏教を弾圧したが、しかし、これは必ずしも神道の隆盛とは繋がらなかった。なぜなら、それまでの日本の宗教は神仏混淆というシンクレティズムがむしろ主流であり、仏教と神道とは並立、あるいは有力寺院のなかの神社として、または神宮寺といった形で共存共栄していたからである。明治の宗教改革は、こうした神仏習合の伝統や慣習を無視して、神仏分離を強引に進めた。その結果は、仏教寺院の没落にとどまらず、神社の衰退をもたらした。社寺の敷地、所有地の民間への売却や払い下げが進み、それは必ずしも神社神道側の勢いを増すものではなかったのである。

それに、神社統合（合祀運動）の政策が拍車をかけた。国家神道の樹立のために、村々の社（やしろ）、祠（ほこら）、鎮守社などを合祀し、伊勢神宮の下に統合化しようとしたのだが、これは南方熊楠の紀州での反対運動で明らかな通り、神社の所有地としての鎮守の森などを民間に払い下げ、その土地や立ち木を材木として商業的に使おうという底意を孕んだものだった。この合祀令によって、日本の神社はその所有地の大きな部分を失ったのである。

　正八幡神社の宮司による社有地の所有権移転の反対には、こうした日本の（中小の）神社の〝敗北〟の近代史が横たわっていると思われる。一度手放した土地は未来永劫戻ることはない。それは近代の日本の神社受難史が物語っている。原発は、八百万の自然神を斎き祀る神道の信仰と、そもそも背馳するものだ。足曳きの山を崩し、綿津見の海を埋め立て、人工の太陽ともいうべき原子力のエネルギーを生み出そうというのは、風や雷や波や山の神々に対する冒瀆であり、不遜な挑戦にほかならない。八幡神はもともと海民、漁民を中心とした信仰である。小型鯨であるスナメリや稀少な貝類の棲息する海域を放射能の混じった排水で汚し、温度を上げることを八幡の神が許すわけはないのだ。

　正八幡神社の土地は、宮司が所有しているわけではない。氏子代表と宮司が話し合いによって、その共有地を管理しているのであって、氏子代表の二人（原発推進派）と宮司一人の協議では、宮司の反対論は否決されてしまうのだ。だから、宮司は協議を行わないという抵抗に出た。協議会の招集権は宮司にあったからだ。これに対し、氏子は神社本庁に宮司の解任を求めるという暴挙に出たのである。この間、宮司の失踪、解任届けの偽造などというドタバタ騒ぎがあり、最終的には裁判による決着となり、国策としての原発推進に楯突く宮司の側の敗北となり、結果的には中電の神社所有地の取得は成功した。

　だが、鎮守の社の信仰という、共同体の〝魂〟をも二分させるという神社にまつわる騒動は、原発という〝異物〟、そしてその関係者という〝異人〟たちが、民俗的な伝統や慣習に対しての、大きな破壊者として立ち現れてくることを如実に示したのである。

7 祝島の「神舞」

祝島や長島のような離島の住民にとって、原発と中電の職員や関係者は、折口民俗学のいう「マレビト」といってよかったかもしれない。島という共同体の外からやってくるマレビト。それは島の人々に大きな幸をもたらす場合と、災厄をもたらす場合がある。もちろんそれははっきりとした善悪の二項対立ではなく、往々にしてそれは分かち難い双面神として顕現するのである。

原発が島にやってくるという話を聞いた時、一部の人々には、それが島の過疎化を喰い止め、都会の繁栄と文化とをもたらす特効薬として受け止められたことは事実だろう。しかし、島の外の「世間」を見てきた人たち（宮本常一の父善十郎のような「世間師」）は、それが島や海を壊滅させるかもしれない、きわめて〝危険〟な悪魔の施設であることを知っていた。それは具体的な爆発事故や放射能漏れといった事故以外に、その地方の経済をバブル化し、本来、自分たちが生み出したのではない莫大な金に身も心も麻痺してしまうからだ。

善十郎の訓（え）に「金というものはもうけるのはそんなにむずかしくない。しかし使うのがむずかしい。それだけを忘れぬように」（『民俗学の旅』）というのがあったが、それまでに見たこともない大金に目が眩んだ人々は、使い方を誤り、うさんくさい投資やギャンブルに金をすり、元の木阿弥どころか、元も子もなくし、破産や倒産の憂き目にあうことも珍しくはないのだ。原発で大きな金が投下され、沸きに沸いた原発城下町でも、町を以前以上に発展させ、豊かになったというところはほとんどなく、「使うのがむずかしい」金を、愚かなことに蕩尽し、いっそう貧しくなった地方自治体にはこと欠かないのだ。

祝島には、もともと海の外側の世界から訪れるマレビトを歓待する風習があったことは明らかだろう。ここには千年以上も前から伝わっているという「神舞（かみまい）」という祭りの行事がある。周防灘を渡った国東半島の伊美別宮社という八幡宮がある。そこから御神体と神官を乗せた三隻の御座船が海を渡って祝島にやってきて、祝島からはやはり大漁旗を立てた百隻余の櫂伝馬船がそれを出迎えるという海上パレードが行われるのだ。神船の舳先（へさき）と艫（とも）には、白装束の化粧した男性の先導者が乗り、櫂を使ったパフォーマンスを行い、笛や太鼓の神楽の音楽もにぎやかだ。

これはもともと、豊後国の伊美別宮社の神楽師が周防灘で遭難し、祝島の三浦湾で漁民に助けられ、そのお礼として麦などの穀物の種を島にもたらしたという神話（伝説）に由来したものである。昔でいえば藩、今でいえば県を隔てた国東半島と祝島を結びつける〝海を渡った〟祭というのは珍しく、祭の多い日本でも特異なものといえよう。

この「神舞」は、四年に一度、八月に行われる。伊美別宮神社から神官を迎え、島の三浦湾の浜辺に島民たちがみんなで作った神舞仮神殿で、三十七番の神楽が奉納される。天狗のような面をかぶった荒神が主人公の荒神神楽である。瀬戸内海の島々に広く広がる八幡信仰と荒神信仰の入り混じった神事であり、祭であるのだが、これは祝島と姫島の間の海が、瀬戸内航路の重要な〝海の道〟であったことを物語っているだろう。

室津や上関が朝鮮通信使や北前船の航路上の寄港地であったように、古来、祝島は遣新羅使たちの航行の安全を祈る神霊の鎮まる島であって、それは「家人は帰り早来と祝島斎ひ待つらむ旅行くわれを」「草枕家行く人を祝島幾代経るまで斎ひ来にけも」という万葉集の歌によっても明らかなのだ。

もちろん、海からやってくる「マレビト」は、良きことだけを島にもたらすものとは限らない。それは島を襲う海賊のような異人集団であったり、島人に降りかかる流行病や悪しき風俗や流行であったりした。そのたびに、島の人々は大漁旗を掲げた船を出し、神楽を舞って神を〝斎き、祀った〟のである。

中国電力が、原発建設のための工事を強行しようとして、周防大島の港から出港した作業台船を田ノ浦に着けようとした時の祝島の漁民たちの船による海上封鎖、台船の取り囲みは、まさに「神舞」の時の御座船を迎える櫂伝馬船の様相を彷彿とさせるものであった。スピーカーによる中電と漁民たちとの掛け合いやシュプレヒコールは、不謹慎な言い方かもしれないが、祭のお囃子のようなにぎやかさを伴ったものだろう。

私はこうした情景を纐纈（はなぶさ）あや監督の『祝（ほうり）の島』や、鎌仲ひとみ監督の『ミツバチの羽音と地球の回転』などのドキュメンタリー映画の映像として観ただけだが、島の人たちの昂揚感や情熱は、四年に一度の祭の時とあまり変わらない激しさを持っていたと思われるのである。それはもちろん、「マレビト」を歓迎するのと反対に、島に邪悪なものをもたらす「原発」というマレビト（厄神、疫病神）を徹底的に排除し、忌避しようという、本来の神祭とは反対のベクトルを持つものなのだが。祭の昂揚感とハレの感覚が、島人たちの反対運動に底流している。こうしたいい方は、決して祝島の反原発闘争を貶（おとし）めるものとはならないと私は考えるのだが、どうだろうか。

8　「エイエイオー！」

宮本民俗学が、きわめて保守的な一面を持っていることは否定できないだろう。『家郷の訓』で主張されているのは、まさに古い時代のままの家訓や教訓を遵守しようとするものであって、そこに社会改造の思想や革命思想が入り込む余地は、ほとんどないだろう。

宮本常一の師である柳田国男が、天皇制社会を肯定し、常民による保守的な世界観をもとに、せいぜい社会改良的な考え方しか持っていなかったように、宮本民俗学の、ある意味では社会の進歩や発展に対しての反動的な心情があることは明らかかもしれない。

宮本常一は、昭和二五（一九五〇）年五月に、柳井から室津、上関を訪れ、蒲井、四代を経て祝島に渡っている（『私の日本地図・瀬戸内海Ⅰ』）。祝島のことについては直接的には何も書いていないが、これらの周南の島々の旅で彼が感じ取ったのが、島々の歴史の古さであり、またその貧しさ、それでいて島の人たちの親切なことであった。祝島の隣りの島といえる八島（上関町）についてだが、「島の人は皆親切であった。村の家々を見ても貧富の差はほとんどないようで、屋敷の広さもほぼおなじようであった。この島にも土地の均分制が古くおこなわれていた」と書いている。

また、島に残る石灯篭について「人の世は多くの目に見えざる善意と工夫と協力によって少しずつよくなって来たことを、この島の中にのこる古いものの中からよみとることができる」としている。そして、これは平群島（柳井市）のことだが、海岸の砂州に生えていた松を伐ってしまったことを「松が育つまでには長い年月がかかる。どうして伐ってしまったのであろうか」と慨嘆している。

こうした宮本流のいい意味での（健全な）保守の思想が、祝島の反原発運動の精神の背骨となっているように思われる。週一回、月曜の午後六時に行われる「反原発デモ」は、三〇年間続けられ、延べ千回にも及ぶという。掛け声は「きれいなふるさとを守ろう！　原発反対！　エイエイオー！　きれいな海や山を守ろう」というものも、最初の頃は「愛郷一心会」という組織名を名乗った。「エイエイオー」という勝ち鬨の声や「愛郷一心会」という名称から、こうした反原発の島民の運動が、漁村民たちの「ふるさと」の「海」や「山」に対するパトリオティズム的な心情から始まっていることは明らかだろう。それは決して進歩的で革新的な精神ではなく、保守的で伝統的な価値観の遵守という心根だろう。共産党や社民党、民主党の一部の議員による支援もあるのだが、中心となっているのは、長い間執権してきた自民党の保守政治の心情と繋がるものを持つ人々の保守主義であったと思う。

原発という〝新らしがり〟の人が飛びつくようなものには興味を持たないというより、根源的な不信感を持ち、山を崩し、海を埋め立て、山上に送電線の鉄塔を並べるといった天変地異の開発計画は、年々歳々、変わることのないふるさとの海や山や風景をこよなく愛する人々にとって、絶対に許すことのできない暴挙にほかならなかった。原発や中電といった「マレビト」は、島に入り込むことを厳しく拒絶されたのである。

しかし、中電の仮面をかぶった「国策」という名前の原発建設の側も執拗だった。祝島の反対運動を外部のイデオロギストたちの不毛な反対のための反対と矮小化し、民主主義や裁判結果という名の強権によって、事態を膠着状態から脱出させようと図った。二〇〇九年一月に中電は現地調査終了を宣し、四月、上関原子力発電所準備事務所を上関町内に設置し、十二月に第一号機の「原子炉設置許可申請書」を経済産業大臣に提出するという王手を打って来たのだ。

9　工事中断

そして、二〇一一年の三月十一日、絶対安全で、放射能の外部漏出事故などありえないとされていた福島第一原発で、外部電源をすべて喪失し、原子炉と使用済み燃料プールの冷却が不可能となり、一〜三号機の原子炉がメルトダウン、あるいは水素爆発が起こり、旧ソ連のチェルノブイリ事故のレベル7を凌駕するような前代未聞の原発事故が発生したのである。

これを受け、福島第一原発の二の舞を恐れ、あわてふためいた原発立地の他の県や市町村と同様に、上関町と山口県は中電（電力会社）に対し、慎重な対応を要請し、中電は建設作業の中断を余儀なくされた。海面の埋め立て工事には知事の免許が必要だが、二〇一二年十月に期限が切れる免許について、知事はその延長を認めない方針を表明し、原発本体の着工はもちろん、その前提となる埋め立て工事も着工は不可能となった。際どいところで、取り返しのつかない埋め立て工事は、辛うじてストップされたのだ。残念ながら、反対運動の成果というよりは、圧倒的な原発に対する逆風、外圧によって、だが。

脱原発へと政策が転換され、少なくとも原発の新設、増設にはストップがかかっている現状において、上関原発の建設の不可能性は高まっている。ただし、中電は諦め悪く、準備室を維持したまま、ガードマンによって、工事用道路と工事現場とを凍結したまま見張るという状態を継続している。地質調査のためとして、大きな縦穴を用地内にくり抜き、その底から横穴を掘り続けていると、中電の若い広報課の職員は、私に説明してくれた（建設用地に立ち入るためには、職員立会の〝案内〟が必要だったのである）。それは、中電の意志というよりは、何が何でも原発建設を推進しようという「国策」の亡霊のような執念深さであるともいえる。

中電が提出した原子炉設置許可申請書は、経産省と原子力委員会・原子力安全委員会との二段階の審査が必要で、その受け皿となる経産省原子力安全・保安院や原子力委員会、原子力安全委員会自体が、「原子力規制庁」なるものへの統合や組み替えが予定されている時期に、うろたえている彼らが審査を続けるなど、原子炉設置の許可に至るまでの過程がスムーズにゆくわけはなく、万一、どさくさ紛れに申請許可が中電の思惑通りに進展したとしても、それでも、彼らが掲げる計画としての二〇一二年の着工、二〇一九年の運転開始など、夢のまた夢物語にしか過ぎない。幸いなことに、現在の、経産省、資源エネルギー庁、原子力委員会、原子力安全委員会、文科省などの役人に、そんな〝蛮勇〟をふるえる人物などいそうもないのである。

祝島の島民たちの反原発闘争は、勝ったといえるのだろうか。結果的に中電の工事を中断に追い込み、限りなく不可能に近いところまで建設工事を追い込めたという意味では〝勝った〟かもしれない。しかし、それは東京電力の福島第一原発の事故という、電力会社側（原発推進側）のオウン・ゴールによって得た得点によるものであり、さまざまな防御壁を一つずつ、中電や原発推進派に打ち破られ、工事着工という敗北寸前での逆転劇だったことを思えば、それは簡単には勝利とはいえない。何しろ、中電はまだ完全に白旗を揚げたわけではないのだから。抵抗を止めれば、彼らはすぐに失地を回復しようと鎌首をもたげてくるだろう。社長や所長などの〝頭〟が消えてなくなったとしても、電力会社（原子力ムラ）の原発への執念は、その体質、遺伝子に深く刻み込まれているのだから。

10　瀬戸は夕凪

映画『ミツバチの羽音と地球の回転』のラストで、祝島にUターンしてきて、反原発運動に参加している山戸孝のしゃべる言葉が記録されている。まだ、幼児である長女や、妻が妊娠中の二番目の子どもについて、「祝島にずっといて欲しいと思う？」という鎌仲監督の質問に、「うーん、それは任せます。子供に。別に祝島出身で、祝島の人に残るのが一番ええ生き方とは思わんですから。好きかっちゅうか、そういう生き方を選ぶかどうかっていう問題であって、自分で選べばええと思う。ただ、祝島しか知らんで、祝島をおるって言うのはなしです、なしにしたいですね。他の世界とか色々知った上で、最終的に選ぶなら、選べばええじゃんっていう感じで」と答えている。

祝島の反原発運動のリーダーとして長年活動してきた山戸貞夫（祝島島民の会代表、祝島漁協理事長）の息子として生まれ、母親を病気で失った父子家庭で、闘争に夢中な父親によって知り合いの漁師に預けられっぱなしになっていたという彼は、一時はそんな父親に反撥し、家と島を出ていたが、やがて妻と娘を連れて島に帰り、今では七十五歳が平均年齢とされている島の住民のなかで、三十代という飛びぬけて若い世代として、反原発運動の中核メンバーとなって活動している（娘の恵ちゃんは、島の老人たちのマスコットだ）。

もちろん、運動のためだけに活動に専心することはできず、妻子との生活のために、島の老人たちといっしょに、ヒジキ採りやその加工、枇杷栽培、枇杷茶の製造など、島の特産品の育成、販売にも熱心に、積極的に取り組んでいる。島での原発抜きの生活を自立的に営むために、四代や蒲島などの長島地区の人たちのモデル・ケースとしても頑張らなければならないのだ。

最終的に「きれいなふるさと」「きれいな海や山」を守ることができたのなら、祝島島民は、中電相手の（本当はもっと〝大きなもの〟としての敵が相手なのだが）反原発闘争に完璧に〝勝利した〟といえるはずだ。だが、父親を継いで、祝島での生活を選んだ山戸孝のような存在が島にあることが、祝島の〝闘争〟の本当の勝利といえるのではないだろうか。

ひょっとしたら、上関原発は、島の人々の身体や精神を蹂躙してまでも、暴力的に建てられてしまうかもしれない。中電というより、政治家や官僚中心の国家や、国家権力を牛耳る人たちは、そんな抵抗や闘争をものともせず、一挙に叩き潰すだけの実力（暴力）を持っているからだ。だが、しかし、世代を継いで、祝島で生きてゆこうと、それを〝選んだ〟人間がいる限り、最終的な勝利は、やはり祝島の側にあるのではないだろうか。

私が訪れた原発建設予定地の田ノ浦の砂浜にうち寄せる波は、澄んで、本当に綺麗な水だった。目の前の無人島の鼻繰島には、隼（はやぶさ）が営巣しているという。この透明な海水は、青く澄んで祝島まで繋がっている。ヒジキや鯛や蛸などの海の幸をもたらす大切な海だ。そこを遣唐使や御朱印船や朝鮮通信使や北前船などの船が、古代から数多く往き来したのである。外洋へと抜ける重要な航路として。

この海を残すことに祝島の人々は成功した（ようだ――まだ、油断はできないのだが）。それは金や経済的繁栄、科学の進歩や文化の発展という近代的な幻想に対する民俗的な精神の勝利であり、宮本常一のいう「家郷の訓」の勝利のような気がして、私はならないのだ。

瀬戸は夕凪、明日も晴れそうである。

【参考文献】

『宮本常一著作集』（未來社）、『私の日本地図』（同友館）、『宮本常一離島論集』（みずのわ出版）ほか。

朝日新聞社山口支局編著『国策の行方　上関原発計画の20年』南方新社、二〇〇一年。

写真・文・那須圭子『中電さん、さようなら——山口県祝島原発とたたかう島人（しまびと）の記録』創史社、二〇〇七年。

『周防祝島の神舞行事』山口県文化財愛護協会、一九七八年。

『上関原子力発電所建設計画の概要』中国電力。

『上関原発絶対反対！　埋立てを許すな！　２０１０年９・10月の記録』上関原発を建てさせない祝島島民の会。

『ミツバチの羽音と地球の回転』上映パンフレット。

その他、祝島観光パンフレット、マップなどを参照した。

【映像資料】

纐纈あや監督『祝（ほうり）の島』（ＤＶＤ）。

鎌仲ひとみ監督『ミツバチの羽音と地球の回転』グループ現代製作（ＤＶＤ）

Ⅶ　コラムと書評

高木仁三郎

天馬博士は、息子のトビオを交通事故で失い、その息子とそっくりのロボットを完成させた。しかし、いつまでたっても成長しないロボット（当たり前だ）に業を煮やした博士は、彼を見せ物のサーカス団に売ってしまう。そのロボットの名前は「アトム」という。手塚治虫原作の『鉄腕アトム』は、その名前の通り（「アトム」は原子）、原子力の平和利用の象徴的な例である。お茶の水博士に救われたアトムは、家族を造ってもらうが、妹がウランちゃん、弟がコバルトくんというのだから、まさしく「原子家族」だ。

だが、このアトムが、マッド・サイエンティスト（狂った科学者）によって造られた、原子炉を胸のなかに持つロボットであることを忘れてはならない。それは、〝十万馬力の科学の子〟であり、原子力発電所や原子爆弾と隣り合わせにあることを示している。

プルトニウムは、ラジウムよりも、危険ではないと主張している本がある。鈴木篤之編著『プルトニウム』（ERC出版、一九九四年）で、そこで著者は、プルトニウムを擁護するために、ラジウムの方がもっと危険性が高いと主張している。プルトニウムの無毒性を主張するなら分かるが（それはあまり科学的ではない）、ラジウムの方がもっと毒性が高いということで、プルトニウムを擁護するのは、子どもにさえ分かる転倒した論理だろう。そのプルトニウムを燃料に使ったプルサーマル計画が立てられ、高速増殖原子炉「もんじゅ」が運転されている。プルトニウムに対する日本の原子力学者たちの〝博士の異常な愛情〟は、ひょっとすると、「アトム」に対する歪んだ愛情を持った天馬博士以来のものかもしれない。

『プルトニウムの恐怖』（岩波新書）という本を書いた高木仁三郎は、六〇年安保闘争、大学闘争などの体験において、「原子力工学」という自分の専攻した学問に、疑問を持つようになった。東大の「原子力工学科」を出た彼は、日本原子力事業株式会社に就職し、日本の原子炉を造る事業に携わったが、違和感を感じてそこを辞め、東大原子核研究所を経て、都立大理学部の助教授となった。折しも、全共闘運動が盛んになったキャンパスで、彼は「造反教官」として、三里塚闘争に関わるようになった。

「学問」とは何か。「科学」はいったい人間の役に立っているのか。彼は、都立大の同僚の独文学者で詩人の菅谷規矩雄から宮澤賢治を読むことを勧められ、そこで賢治の「われわれはどんな方法でわれわれに必要な科学をわれわれのものにできるか」という言葉に出逢った。「われわれの科学」、すなわち、人間（あるいはすべての生き物）のためになる科学とはいかに可能なのか。その時に彼に見えてきたのは、科学の粋を集めたとされる原子力であり、その〝平和利用〟としての原子力発電だった。

原発は本当にクリーンで安価なエネルギーなのか。プルトニウムは、エネルギー資源の乏しい日本で、理想的で、安定したエネルギーとなりうるのか。かつて、原子炉の設計に加わった彼は、原子力ビジネス、原子力研究の現場が、無批判的で、利己的な欲望によって推進されていることを知っていた。それはますます巨大に、傲慢に、悪辣になり、まるで原水爆怪獣・ゴジラのように、日本全国の海辺を破壊するような猛威を振るったのだ。

それを止めなければならない。彼は大学を辞し、原子力資料情報室を設立して、原子力の科学を「われわれ」の手に取り戻そうとした。しかし、原爆の材料としてのプルトニウムに固執し、日本の核武装を狙う政治家、原発産業で莫大な利益を得ているメーカー、関連産業、さらに日本社会を牛耳っている電力会社は、アメリカやフランスの原子力産業と結びついて、「原発ルネサンス」を謳い上げた。高木仁三郎は、二〇〇〇年十月八日、ガンによって死去した。福島第一原発の原子炉が爆発する十一年前のことである。

山本義隆

一九六九年九月六日、日比谷公園で全国全共闘連合大会が開かれた。全国の各大学で組織されていた全学共闘会議（全共闘）の連合が実現したのだ。しかし、それは結成と同時に崩壊する運命にあった。記念すべき大会当日に、会場付近で全国全共闘の議長となるべき東大全共闘議長の山本義隆が、逮捕されたからだ。かねてから逮捕状が出され、地下に潜伏していた彼が、逮捕覚悟で会場に現われるという噂が流れていた。日比谷公園での赤軍派の登場、そして山本義隆の逮捕は、安田講堂の攻防戦と同じく、全共闘運動の一つのメルクマールであり、いわば〝儀式〟的なものでもあった。山本義隆はそれ以後一年半ほど収監され、全国全共闘が七〇年反安保運動に大きな役割を果たすことはなかった。議長・山本義隆、副議長・秋田明大（あけひろ）という「全国全共闘」のシンボルともいえる二人の若者は、運動の表面からは姿を消すことになる。

東大物理学教室の博士課程に在籍していた山本義隆は、将来の日本の物理学界をしょって立つといわれたほどの学究肌の研究者だった。だが、東大全共闘議長となり、〝知性の叛乱〟の象徴的存在となった彼は、逮捕・収監され、釈放後も研究室には戻らなかった（戻れなかったのだろう）。予備校の物理教師として受験生に絶大な信頼を得た彼は、その傍ら科学史の研究に勤しむ。その成果は『磁力と重力の発見』（全三巻、二〇〇三年、みすず書房）となって毎日出版文化賞と大佛次郎賞を受賞した。物理学者（研究者）の道を断念してから四十年以上が経過していたのである。

彼が久しぶりに社会的問題に触れた文章を著したのは、二〇一一年八月のことだ。『福島原発事故をめぐって――いくつか学び考えたこと』（みすず書房）である。そこで彼は科学史家として、原子核物理学という原理論から、原子力発電という原子核工学の応用実践の技術までの距離がきわめて大きいものであることを語っている。つまり、原発は、工学的には未発達な技術であり、とうてい実用に耐えうるものではないのだ（それは福島第一原発の事故が証明した）。使用済み核燃料を原子炉建屋の上部のプールに溜め込み、核廃棄物をドラム缶に詰め込んで倉庫に積み上げるだけという乱暴な核処理技術が、最先端のエネルギー科学の世界にふさわしいとは、誰にも思えないはずだ。

これは日本の原発技術の優秀性を誇大に持ち上げ、トンデモ本と認定された豊田有恒の『日本の原発技術が世界を変える』（祥伝新書、二〇一〇年）や、三・一一以降にも、今の新しい原子炉なら、絶対に爆発事故などありえないと発言する立花隆などの「科学の子アトム」世代の盲信者たちとは一線を画した、真に科学的な思考法といえるだろう。東大、東工大などの御用学者だけでなく、吉本隆明のような全共闘の理論的支柱だったともいえる人までが、原発に肯定的だったことを私たちは思い起こさなければならないのだ。

山本義隆は、渡辺眸の写真集『東大全共闘1968・1969』（新潮社）に寄稿した文章のなかで「過誤をおかし、それゆえ謝罪をしなければならないはずの教授会が、まるで慈悲をたれているかのように高みから恩着せがましく言うことによって、自分たちの責任を回避しようとしている。これほどひどい話はない」と書いた。「（東大医学部）教授会」を「（東大）原子力工学の教授たち」に変えれば、これは三・一一以後の原発事故をめぐっての御用学者についてそのまま適用できる。東大教授たちの権威主義や保身、その場しのぎの巧言令色や欺瞞や恫喝や卑怯さに、私たちは「大学教授」「学者」「研究者」なるものの正体を見たのだ。原子力村の学者たちが、いかに罪深い研究とプロパガンダを行っていたかが明らかとなった。それでも、誰も、彼らに「自己否定」と「大学（学会＝学界）解体」を突きつけようとはしないのである、四十年前の昔とは違って。

田畑あきら子

夭折した人物には特別なオーラがある。二十八歳で死んだ田畑あきら子の遺稿詩集を読んだ時、その数少ない詩編の一行一行が、宝石の煌（きら）めきのように見えた。たとえば、次のような。「羽が結ばれると

／ダイヤモンドは　昇って行こうとする／その時に敵が蝶々の前に現われる／土曜の夜から　その蝶は飛んできたのだ／花はほじれる　私のふるさと／羊歯の暗い影に残る／けものの　あったかい臭いも／蝶々の　とまる気配も／私のふるさと」。

田畑あきら子（本名・明子）は、詩人であり、画家だった。洲之内徹がその『気まぐれ美術館』のなかの「美しきもの見し人は」で、彼女の油彩やデッサンを絶賛し、特にその線に感嘆したことは、洲之内徹の読者ならば、よく記憶していることだろう。性狷介（けんかい）といわれる彼が、これほど手放しで無名といっていい画家の作品を賞賛するのは何となく不思議な感じがした。すでに死者であること、夭折者であることが、洲之内の審美眼を歪ませていたのではないか。私は、ちょっと意地悪く、そんなふうにも考えてみたのである。

田畑あきら子は、一九四〇年十二月に新潟県西蒲原郡巻町（現・新潟市巻）に生まれた。地元の県立高校を出たあと上京し、武蔵野美術大学西洋画科に入学した。折しも六〇年安保闘争のまっただなか。その詩も、絵画も、社会的行動も、既存の価値観を否定し、新しい美や価値を創造しようとするものだった。仲間たちとのグループ展や個展を通して、彼女の画家としての実力は徐々に認められ始めていた。そんななか、急激な腹痛が彼女を襲う。胃がんだった。荻窪病院、新潟大学付属病院に入院し、手術し、抗がん剤による治療を受けるが、一九六九年八月に死去。翌年に、姉・良子（りょうこ）と弟・護人（もりひと）の手によって、『田畑あきら子遺稿集』が刊行され、その詩編が、吉増剛造など死後の知己を得ることになる。

遺された書簡のなかで、彼女は「ふるさと」の吹雪や雪の海の情景や記憶を語っている。「吹雪、吹雪、ナニモミエナクナル吹雪」「田んぼの中の鉄道線路」「となりの家の柱時計」「巻ノ祭リノ笹ダンゴ」「バラノ花ノトナリノツツジノ木」「巨キナヘビ」……これらのものは、彼女がふるさとの記憶のなかから拾い上げてきたオブジェだろう。

田畑あきら子が死んでから数年して、彼女が病床で懐かしんだふるさとの雪の浜辺は、大きな紛争の渦に巻き込まれることになった。東北電力が、その狭い、小さな砂浜（角海浜（かくみはま））に原子力発電所の建設計画を発表し、国に設置許可申請を行ったのだ。それ以降、町はまっぷたつに裂かれ、推進派と反対派は、町長選挙やリコール運動で争い、そして全国初の住民投票による原発建設の可否を問うことになる。結果は、反対票が過半数を越え、原発立地の町有地を反対派に売り渡すことで、建設計画は阻止された。設置申請から二十二年後、東北電力は許可申請を撤回し、巻原発はついに幻と終わった。

この間、「巻原発住民投票を実行する会」を立ち上げ、一貫してこの反原発運動に邁進してきた住民の一人に、巻で祖父からの代々の酒屋を営んできた田畑護人がいた。田畑あきら子の二歳年下の弟である。東北電力や町の実力者たちが集まった推進派に楯突くことは、酒屋という商売上からも、決してたやすいことではなかった。だが、彼らは、自分たちのふるさとを汚染し、美しく、穏やかな角海浜の景観を台無しにする、異様で、奇怪なコンクリートの化け物のような原発を決して認めようとはしなかったのだ。「なってみたいものは？――お母さん。」と自問自答した田畑あきら子。彼女の夢は実現しなかったが、彼女の愛した「私のふるさと」は、こうして彼女の弟たちによって守られることになった。今も、そこには海と砂と風と雪しか、ない。

勝又進

マンガ雑誌『ガロ』は、一九六〇年代後半に作家特集の臨時増刊号を出し続けた。つげ義春、林静一、辰巳ヨシヒロ、池上遼一などである。そのうち、一番地味だったといえるのが勝又進だろう。四コママンガ専門というスタイルのこともあるし、内容も、河童やら狸やらがよく出てくる、『遠野物語』にでもありそうな民俗的、土俗的な話が多かったからだ。やがて、彼はそうした持ち味を生かして、四コマにとどまらないストーリー・マンガを描き始める。作品集『赤い雪』（二〇〇六年、青林工藝舎）に収録されるような、東北地方を舞台とした、やはり民俗的な作風を完成させたといってもよいのである。

勝又進は、一九四三年十二月、宮城県石巻に生まれた。『赤い雪』や『深海魚』（二〇一一年、青林工藝舎）に収録された自伝的ともいえるマンガの中で、彼は孤児としての自分の生い立ちを描き出したといえる。河童や狸たちは、孤独な幼少年の時代の彼の友達であり、生意気でふてぶてしいそうした妖怪や獣たちも、結局は人恋しく、人里にわざわざ降りてくる生き物なのだ。

そんな勝又進が東京教育大学に進学して物理学を学び、さらに大学院に進んで原子核物理学を専攻したという学歴は、彼のマンガ家としての存在と、いささかちぐはぐのような感じがする。一九七〇年代から、日本の各地に建設された原子力発電所は、国民の大半があまり関心を持たないうちに、またたく間に五十四基にまで増え広がったのである。岬の端や山の裏、小島の向かいの海辺の浦に、ひっそりと、人目をはばかるように。

原子核物理学、原子力工学、「原子力」という名の付く学部、大学院は、理系学生たちにとっては憧憬の的であり、進学希望の花形だった。しかし、それはいつからか不人気学部となり、「原子力」という看板を次々と掛け替える大学や研究所が増えてきた。原発の事故が頻発し、不祥事が生じるたびに、技術責任者や現場責任者に対する風当たりが強くなった。原子力ムラといわれる原子力産業界は、総括原価方式という、きわめて電力会社に都合のいい仕方で集めた金で、原発立地の要望を叶え、自分たちの存続に資する研究ならば、金に糸目をつけないというのが普通だったのだ。

しかし、資金は潤沢ながら、知的好奇心と学者的良心の麻痺した「原子力」学界に若い研究者たちがそっぽを向くようになったのは当然だった。「原子力」のことをよく知り、そのブラックな面もよく知っている人たちが、反原発、脱原発への考えと変わっていったのも、無理のないことだったのだ。

勝又進は、その専門的知識、教養を生かしたものとして、共著『原発はなぜこわいか』（小野悉周・監修、天笠啓祐・文）と『脱原発のエネルギー計画』（藤田祐幸・文）の二冊を出している。しかし、こうした反原発、脱原発の啓蒙書や入門的な著作よりも、勝又進には、いわゆる〝原発ジプシー〟と呼ばれる、原子炉で働く労務者の生活を主題とした「深海魚」（一九八四）と「デビル・フィッシュ（蛸）」（一九八九）という二編のマンガがあり、三・一一の福島原発事故以降に前出『深海魚』として単行本化されることになる。

きわめてリアルに原発労働者の生活を描いたこの作品は、「原子力ムラ」の一員ともなりかねなかった勝又進の問題意識の在り方が、如実に表現されている。それは、原発（原子力）が自然や風土といったものと背馳しているという現実だ。原発労働者の皮膚に浮かび上がる桜の花びらの斑点、巨大化した蛸の気味の悪さ。それは、日本の自然と風土が生みだした河童や化け狸のような妖怪たちと似ていて非なるものだ。原発や原子力の「おぞましさ」は、科学が生みだしたものというより、人間の暗黒で、陰惨な欲望が生みだしたものではないか。その深淵をのぞき込んだ彼は、寡作なマンガ作家として、一九八九年四月、悪性黒色腫で死んだ。享年六十四。

東野圭吾著『天空の蜂』
講談社文庫（一九九八年刊）

昔「大地の牙」とか「狼」とか「さそり」と名乗ったテロリストたちがいた。「天空の蜂」もそんなテロリスト集団だ。集団といっても二人しかいない。元自衛官の雑賀と、原子炉メーカーのエンジニアの三島だ。二人はふとした出会いから、共謀し、自衛隊が発注した無人操縦の大型ヘリコプターをハイジャックし、稼働中の高速増殖炉「新陽」の真上にホバリング（空中停止）させる。彼らの要求をのまねば、ヘリを原子炉に墜落させるというのだ。要求は、日本政府による全原子炉の運転停止と、廃炉への着手である。

原発パニックを扱った小説は、実はたくさん書かれている。高村薫の『神の火』や高嶋哲夫の『原発クライシス』などだ。だが、それらの小説もいわゆる「安全神話」にとらわれているのか、外側からの人為的な攻撃によって、原子炉爆発のクライシスを迎えることになるというもので、福島第一原発事故が明らかにしたように、〝いつでも、どこでも〟原発の過酷事故は起こりうるという視点が欠けている。たとえば、『天空の蜂』では、犯人たちは原子炉が稼働中であることにこだわる。停止してしまえば、その脅しの効果が薄れてしまうからだ。しかし、現実的には停止中の原子炉であっても、冷却系統の破却は、すぐさま炉心溶融（メルトダウン）という重大事故に陥ることが証明された。別段、真上に落とさずとも、タービン建屋や電源を破壊するだけで、十分に人々の肝を冷やさせることは可能なのだ。

小説よりも現実のほうがもっと過激（過酷）である。たとえば、『天空の蜂』では、九歳の男の子を救うために、政府は犯人の要求を一部受け入れる。いたずらで無人ヘリに乗り込んだ少年だ。現実世界ならば、自己責任や親の監督責任なとで紛糾し、奇跡の救出劇はすんなりとはいかないだろう。小説では「子供を救え！」というヒューマニズムの精神が貫かれているが、現実社会では、子供たちが真っ先に放射能被害を受けている。厖大な借金（国債）どころか、放射能障害まで子供たちに押し付けるのか！　愚かな大人たちを目覚めさせるには、〝蜂の一刺し〟では到底足りない。

長井彬著『原子炉の蟹』
講談社文庫（一九八四年刊）

「原発」の建屋は、出入口が一つしかなく、それを閉ざせば完全な密室（窓もない）である。密室殺人にとってこれほどうってつけの場所はない。それに原発ほど、不正義と欲望と虚偽とデタラメが渦巻く現場はない（それは三・一一以降周知となった）。なぜ、原発殺人事件が、多く書かれることがなかったのだろう。それこそ、ミステリーだ（電事連などの「原子力マフィア」が口封じをしたのだろう）。

第二十七回江戸川乱歩賞を受賞した本作は、作者の長井彬、五十七歳の時の処女長篇である。原発の中で三匹の〈猿〉が栗と蜂と臼に殺されるという殺人事件が起こる。原発の犯罪性がよく分かる。日本列島そのものが、一つの密室である。その中に、数多くの原子炉を抱えている。出入り口は一つどころか、どこにもない。人質になっているのは我々である。三十年前に書かれた小説に、今更そんなことを教えられる自分たちが惨めだ。

開沼博著『「フクシマ」論──原子力ムラはなぜ生まれたのか』

青土社（二〇一一年刊）

二つの「原子力ムラ」がある。官・政・財・学・マスメディアの世界が癒着し、危険で不経済な発原用原子炉を日本中で現在五十四基も稼働させた「原子力マフィア」といったほうがいい「ムラ」と、その原発と関連施設が立地する「ムラ」だ。この本で取り上げられているのは、もっぱら後者で、具体的な対象はまさにタイムリーな「フクシマ」という原子力ムラである。

もちろん、この大部で綿密な社会学的著述が、三・一一以降、にわかにまとめられるはずはない。この本は二〇一一年一月十一日に東京大学大学院国際情報学府に修士論文として提出された「戦後成長のエネルギー──原子力ムラの歴史社会学」が基である。それが『「フクシマ」論』という書物となって出されたのは、当然、三・一一の原発震災が引き金となっている。「注目されるべきではない研究」が、にわかに注目の的となってしまったのだ。

「フクシマ」という原子力ムラが形成されたのは、戦前と戦後、そして現在に至るまでの日本の近代における〈中央と地方〉の葛藤と共犯の歴史に関わっている。衰退してゆく地方の村を一発逆転で近代化、都市化する幻想のメディアとして「原子力」があった。柏崎、福島（常磐）、玄海など、原発の立地する原子力ムラは、かつて石炭や石油（そしてウランの！）の産地であり、エネルギー転換の政策の下でムラが徹底的に衰亡し、過疎化する過程で、「原子力」という打ち出の小槌とも、やがては全身を滅ぼす麻薬ともなりうるものを〈誘致〉してしまったのである。

「東京へ行くな」と戦後詩人の谷川雁はうたったが、「東京になるな」とはうたわなかった。「フクシマになるな」と、この若い福島県いわき市出身の社会学者は、自分の故郷に向かっていわなければならなかった。三・一一以降、真に読むべき原発本が二十代の著者によって書かれたことを称えたい

有馬哲夫著『日本テレビとCIA――発掘された正力ファイル』
宝島SUGOI文庫（二〇一一年刊）

一九五四年夏、水爆怪獣ゴジラは、東京湾から上陸し、国会議事堂をはじめとした東京のビルやタワーを破壊した。その巨大怪獣に応撃したのは、その年の七月一日に、保安隊から名称が変わった自衛隊の戦車や戦闘機だった（映画内では保安庁）。この年の三月一日、アメリカの水爆実験がビキニ環礁で行われ、海底深く眠っていた古代爬虫類（ゴジラ）と、その近海上で操業中だった日本のマグロ延縄漁船・

第五福竜丸を被曝させたのである。

その二週間後、やがてゴジラによって木っ端微に破壊されることも知らずに、国会議事堂内では改進党の若手代議士の中曽根康弘らが、二億三五〇〇万円という原子力予算を衆議院に提出し、通過させた。戦後の日本で「原子力の平和利用」がスタートした瞬間である。その中曽根と組んで、日本に原子力発電、原子炉を導入することに尽力したのは、読売新聞の社主で「原子力による産業革命」と「保守合同の実現」を公約に政界に進出してきた正力松太郎だった。彼は保守合同後の自由民主党の第三次鳩山内閣で閣僚となり、翌年には初代の原子力委員長に就任し、原発を日本に輸入することに血道をあげた。彼が「原子力の父」と称されるゆえんはここにある。

さて、正力松太郎は、「民間テレビ放送の父」でもある。アメリカから輸入し、街頭テレビによって日本の庶民たちを熱狂させたアイデアは、彼のものだったという。白黒のテレビ画面のなかでは、日本の英雄・力道山が、アメリカの悪役レスラーを空手チョップでなぎ倒していた。その当時は、力道山が金（キム）信洛（シンラク）という本名の朝鮮人であることを、本人以外はほとんど知らなかった。そんなプロレス中継の背後に、日本テレビという民間テレビ放送網を作り上げた正力とＣＩＡ（アメリカ中央情報局）との後ろ暗い密約関係があったことも、ほとんどの日本人は気づきもしなかったのである。民間テレビと原発（と巨人軍）の〝父〟（正力）はまさに、ゴジラとも並び称されるような〝巨怪〟ではなかろうか。

有馬哲夫は、ワシントンの国立第二文書館で、「ＣＩＡ正力ファイル」と名付けるべき文書を発見した。そこには、民間テレビ放送を日本に導入するために、正力とＣＩＡがどのように手を結び、だましあい、裏切り合ったかを証言するおびただしい文書、メモ、書簡等があった。戦後の闇の部分の一つが、明るみに出されたのである。

見えない核戦争『戦争×文学』発刊に寄せて

集英社（二〇一一年～二〇一三年）

私たちは本当に戦争を知らない世代だろうか？「コレクション戦争×文学」（全二十巻、集英社）という文学全集を編みながら、私の胸に去来したのは、そんな疑問だった。「戦争を知らない子供たち」という歌があり、私はそれを自分たちの世代を歌ったものとしてとらえてきた。戦後世代あるいは戦無世代というのが、一九五一年に生まれた私たち（偶然だが、「戦争×文学」の編集委員のうち浅田次郎、成田龍一、私が同年生だ。そして若干年下の高橋敏夫、奥泉光も五〇年代生まれだ）を総称する名前だった。

確かに、朝鮮戦争、ベトナム戦争など近隣地域の戦争はあったが、それはあくまでも〝海の向うで戦争が始まる〟（村上龍の小説の題名）ものであって、日本で戦火があがったわけではない。

だが、本当に戦争はなかったのか。そこでは冷戦という名の戦時下にあり、米ソ中心の核実験という名の核戦争があり、私たちは核兵器が撒き散らす放射能という空爆に耐えてきたのではないか。三・一一の福島第一原発の原発震災以降、放射能という〝見えない敵〟に脅かされる日々を生き延びながら、私にはそれが既視感のあるものとしか思えなかった。六〇年代には、空気も大地ももっと放射能に汚染されていたという言説がある。それは現在の事態をできる限り軽く見ようという底意を持つものだが、米・ソ・英・仏・中（これにインド・パキスタン・イスラエル・北朝鮮が加わる）の地上や地下や海上での核実験は、核戦争そのものであり、私たちだけではなく、世界中の人々がこの冷戦という〝世界大戦〟によって被爆／被曝したのではないか。

戦後世代、戦争を知らない世代が編む戦争文学全集？　そうした言い方にこだわりを持った私は、もう一度、日清・日露からアジア・太平洋戦争に至る日本の戦争を見直さざるをえなかった。すると、近代の日本が戦争と意識していない「戦争」の数々が浮かび上がってきた。台湾、朝鮮の植民地征服戦争、「満洲」獲得のための〝事変〟として矮小化された日中戦争、ソ連・モンゴル軍と戦ったノモンハン戦争。そして、沖縄の基地を目一杯に使った朝鮮戦争、ベトナム戦争に日本は明らかに参戦していた。湾岸戦争、アフガン戦争、イラク征服戦争……戦費調達、後方支援など、米軍の〝銃後〟として、日本は数々の現代戦に、参戦したのである。ついには、戦場に直接的に自衛隊を派遣までして。

こうした日本の近代・現代の戦争を、日本の文学は、その証言者として書き続けてきた。それは具体的な戦場や軍隊や戦闘のなかだけに「戦争」があることを示してはいなかった。一見、のどかで平和な植民地の風景や、戦場とはほど遠い日本の田舎の風物にも、戦争の影は忍び寄ってきていたのだ。

日本に原子力の平和利用としての原発が導入されたのは、明らかに冷戦下の米ソの〝見えない核戦争〟

の一端だった。原爆（あるいは原潜）のかわりに日本は原発を受け入れた。「戦争×文学」の第一回配本『ヒロシマ・ナガサキ』に、若狭の原発のことを書いた水上勉氏の短編「金槌の話」が入っているのは、原発もまた核兵器の一つであり、その導入が核戦略だったという事実を意味している。むろん、『ヒロシマ・ナガサキ』の巻には、古典的な原爆小説としての原民喜の「夏の花」や、大田洋子の「屍の街」、林京子の「祭りの場」なども入っている。しかし、それらの作品も、自衛隊や米軍がフクシマで放射能という〝見えない敵〟に対して作戦を行った後の現在の目から見れば、原爆被災者の文学というより、ヒバクシャの文学として見えてくるのを否定することができないのである。

ヒバク後の世界。井伏鱒二や井上ひさし、井上光晴や小田実、青来有一や田口ランディの世代まで、ヒバクシャの文学作品は書き続けられてきた。そして、これからもヒバクシャの文学が書き継がれる（だろう）ことを、私たちは日本文学の隆盛として寿（ことほ）ぐべきなのだろうか？

読売新聞社『青い閃光――「東海臨界事故」の教訓』
中公文庫（二〇一一年刊）

この本の原版は、『青い閃光――ドキュメント東海臨界事故』という題名で、十二年前に出版された。文庫版として今回刊行される時に、副題が『東海臨界事故』の教訓」と改められた。もちろん、二〇一一年の三・一一の福島第一原発の事故を意識したためだろう。直接的な事故の当事者である事業体のお粗末までの事故対応、国も県も対策本部の立ち上げや情報の収集にも、ただ右往左往するのみで、危機管理や事故の収束どころか、現状把握さえままならぬ状態で、茫然自失して事態を見守るだけだった。原子力安全委員会や関係省庁や学者・研究者も事故収束に向けての対応策を出せず、放射線を防ぐために事故現場の周囲に土のう積みをするといった、まさに〝原始的〟な対応しかできず、現場の周辺の住民は、村長一人の判断で、ようやく放射能に汚染された地区から避難したのである。

これはフクシマの話か？　いや、違う。一九九九年九月三十日の東海村のＪＣＯ東海事業所で起こった、わが国初の「臨界事故」の話だ。改題のなかの「教訓」という言葉が、いかにも虚ろにも皮肉にも映る。十二年前の出来事から、国家も、官僚も、企業体・事業体も、学者・研究者も、何一つ〝教訓〟としていないことは明らかだ。いや、一つだけある。それは事故の責任を、自分以外の者に押しつけ、決して責任を負おうとはしないことだ。これが「原子力村」の得た教訓だったのである。ウラン溶液をバケツで運び、違法な方法で沈殿槽に注いだので、「チェレンコフ光」という青い閃光が走り、三人の作業者の全身を放射線が貫いた。即死に近いダメージを受けながら、一人は八十三日目、もう一人は半年後に死んだ。酷ないい方だが、彼らは〝生き延びさせられた〟のだ。福島第一原発での労働者たち（前所長も）の被曝の程度が、未だもって闇のなかに隠されているように。

読売新聞の水戸支局、科学部を中心に、「東海臨界事故」のさまざまな側面と事実を掘り起こして、このドキュメントは書かれた。読売新聞の社主だった正力松太郎が、日本の原子力の〝父〟であり、初代原子力委員長だったことを思い起こせば、これはかなり皮肉な役回りだ。「(正力は)原子力開発をいささか強引ともいえる手法で推進してゆく」と、本書は書くが、「いささか強引」どころではないことは、すでに佐野真一や有馬哲夫が明らかにした。そういう限界はあっても、読売の若い記者たちは健闘した。これを教訓としなければ、日本の原子力はもちろんのことメディアにも、そして日本社会にも未来はない。

付録

「原子力／核」恐怖映画フィルモグラフィー

ここでは、日本映画とアメリカ映画を中心に、「原子力／核」や放射能をテーマとした劇映画、ドキュメンタリー映画を集めてみた。必ずしも〝恐怖映画〟(ホラー映画)に分類されるものばかりではないが、主として核兵器や放射能、核戦争にまつわる恐怖感や苦痛を描いているという意味において、「原子力／核」恐怖映画という言葉を使った。もちろん、原子力発電(所)にまつわるもの、核燃料の再処理の問題、核廃棄物の投棄問題を扱ったものもある。

シリアスなものと、娯楽的なもの、記録的なものと、SF的なものといった分類はせずに、製作(あるいは公開)の年代順に並べ、内容を紹介し、筆者の寸評なようなものを付けた。取りあげた作品はすべて実見したもので、未見のものは挙げていない。映画館で見たものもあれば、ビデオ、DVDで所蔵しているものもある(ほとんどを所蔵している)。Uチューブなどで視聴したものもある(画像はないのはそのためである)。テレビ用映画ではなく、劇場用映画を取り上げているが、必ずしもテレビ映画を排除したわけではない。

「核(原子力)映画」ということだが、いわゆる〝ビバクシャ・シネマ〟、広島・長崎・そしてビキニ海域で被曝した人々、その事件を描いた「原爆映画」は収録していない。数が厖大になることと、一応、「原子力／核」映画と「原爆映画」を区別したほうがいいだろうと考えたからだ。もちろん、区別のつけようの難しいものもあるが、それは筆者の個人的な判断とした。時代別に、あるいは地域別に、「原子力／核」についての言説や表象が、同一性と差異性を持っていたことが、これらのフィルモグラフィーから明らかになるだろう。ここでは、その材料を提供するのにとどめ、筆者の解釈や見解は、寸評にとどめた。いずれ、

「原爆映画」も含め、総括的、網羅的な「原子力／核」の映像による表象史をまとめたいと思っている。

各作品には製作年を入れたが、一部、公開年である場合もある。製作スタッフは、監督のみの記載とした。ほとんど作品の概要が個別にインターネットなどで検索が可能であり、詳しくはそちらを見ていただきたい。内容については、ジャケットの紹介文などを参照したものもある。

【一九五〇年代】

『地底戦車　サイクロトラム（Unknown World）』

１９５１年、アメリカ映画／テリー・Ｏ・モース監督

世界には、科学の発展とともに原子力時代が到来した。原子爆弾や核実験、核戦争の破局から人類を救うために、地底に天然の核シェルターを見つけようと、地底探検が行われることになった。科学者たちは地底を潜る地底機動車サイクロトラムを発明し、地下世界へと旅立つ。

（ジュール・ヴェルヌの『地底探検』を基にしたとされるが、モグラ型の機械で岩盤を掘削しながら進むというアイデアは、トンネル掘削機に応用された。原子力時代云々は、ただ地底探検のきっかけに過ぎず、作品全体のテーマとはあまり関係がない——何がテーマなのだろうか？）

『宇宙戦争（The War of the Worlds）』

１９５１年、アメリカ映画／バイロン・ナスキン監督

火星人が地球を占領するために、空飛ぶ円盤に乗って侵略してきた。しかし、地球の人類は、原子そのものを破壊する怪光線になすすべもない。しかし、大規模な破壊の後、急に攻撃は止まる。人類にとって何でもない大気中のバクテリアが、火星人には大敵だったのだ。

（Ｈ・Ｇ・ウェルズの原作小説を映画化したもの。宇宙からの飛行物体が放射能を帯びていること、円盤を原子爆弾で攻撃してもびくともしなかったことが、

「原子力／核」との関わりである。「中間子をはじいて物質を消滅させる」という作中の説明は、科学者のものとは思われない。また、この科学者は地球防衛には何も貢献しない。科学者であることの意味は？）

『原爆下のアメリカ（Invasion USA）』

1952年、アメリカ映画／アルフレッド・E・グリーン監督

ニューヨークのあるバーでテレビを見ながら話し合う六人の男女がいた。突然、敵国（共産圏）がアラスカに侵入し、ワシントン州を空爆したというニュースが入る。六人はそれぞれ職場や故郷に戻るが、サンフランシスコをはじめ西海岸は敵に占領され、原爆を搭載した爆撃機がニューヨークの上空に飛来する。原爆によって破壊されるニューヨーク。これは夢か現実か。

（悪夢としての核攻撃。アメリカの反共のための核武装、軍隊強化のためのプロパガンダとしての役割も果たしたようだ）

『放射能X（Them!）』

1953年、ワーナー・ブラザーズ、アメリカ映画／ゴードン・ダグラス監督

ニューメキシコの沙漠で何ものかに襲われた家族がいた。一人だけ生き残った幼女は怯えるだけで、「Them!」というばかりだった。残された足跡を手掛かりに昆虫学者メドフォード博士たちは、調査団を組む。犯人は、原爆実験の放射能によって巨大化したアリだった。女王アリは、ロサンゼルスに向かって飛び立ち、下水道のなかに巣を作り、兵隊アリたちが人間に襲いかかる。

（放射能による生物の巨大化もの映画のハシリ。この後、放射能によって巨大化した生物が人間や都市を襲う映画が続々と作られることになる。キリキリと神経に触るような虫の声のような効果音が不気味に使われている）

『原子怪獣現わる（The Beast from 20,000 Fathoms）』

1953年、イギリス映画／ユージン・ルーリー監督

アメリカによる水爆実験で、北極の氷の下で眠ってたティラノザウルスが眼を覚ました。巨大恐竜型の原子怪獣は、ニューヨークに上陸し、都市を破壊する。

（『ゴジラ』誕生に大きく影響を与えた作品。しかし、ゴジラが二足歩行なのに対し、こちらは四足歩行であり、より本物の爬虫類に近い。北極の氷に閉ざされていたという設定は、『ゴジラ』の二作目、『ゴジラの逆襲』のラストに〝引用〟された）

『惑星アドベンチャー　スペース・モンスター襲来！（Invaders from Mars）』

1953年、アメリカ映画／ウィリアム・キャメロン・メンジース監督

原子力ロケットを火星に打ち上げる準備が進められていた。研究所に勤める父を持つディヴィット少年は、空飛ぶ円盤が自宅の裏の砂丘に着陸するのを見る。それを見にいった父親も、警察官も、いったん姿を消して、人が変わったようになって帰ってくる。彼らの身に何が起こったのか。少年たちは、火星人がロケット発射を阻止しようと宇宙船を地球へとばし、地球人を操っていることを知る。

（球のなかに、銀色の顔があり、タコの足のようなものがあるのが火星人。地球侵略というより、原子力ロケット反対のための来訪であり、地球人によって爆破されてしまうのだが、原子力ロケットのほうはどうなったのだろう？）

『ザ・アトミック・キッド（The Atomic Kid）』

1954年、アメリカ映画（日本未公開）／レスリー・H・マーチンソン監督

核実験場に迷い込み、被曝して〝放射能人間〟となった主人公が、超能力を持つようになり、世の悪と戦うようになるというコメディー。作中にガイガー・カウンターが出てきて、当時からアメリカではガイガー・カウンターが一般化していたと思われる。

（放射能を浴びた人間が、巨大化したり、超能力を持つようになるという荒唐無稽映画のハシリともいえる。砂漠の核実験場に入り込むドジな二人組は、ガイガー・カウンターを持ち、ウラン鉱山を探していたらしい）

『宇宙からの暗殺者（Killers from Space）』

1954年、アメリカ映画／W・リー・ワイルダー監督

ネバダ州の砂漠で、飛行機からの原爆の投下実験が行われた。原子力学者のマーティン博士は、飛行機に乗り込み、実験結果を観察していたが、グランド・ゼロ地点で光るものを発見した。その直後、飛行機は墜落し、パイロットは死んだが、博士は奇跡的に生きて戻って来た。博士の話では、宇宙からの侵略者が、動物たちを巨大化させて、地球上の生き物を破滅させようとしているというのだ。

（原爆実験のエネルギーを吸い取るとか、遺伝子の変化で虫やトカゲやらを巨大化させるとか、「原爆／放射能」にまつわるSF的言説はすでにこの映画から見られる。しかし、目玉の飛び出た宇宙人は、恐怖感より滑稽感が先立つ）

『透明人間』

1954年、東宝、日本映画／小田基義監督

戦争末期、透明人間による特殊部隊を作るために、サイクロトロンで放射性の透明光線を照射され、透明人間となった男たちの一人が、戦後、宝石などを盗む賊として行動する。

（東宝の変身人間シリーズの嚆矢（こうし）ともいえる作品。この後、『美女と液体人間』『電送人間』『ガス人間、第一号』などが作られる。いずれも戦争の傷跡のようなものが各作に見られる。死んだ後に姿が現れるというのはどんな物理的、生理的な現象だろうか）

『ゴジラ』

1954年、東宝、日本映画／本多猪四郎監督

いうまでもなく、日本の戦後の最大のスターの一人（一匹？）。ゴジラの名前はゴリラとクジラの合作名だとされる。

太平洋の海底深く眠っていた恐竜が、アメリカの水爆実験によって目覚め、放射能を浴びて変身し、巨大化した。口から放射能の炎を出し、鉄を溶かし、すべてものを炎上させる。東京の街は恐怖のどん底に落とされた。

（水爆大怪獣ゴジラだから、シリーズすべての作品が「原子力／核」恐怖映画の範疇に入るともいえるが、ここでは、特に核や放射能に関するエピソードのある作品のみをあげた）

『億万長者』

1954年、青年俳優クラブ、新東宝、日本映画／市川崑監督

税務署の徴税係の舘香六は、税金の取り立てのために、さまざまな人間、家庭に行くが、なかなか税金は払ってもらえない。そのなかの一人に、自分で原爆を製造するのだと、せっせと実験を続ける狂気じみた隣人がいた。

（木村功、久我美子、山田五十鈴、伊藤雄之助などが出演。一九五〇年代初めの人間絵巻である。もちろん、小中学校の理科の実験室よりも粗末な実験装置で原爆が作れるはずもない）

『タランチュラの襲撃（Tarantula!）』

1955年、ユニバーサル、アメリカ映画／ジャック・アーノルド監督

アリゾナの砂漠で顔、形が異様に変形した死者が見つかった。砂漠にある生物研究所の研究者だった。放射性同位元素で作られた、動物の成長を著しく促進する栄養剤を人体実験した結果、先端肥大症となって死亡したのだ。研究所が火事になり、その混乱のさなかに実験中のタランチュラが逃げ出した。それは巨大化し、研究所を襲い、さらに町へと侵攻してくる。

（放射能による巨大化動物もの。ただし、放射性同位元素を結合材とした栄養剤ということで、直接的な放射能の作用によるものではない。『スパイダーパニック！』（二〇〇二年）というリメイク的な作品もあるが、これも化学物質によって大型化したもので、放射能によるものではない）

『生きものの記録』

1955年、東宝、日本映画／黒澤明監督

町工場の工場主は、原水爆実験の放射能に怯(おび)え、家族郎党を引き連れて南米に移住しようとする。それを止めようとする子どもたち。ついに、彼らは父親を精神病による禁治産者として家庭裁判所で認定してもらい、工場や家屋敷を売り払おうとする父の行動を防ぐ。

（放射能の恐怖に、平常心を失った家長の物語。これも原水爆実験による副作用としての病気である）

『水爆と深海の怪物（Came from Beneath the Sea)』

1955年、アメリカ映画／ロバート・ゴードン監督

アメリカの原子力潜水艦が航行中に何ものかに襲われる。犯人は、水爆実験の放射能で巨大化したタコだった。餌を求めてタコはサンフランシスコに現れ、金門橋を破壊した。

（タコの全身像がなかなか見られず、脚だけとか、体の一部といったものだけが画面に登場する。パニックとなった群衆の逃げ惑うシーンが一種の見どころ）

『海底1万リーグからの妖獣（It The Phanton from 10,000 Leagues)』

1955年、アメリカ映画／ダン・ミルナー監督

海洋大学のキング博士は、海底にウラン鉱脈を見つけ、放射能で妖獣を作り、光のエネルギーを作っていた。漁師たちが次々と被曝し、死ぬという事件が続く。その事件の謎を解こうとしてスティーブン博士は、キング博士の実験室を調べようとする。

（『大アマゾンの半魚人』のヒットにあやかろうとして作られた海の半魚人。無理に放射能とむすびつけなくてもよいと思うが、亀に放射能をあてて半魚人が生まれたらしい。ただし、亀的なところは半魚人には少しもない）

『宇宙水爆戦（This Island Earth）』

1955年、ユニヴァーサル映画／ジョセフ・ニューマン監督

メタルーナ星とセイゴン星は数世紀にわたって、惑星間戦争を行っていた。メタルーナの科学者は、地球人科学者のミーチャムとルースをメタルーナ星に連れて来る。彼らをミュータントにして、自由自在に操つり、自分の星を有利に戦おうとするのである。

（邦題には水爆とあるが、原水爆とは直接の関係はない。核兵器は使われていないようだが）

『原子人間（The Quatermass Xperiment）』

1955年、イギリス映画／ヴァル・ゲスト監督

三人の宇宙飛行士を乗せた宇宙船が地球に戻って来た。なかには、ヴィクター一人だけが生存しており、後の二人は宇宙服だけを残して消えていた。彼らは、宇宙生物に襲撃されたのだ。ヴィクターは、宇宙生物に体を乗っ取られ、触ったものを自らのなかに吸収する怪物となっていた。

（人間に寄生するエイリアンもののハシリといえるだろう。宇宙線、放射能はあまりストーリーには絡んでこない）

『キッスで殺せ（Kiss Me Deadly）』

1955年、アメリカ映画／ロバート・アルドリッチ監督

夜の道路を裸足で走る女を拾った私立探偵マイク・ハマーは、謎の男たちに襲われ、交通事故に見せかけて殺されようとする。女は死んだが、彼は助かる。女の残した「私を忘れないで」という謎の言葉を解き明かすために、彼は捜索を始めるが、それらの人々が次々と殺される。ついに、ロッカーに隠された一つの箱にたどりついたが、その中身は青白い閃光（チェレンコフの光？）を発するものだった。

（フィルム・ノワールの古典的作品。「マンハッタン計画」「ロスアラモス」「三位一体」の語彙から連想するものといえば、「核爆発」「放射性物質」ということ

になるのだろう。映画のラストシーンは、核爆発ということだろうが、こんな小さな爆発で済むはずはない。それでも十分に「原子力／核」の怖さは伝わってくる）

『原子怪獣と裸女（Day the World Ended）』

1956年、アメリカン・インターナショナル・ピクチャーズ、アメリカ映画／ロジャー・コーマン監督

第三次世界大戦が起こり、原水爆の放射能で全世界が壊滅した。しかし、鉛の鉱脈に囲まれた谷間に、父と娘の二人が生き延びていた。そこに次々と生存者がたどり着く。だが、七名に対して食糧はわずかだ。そこに放射線障害によって三ツ目で角の生えた怪物化した人間が女性を襲ってくる。怪物は水に弱いようで、それで防御することができる。

（核爆発後に取り残された人間たちの葛藤というシリアスな設定の割には、「原子怪獣」が今から見ると可愛らしく見える。「裸女」というのは、プールで女性が水着で泳ぐシーンがあるからだが、羊頭狗肉の感が拭い切れない）

『怪獣ウラン（X The Unknown）』

1956年、イギリス映画／レスリー・ノーマン監督

イギリス軍がスコットランドの荒れ地で演習中に、裂け目から強烈な放射能が発され、被曝者が出るという事故が起こる。原子力研究所のロイストン博士は、ウランなどの放射能を吸収して成長する泥状の生物体が、その裂け目から現れるのを目撃する。その生物体は、街を破壊し、ウランを求めて原子力研究所に迫ってくる。

（泥状の怪物というのが、何とも正体が摑めない。泥水の洪水か、土砂崩れのような感じがする）

『空の大怪獣ラドン』

1956年、東宝、日本映画／本多猪四郎監督

九州の炭坑から翼手龍のプティラノドンの卵が発見された。ラドンの誕生である。原水爆実験による影響で突然〝復活〟したのではないかという説が、作中

で提示される。後の『ゴジラVSメカゴジラ』では、ファイアー・ラドンとして放射能を浴び、強力化する。

（「ラドン」という名称は、放射性元素としても知られる。ラドン温泉などもある）

『縮みゆく人間（The Incredible Shrinking Man）』

1957年、アメリカ映画（日本未公開）／ジャック・アーノルド監督

海でボート遊びをしていた男が放射能の霧に包まれ、体が縮小してゆくという奇怪な症状を呈するようになる。医者もサジを投げ、男はどんどん縮んでゆき、世間的に有名になるが、もちろん男の悩みは深い。家の中に小さなおもちゃの家を作り、そこに住むが、ある日、妻の留守中に巨大な猫（普通の猫なのだが）に襲われ、裁縫箱のなかに落ち、命からがら助かる。妻に気付いてもらえない彼は、家具の谷間を渡ったり、巨大な蜘蛛（これも本当は普通サイズ）に襲われたり、洪水（単なる漏水）に溺れながらも、小さいままに生きてゆく決心をするのであった。

（放射能で巨大化するという〝通念〟の向こうを張って、縮小化されたもの。針の剣で蜘蛛を退治するとか一寸法師みたいなエピソードや、巨人国のガリバーを思わせる場面もある。小さくなっても服装はそのままという、プルトニウム人間の時に抱いた不審と同じものを抱いたが、まあ、そんなに厳密に考えることもないだろう。唐突かもしれないが、スタジオ・ジブリの『借りぐらしのアリエッティ』を思い出した）

『世界終幕の序曲（Beginning of the End）』

1957年、アメリカ映画／バート・I・ゴードン監督

女性ジャーナリストのオードリーは、取材中に軍の検問にかかり、迂回するように命じられる。何かを感じた彼女は、軍の本部へ行ってその状況を知ろうとする。一つの町が忽然と消滅したのだ。農務省の研究員エドとともに彼女は調査するが、そこで見たのは巨大に成長したイナゴの怪獣だった。放射線を照

射して農作物を巨大化する実験の過程で、イナゴを巨大化させてしまったのだ。ビルに取り着き、破壊するイナゴの群れの恐怖。

（放射線による遺伝子組み換えは、このころから農業の試験場で行われていたらしい。お化けトマトや、種なしスイカなど、放射能の平和利用のたまものだったのである）

『巨大カニ怪獣の襲撃（Attack of the Crab Monsters）』

1957年、アメリカ映画／ロジャー・コーマン監督

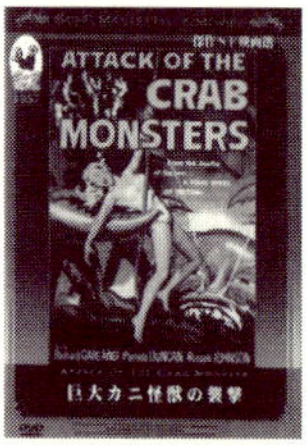

核兵器実験場の孤島で、兵士が連絡を絶つ。調査隊が派遣されるが、彼らも一人ずつ行方不明となる。放射能によって巨大化し、人間のテレパシー能力を持ったカニが、次々と襲ってくる。

（カニが、食べた人間の頭脳によるテレパシーを行うというのは、何といってもご都合主義という評言以外は見当たらない）

『クロノス（Kronos）』

1957年、アメリカ映画／カート・ニューマン監督

メキシコ近海に落ちたUFOから現れた巨大なロボットは、地球上のエネルギーを吸収するために、外宇宙から送り込まれたものだった。クロノスと呼ばれるロボットは、原水爆の貯蔵庫を襲い、核エネルギーを吸い取る。

（「クロノス」は、積み木のロボットのようで、ほとんど恐怖感を与えない。名前はギリシア神話で大地、農耕の神のクロノスから取ったものか。時間の神も同名のクロノスであるが、これは別の神様）

『大怪獣出現　世界最強怪獣メギラ出現！（The Monster Challenged The World）』

1957年、アメリカ映画／アーノルド・レイヴェン監督

カリフォルニアの海軍基地近くの海底で、地震による裂け目からイモ虫状の怪物が現れる。運河を通って各地に現れる怪獣は、核実験の放射能によっ

て生まれたのだ。イモ虫怪獣とアメリカ軍との戦いが始まる。

（「大怪獣」とか「世界最強怪獣」と宣伝文句は派手だが、イモ虫みたいな怪獣は怪獣としては小さく、銃でやっつけられるぐらいで、とても「世界最強」とはいえない）

『黒い蠍（The Black Scorpion）』

1957年、アメリカ映画エドワード・ルドウィグ監督

地底に潜んでいた巨大なサソリ怪獣。それは放射能で巨大化したものだった。地上に出てきた怪獣は、列車を潰し、ヘリコプターを挟んで、落とす。人間たちと巨大サソリたちの死闘が続けられる。

（何となく愛嬌のある顔をしたサソリである）

『地球防衛軍』

1957年、東宝、日本映画／本多猪四郎監督

富士山麓にモゲラという巨大な地底を掘るロボットが登場する。それは、宇宙人ミステリアンが地球侵略のために投入した攻撃用ロボットだった。ミステリアンたちは、核戦争によって自分たちの星を破滅させ、地球を奪おうと来たのだった。地球防衛軍は、総力をあげて彼らに立ち向かう。

（ミステリアンたちは、核戦争によって故郷の星を失い、宇宙空間をさまよう放浪者だった。「われわれは決して彼らの轍を踏んではならない」、それは人類に対する核戦争についての戒めなのである）

『世界は恐怖する　死の灰の正体』

1957年、日本映画／亀井文夫監督

放射能に関するドキュメンタリー作品。日本の雨や土や植物から放射能を計測する科学者たち。また、ネズミやウサギに放射性物質を注射したり、吸い込ませて、体にどれだけの放射能が吸収されているかを実験する。年々、放射能は増え続け、やがて生物に病気や奇形の遺伝をもたらす原因になると科学者たちは忠告する。ショウジョウバエに放射線を照射し、その子孫にどれだけの遺伝的影響が現れるかを実験する。広島

で被曝した母親から生まれた無頭児や単眼児などの標本。そして生きて育っている小頭児の例が映される。気球で、飛行機で空気の放射能汚染の程度を調べ、このまま核実験が続けられれば、深刻な状態になると警告する。

（これだけ「死の灰」が研究されていたのに、その研究成果は、三・一一以降の状況に使われてはいないのか。フクシマの生まれえぬ子どもたちも、また、ホルマリン標本になってしまうのだろうか）

『戦慄！　プルトニウム人間（The Amazing Colossal）』

1957年、アメリカ映画／バート・I・ゴードン監督

プルトニウム爆弾の実験場で、大量の放射能を浴びたグレン・マニング大佐は、その副作用によって巨大化してゆく。ついに十八メートルに達した大佐は、自暴自棄となり、ラスベガスの街を破壊して回る。戦車、大砲部隊が巨人を攻撃し、彼はダムから水底に落ちる。

（巨大化する男の悲劇である。義侠心溢れる米軍兵士が、やけになってラスベガスで暴れまくる）

『巨人獣　プルトニウム人間の逆襲（War of the Colossal Beast）』

1958年、アメリカ映画／バート・I・ゴードン監督

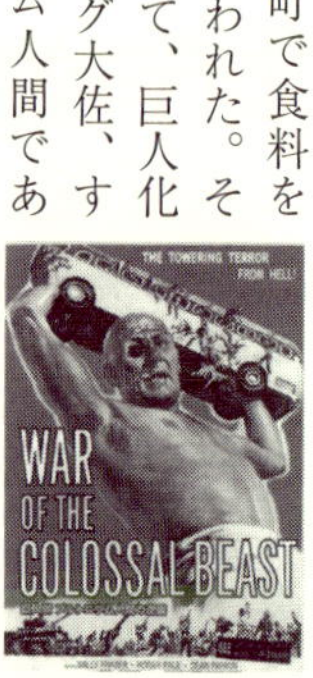

メキシコのある町で食料を積んだトラックが襲われた。その巨大な足跡によって、巨人化したグレン・マニング大佐、すなわちプルトニウム人間であることがわかる。ダムから転落して水没した巨人は生きていたのだ。転落の際に顔の右半分を怪我した彼は、奇怪なモンスターとなっていた。学生たちの乗ったバスを振り上げて、たたきつけようとした彼を、妹が必死に止めようとする。彼はバスを無事に下ろし、自ら高圧線に触れて死亡する。

（前作があまりに評判がいいので、すぐに続編が作られた。顔が醜悪になり、怪物感が増したが、何となく悲哀を感じさせるものがある）

『昆虫怪獣の襲来（Monster from Green Hell）』

1958年、アメリカ映画／ケネス・G・クレイン監督

宇宙放射線の影響を調べるためにサルやスズメバチを実験用ロケットに乗せて打ち上げたが、失敗し、アフリカのジャングルに落ちる。その付近で巨大なハチのような怪物が現れ、人間を襲う。ブレィディ博士とモーガン氏は、その調査のためにアフリカの〝グリーン・ヘル〟すなわち緑の地獄と呼ばれる場所へ行く。

（アリ、ハチ、ヒル、クモ、ガとさまざまな生物が巨大化するのが、放射能による巨大生物ＳＦ映画だが、ハエとかトンボとかは見ない。やはり、イメージ的にしっくりと来ないのだろうか）

『吸血原子蜘蛛（The Spider）』

１９５８年、アメリカ映画／バート・Ｉ・ゴードン監督

娘の誕生日プレゼントを買いに行った父親の車が襲われた。帰らない父親を心配して娘のキャロルは、ボーイフレンドと捜しに出て、山の中の洞窟で巨大な吸血蜘蛛を発見する。放射能によって巨大化した蜘蛛は、人間を襲い、その血を吸い取ってミイラのようにしてしまうのだ。町に出た蜘蛛は人々を襲う。

（蜘蛛よりも、血を吸われてミイラ化した人間の顔の方が怖い）

『美女と液体人間』

１９５８年、東宝、日本映画／本多猪四郎監督

太平洋で操業中に、水爆実験の放射能を浴びた漁船員たちがいた。彼らは、体が液体状になり、日本に帰って次々と美女を襲うようになる。人間を液体状に溶かしてしまうのだ。液体人間と、日本の警察、科学者との戦いが始まる。

（放射能は、体の細胞を溶かして液状にするという知識が、液体人間というものを思いつかせたものか。彼らは下水道のなかで燃やされるという運命をたどる。水爆実験さえなければ、彼らがそんな運命に陥ることもなかったのだが）

『吸血怪獣ヒルゴンの猛襲（Attack of the Giant Leeghs）』

1959年、アメリカ映画／バーナード・L・コワルスキー監督

フロリダの田舎町で失踪事件が続く。失踪者の死体が町の近郊の沼で発見されるが、体中の血が吸い取られていた。水底には放射能によって巨大化したヒルがいて、それが人間を襲っていたのだ。

（「ヒルゴン」という邦題のネーミングはあまりにも安易だ。水中にいて姿はよく分からない）

『大海獣ビヒモス（Behemoth The Sea Monster）』

1959年、イギリス映画／ユージン・ユーリー&ダグラス・ヒコックス監督

イギリスの海辺の町で漁師たちが何ものかに襲われる。現場に強い放射能反応。巨大化した恐竜型の怪獣ビヒモスの出現である。海中を通ってロンドンに姿を現し、町中を破壊し、イギリス軍の必死の攻撃をものともしない。

（「ビヒモス」とは、聖書に出てくる怪物の名前。にもかかわらず、結構リアリティーがある）

『太陽の怪物（The Hideus Sun Demon）』

1959年、アメリカ映画／ロバート・クラーク監督

実験中の事故で放射能を浴びたギルバート博士は、太陽の光を浴びると、体中が鱗状の皮膚に覆われるモンスターとなってしまう。夜には元の体に戻るのだが、昼間は光を避けて別荘に閉じ籠もる。

（狼男と逆の設定で、日陰を求めて逃避するモンスターの苦悩だが、変身した後と、平常の姿に落差がありすぎて、リアルには感じられない——当然のことだが）

『原潜VS.UFO海底大作戦（The Atomic Submarine）』

1959年、アメリカ映画／スペンサー・G・ベネット監督

北極海で艦船や原潜が消滅する事件が発生した。最新鋭の原子力潜水艦タイガーシャーク号は、その原因

の究明と除去のため出動する。相手は宇宙生物体のＵＦＯで地球を植民地とするためにやってきたのだ。原潜はＵＦＯを追い詰め、核弾道ミサイルで爆撃する。

（原潜というだけで、原子力、放射能はあまりストーリーに関わってこない。一つ目の宇宙人は、ベトナムのカオダイ教本部の大きな球に一眼の神のシンボルを思い起こさせた）

『渚にて（On The Beach）』

1959年、アメリカ映画／スンタリー・クレイマー監督

第三次世界大戦が勃発した。地球上のほとんどの地域の都市は破壊され、人類は滅亡した。帰るところをなくしたアメリカの原子力潜水艦は、解読不能の無電の受信し、そこに人間がいるかもしれないという希望を持ち、アメリカのどこかの発信地を捜して出航する。生き延びた彼らたちにも、「死の灰」は容赦なく降り注ぐ。

（地球破局映画の名作。人類の愚かさを抒情的に描き上げる。『エンド・オブ・ザ・ワールド』など、後の作品に大きな影響を与えた——というより、リメイク作品が作られた）

【一九六〇年代】

『地球最後の女（Last Woman on Earth）』

1960年、アメリカ映画／ロジャー・コーマン監督

大富豪ハロルドとその妻イヴは倦怠期に陥り、若い弁護士マーティンはイヴをひそかに思っている。三人はプエルトリコの海にダイビングに行き、海中から出てみると、船のなか、街のなかでは、人々がことごとく死んでいた。何かが起こり、空気中に酸素が少なくなり、窒息死したのだ。男二人は、〝地球最後の女〟をめぐって抗争する。

（核戦争の勃発を暗示するが、空気中の酸素が少なくなるという現象がそれで説明がつくかどうかはわか

らない。放射能ということは、あまり考えられていなかったということだろう。大きな爆発で酸素が一時減少するというのは頷けないこともないが）

『タイム・マシン（The Time Machine）』

1960年、アメリカ映画／ジョージ・パル監督

一八八九年の大晦日、ロンドンの発明家のジョージは、友人たちに自分の作ったタイム・マシンの模型を披露した。疑わしげな顔の友人の前で、彼は一週間後の八時に彼らを夕食に招待するという。その夕食時、彼はぼろぼろの服で食事のテーブルに着いた。彼は、一九六〇年の核攻撃（相手はドイツらしい）、そして文明の破滅、さらに八〇万年後の人類の未来を見て帰って来たという。

（一九六〇年のロンドンは核攻撃され、文明は壊滅する。三百年以上、地上に人は住めず、地下に住む食人種と、その食人の対象になる家畜のような温和しいイローイ族とに分かれていた。本も読まず、文字も知らず、協力も共感も知らない羊のように温和しく、奴隷的な人間たち——戦後の日本人のようである）

『怪獣ゴルゴ（Gorgo）』

1960年、イギリス映画／ユージン・ローリー監督

子どもの怪獣を見世物としてロンドンに連れ去られた怪獣ゴルゴは、子どもを救い出しにロンドンへとやって来る。ロンドン塔をぶち壊すゴルゴに、イギリス軍は最終兵器を見つけ出す。

（親怪獣が、子怪獣を取り戻すというモチーフは、日活の怪獣映画『大怪獣ガッパ』〈一九六七年〉や『モスラ』や『ゴジラ』シリーズのなかで反復された）

『怪談生娘（きむすめ）吸血魔（Atom Age Vampire）』

1960年、イタリア映画／アントン・ジュリオ・マジャノ監督

美貌のダンサー、ジャネットが、交通事故で顔に傷を負う。奇跡の新薬で傷を治すというレビン教授の言葉を信じ、ジャネットは教授の治療を受け入れることにする。しかし、その治療には、生きた人間を

犠牲にする奇怪なものだった。

（邦題は、考えすぎか、いい加減か、のどちらかだろう）

『モスラ』　1961年、東宝、日本映画／本多猪四郎監督

モスラは、核実験で放射能に汚染されたインファント島の守護神。島の人たちは放射能の影響を受けない飲み物を飲んでいる。巨大な卵として見世物のために日本に連れてこられたモスラは、幼虫として暴れ、さらに東京タワーをへしおって繭を作り、羽化する。

（ゴジラとともに、東宝怪獣映画の二大スター。ラドン、キングギドラ、アンギラスを入れれば五大スターとなる）

『世界大戦争』　1961年、東宝、日本映画／松林宗恵監督

第三次世界大戦が始まった。つつましい生活をしていた自動車の運転を職業としていた男は、娘を船員と結婚させ、息子を大学へ行かせるという夢が、ことごとく壊されるのを知らなければならなかった。核爆弾が東京に落下すれば、彼らの家族は一瞬のうちにこの世から消滅するのだ。東京、ニューヨーク、モスクワ、パリ、ロンドン、北京。各都市は壊滅する。全人類の死滅の日である。

（フランキー堺の好演に支えられた社会的な問題作。同時期に松竹でも『世界大戦争』というよく似た設定、内容の映画が作られたようだが、未見）

『地球の危機（Voyage to the Bottom of the Sea）』　1961年、アメリカ映画／アーウィン・アレン監督

地球上空を覆うヴァンアレン放射帯が突然、燃え始め、地球上は灼熱地獄と化す。これを免れるのは、核ミサイルの爆発によって炎の層を燃やし尽く

すしかない。原子力潜水艦シービュー号のネルソン提督は、ミサイル発射の地点に向かうが、これに反対するさまざまな妨害や阻害が待ち受けている。

（地球破滅のパニックものだが、ヴァンアレン放射帯が燃えるという発想が、科学に弱い観客（私）には今一つよく分からない）

『天空が燃えつきる日（The Day the Sky Exploded）』

1961年、アメリカ映画／パオロ・オイシュ監督

原子力ロケットで月の周囲を回る計画が実行された。しかし、有人ロケットは軌道を逸れ、パイロットは脱出装置で帰還したが、ロケットは小惑星群のなかで原子炉が爆発し、それまでの軌道を逸れた惑星群は、地球に隕石の塊として降り注ぐこととなった。世界各国は、隕石に核ミサイルを搭載したロケットを飛ばし、破壊するという作戦を取ることにした。避難する人々のパニックのなか、ミサイルは次々と発射される。

（原子力ロケットというものが可能かどうか分からないが、核爆弾は隕石破壊には使えそうだ。結局、核は〝破壊〟だけにしか使えないエネルギーということか）

『一年の九日』

1961年、ソ連映画／ミハイル・ロンム監督

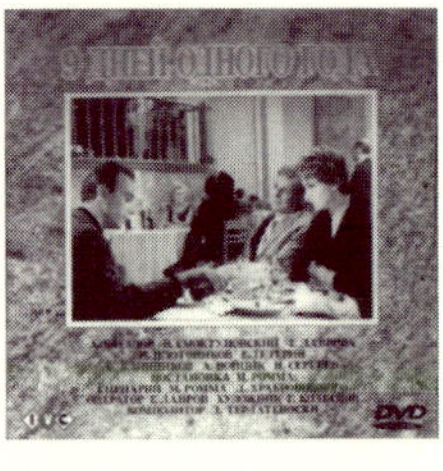

三人の原子物理学者がいる。グーセフとクリコフ、そして女性のリョーリャだ。グーセフはシベリアの地方都市にある原子力研究所で研究し、原子炉の改良の研究をしているうちに被曝し、重い放射線症になっている。リョーリャは、そんなグーセフの研究を援助するため結婚するが、生活はうまくゆかない。グーセフは、入院し、骨髄移植という実験的な手術を受けることになるが、成功の見込みは少ない。クリコフとリョーリャが手術前に見舞に来るが、彼は彼女に会わず、昔のように元気で三人で食事をしたいというメモを渡す。

（原子力の研究に携わる三人の男女の三角関係のド

ラマを、一年間のうち九日だけを描いている。抑制されたセリアのなかに、祖国の科学研究のために命を犠牲とするといった社会主義的なモラルと、個人的な愛情、生命への執着が常に混在して表現される。ソ連映画としては珍しく、科学者たちの内面的なドラマを描いている。なお、ソ連製の放射能映画には他に『死者からの手紙』があるが、未見である）

『妖星ゴラス』

1962年、東宝、日本映画／本多猪四郎監督

無気味な星ゴラスが地球に近付いて来る。このままいけば、衝突は免れない。地球の人類は一致団結して、北極に核兵器を集め、いっきょに爆発させ、地球の軌道を変え、衝突を免れようとするのである。

（無気味に赤く光る星ゴラス。生物でもなく、沈黙のまま近付いてくるだけに、とても怖いのである）

『ラ・ジュテ（La Jetée）』

1962年、フランス映画／クリス・マルケル監督

第三次世界大戦が勃発し、パリは壊滅した。生存者は地下に「もぐらの王国」を作った。狂気の博士が、捕虜を使って実験を行った。それは「時」の扉を開け、「過去」や「未来」に行くことだった。実験材料とされた男は、少年時代にオルリー空港の送迎台で、一人の女性に会った「過去」へと行った。

（モノクロのスチール写真とナレーションで語られる、フォトロマンと称される実験的な作品。壊れた凱旋門、吹き飛んだエッフェル塔。廃墟となったパリが映し出される。テーマは「過去」と「未来」を行き来するSF的なもの）

『マタンゴ』

1963年、東宝、日本映画／本多猪四郎監督

放射能で汚染された島のキノコを食べるとキノコ人間になってしまうというホラー映画。カルト映画の第一にあげる人もいる。東宝の青春残酷物語

の変種ともいえそうだ。

（狂人の回想というスタイルの映画であり、最初と最後のシーンにある大都会の窓外のイルミネーションの光景が印象的。反都会、反科学主義の映画といえるかもしれない）

『新世界』

1963年、イタリア映画／ジャン＝リュック・ゴダール監督

ゴダールのほか、ロッセリーニ、パゾリーニ、グレゴレッティの四人の映画監督によるオムニバス映画『ロゴパグ』の第二話。パリの上空で原爆が爆発した。しかし、地上ではあまり変わりなく、人々の行動が少しおかしくなった程度だ。やたらと薬を飲む。会話の受け答えがちぐはぐだ。しかし、新聞では大きな変化はなかったと、報道する。何も変わっていないように見えるが、人々の心のなかが変化しているのだ。

（原爆が投下されても、パリの街に変化はない。しかし、エッフェル塔の上半分がなくなっている場面がちらっと出てくる）

『宇宙大怪獣ドゴラ』

1964年、東宝、日本映画／本多猪四郎監督

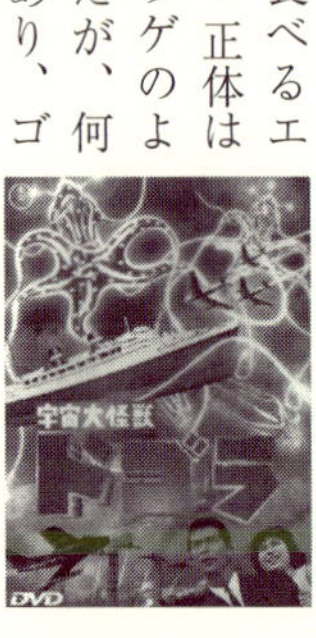

石炭などの炭素を食べるエネルギー怪獣のドゴラ。正体は空に浮かんだ巨大クラゲのような姿をしているのだが、何か、観念的な生物であり、ゴジラ、モスラ、ガメラのようなはっきりとした姿を見せないのは弱い。東宝怪獣映画でも、もっとも影の薄い怪獣ではないだろうか。

（九州などの各地の風景映像が登場する。何だか、観光地の宣伝映画のようにも思える）

『未知への飛行　フェイル・セイフ（Fail-Safe）』

1964年、アメリカ映画／シドニー・ルメット監督

水爆を搭載したアメリカの爆撃機が、「モスクワ爆撃命令」の暗号指令を受電した。そのまま爆撃を敢行したら、全面的な核戦争の勃発によって世界の潰滅は必至である。機械の故障によって間違って打電され

た指令を取り消す方法はない。アメリカ大統領は、モスクワに電話し、誤命令によって飛んでいる爆撃機の迎撃をソ連側に依頼し、もしモスクワが攻撃されたら、核による報復を行わないように依頼し、その誠意を伝えるために自らニューヨークへの核爆弾落下を命じた。

（以前、アメリカで、核爆弾の発射ボタンを押せるのは、大統領だけではなく、軍の中枢にいた将軍たちもそうだったという。人為ミスや機械の故障で核戦争が勃発するのだけはどうしても止めてほしい。もちろん、沈着冷静であっても核兵器を使ってはいけない）

『博士の異常な愛情　また私は如何にして心配するのを止めて水爆を・愛する・ようになったか（Dr. Stragelove or : How I Leared to Stop Worrying and Love the Bomb)』

1964年、アメリカ映画／スタンリー・キューブリック監督

アメリカの戦略空軍基地司令官のリッパー将軍は、突然、ソ連への水爆攻撃を命じた。ソ連はすでに全世界を破滅させる最終兵器を開発していた。攻撃があればそれを使わざるをえないというソ連大使。アメリカ大統領は必死になってソ連の首相を説得しようとするが、なかなか真意が伝わらない。ようやく攻撃命令は撤回され、ソ連軍に撃墜された数機を除いて攻撃機は引き返したが、一機だけ連絡不能で、目標を攻撃してしまう。

（『フェイル・セイフ』や『博士の異常な愛情』などのこうした映画がこの時期に作られたのは、一九六二年十月のキューバ危機に煽られたものだろう。アメリカとソ連との一触即発の戦争の危機がこの時期に高まったのである。長い題名の最たるもの。大統領を総統と言い間違え、無意識にナチス式敬礼をしてしまうストレンジラブ博士が何者かは自明だろう。ブラックユーモアに溢れた映画なのだが、きわめてシリアスな恐怖映画でもある）

『007／ゴールドフィンガー（007 GoldFinger)』

1964年、イギリス映画／ガイ・ハミルトン監督

大富豪ゴールドフィンガーは、アメリカが貯蔵している金塊を放射能で汚染させ、半世紀以上流通させなくして、自分の持っている金の相場を高騰させようという悪辣な計画を立てる。それを阻止しようとするイギリス諜報員の007ことジェームズ・ボンドが活躍する。クライマックスの場面は、秒読みに入った核爆弾の起爆装置をボンドが、必死になって止めるところだ。間一髪、時計は「007」でストップ、すなわち七秒前で止められたのだ。

（007シリーズの三作目。大富豪のゴールドフィンガーがなぜ映画の冒頭でケチなトランプのイカサマをやるのかよくわからない）

『アトミック・ブレイン 大脳移植若返り法（THe Atomic Brain）』

1964年、アメリカ映画／ジョセフ・V・マスセリー監督

若い女性の肉体に、老女の脳を移植するという実験をするマッド・サイエンティストの話。男に野獣の脳を、女に猫の脳を、猫に女の脳を移植する実験を繰り返すのである。

（「アトミック・ブレイン」というのは、移植する脳を再生するために核分裂の振動を使うということらしい。あと、実験室を壊滅させるために核爆発が仕掛けてあるという。これだけでアトミック？　羊頭狗肉もいいところだ）

『007／サンダーボール作戦（007 Thunderball）』

1965年、イギリス映画／テレンス・ヤング監督

原爆二基を搭載したイギリス軍機が偽物のパイロットに乗っ取られた。原爆を手に入れた悪の組織スペクターはそれをタネに大金を要求してきた。悪の一味と、英国秘密情報員007が闘う。

（シリーズ四作目。水中戦が多く、誰が誰だかよくわからない）

『大怪獣ガメラ』

1965年、大映、日本映画／湯浅憲明監督

日本の古代亀の調査船が、北極上空に国籍不明機を発見し、米軍に連絡した。米軍機が撃墜したが、その不明機には原爆が搭載されていて、北極で爆発した。

その衝撃で、氷の下で何千年も眠っていた亀型の怪獣ガメラが目覚めたのである。

東宝のゴジラに対抗して大映が作った怪獣映画シリーズの主人公がガメラ。火のエネルギーを吸い取る。危機になると手足を甲羅の中に縮め、そこから火を噴いて、ぐるぐる回って空を飛ぶ。

（原水爆は、誕生のきっかけとなっただけで、ガメラは放射能光線なども吐かない。シリーズ化されて、原水爆はさらに忘れられることになる）

『フランケンシュタイン対地底怪獣（バラゴン）』

1965年、東宝、日本映画／本多猪四郎監督

ドイツから日本に来た人造人間フランケンシュタインの心臓が、広島の衛戍病院で原爆によって被曝し、再生する。巨大化したフランケンシュタインは、森へ逃げ出し、地底怪獣のバラゴンと戦う。

（フランケンシュタインが放射能を浴び、巨大化するのがミソ。結末には別のバージョンがあり、バラゴンを倒して終わるのではなく、大ダコが現われて戦うというのもある）

『2889　原子怪人の復讐（In the Year 2889）』

1966年、アメリカ映画／ラリー・ブキャナン監督

核戦争によって人類が滅亡することを予想して、ジョン・ラムジー博士は、娘のジョアンナとハウス型の核シェルターに籠もった。そこに核戦争から生き残った七人の男女が集まって来る。少ない食料をめぐっての葛藤。さらに、ゾンビ・モンスターとなった怪人が、シェルターに近付いてくる。

（『原子怪獣と裸女』のリメイク版。カラーになっただけ、リアリティーが失われたような気がする。それにしても「原子怪獣」のメーキャップ、スタイルの出来は悪い）

『原子力発電の夜明け』

1966年、東京シネマ、日本映画／森田実演出

日本の原発第一号の東海原子力発電所一号機の五年

にわたる建設過程を描くドキュメンタリー映画。英国から輸入したコールダーホール方式の原発はこの一基だけで、現在ではすでに解体作業が始まっている。鋼板の圧延や組み立てに当時の日本最新技術が傾注されたが、所詮、設計、構造は百パーセント輸入もので、それも英国においても未完成のものだった。技術陣に英国人らしい人物が登場しているが、そのことについては一言も触れられず、日本の工業力の優秀さが謳われている。

（文部省特選をはじめとし、数々の推薦と賞をとった作品。原子炉内部は模型とアニメを使っているが、視覚的には分かりやすい。これで〝原子力の平和利用〞が啓蒙されたのである）

『駆逐艦ベッドフォード作戦（The Bedford Incident）』

1967年、アメリカ映画／ジェームズ・B・ハリス監督

米海軍の駆逐艦ベッドフォード号に乗り込んだ記者のマンスフィールドが出会ったのは、敵国ソ連を憎む冷戦思考の艦長だった。氷山の下にソ連の潜水艦を押し込んだ艦長は、どこまでも敵を追い詰める。NATOの司令部から待機を命じられたのだが、艦長はミサイルの発射を準備させる。だが、乗組員は過って発射ボタンを押してしまう。潜水艦は爆撃前に魚雷を発射。核魚雷四発が、次々にベッドフォード号に着弾する。

（ベッドフォードが撃ったのは、核ミサイルではないが、ソ連潜水艦の魚雷は核弾頭のものだった。乗組員が呆然自失したままの駆逐艦ベッドフォードに、キノコ雲が立ち上る。キューバ危機の冷戦が生み出した、ハリウッド製の「原子力／核」恐怖映画の古典的作品）

『黎明　福島原子力発電所建設記録・調査編』

1967年、日映映画製作所、日本映画

東京電力福島第一原子力発電所の建設を前提に、地質調査、天候調査、波力調査などが行われた。少しでも安全性が損なわれることのないように、綿密な調査をして原発が作られたのだ。かくして万全な安全性を確保して作られた原発だが、どういうわけか

津波には弱く、二〇一一年三月十一日の地震と津波によって、複数の原子炉のメルトダウンというあってはならない事故が勃発した。

（作中で安全性が強調されるたびに、逆に原発の安全性に疑いを持っていた人もいたのかなという気にさせられる。なお、一九八五年には『福島の原子力』という同じ日映製作で、東京電力企画の宣伝・広報映画も作られている）

『魚が出てきた日（The Day the Fish Come Out）』

1967年、ギリシア・イギリス映画／マイケル・カコヤニス監督

一九七二年、エーゲ海カロス島の上空で、爆撃機が墜落。二人のパイロットは、金属製の箱を投下した。パラシュートで脱出した島に泳ぎ着いた二人は、下着姿で島の中をうろうろする。軍関係者は、観光客になりすまして金属製の箱を捜索し始める。そこには高度な放射性物質が入っているらしい。平和な観光の島に、てんやわんやの騒ぎが引き起こされる。

（ブラック・コメディーといえる。実際にあった核搭載の戦闘機の墜落事故を素材としている）

『キングコングの逆襲』

1967年、東宝、日本映画／本多猪四郎監督

北極でドクター・フーが、メカコングを製作し、火口に眠る、原子力よりも強大なエネルギー源エレメントXの発掘を試みていた。それに失敗したフーは、今度は本物のコングをコントロールして、それを掘らせようとする。

（原子力より威力のあるエレメントX。天本英世の演じるドクター・フーが間抜けで、面白い）

『アゴン　AGON』

1968年、日本電波映画、日本映画／峯徳夫、大橋史典監督

原子力センターの車を襲いに出現したアゴン（アトミック・ドラゴン）は、原水爆実験によって目覚め、突然変異

した古生代の恐竜だった。濃縮ウランを好むアゴンは、それを求めて海底から上陸する。防衛隊の必死の攻撃も、アゴンには歯が立たない。

（『ゴジラ』のTV映画版といえるもの。アゴンの設定はゴジラと同じだが、原子力との関連性はより強調されている。「アゴン出現　前・後編」「アゴン風前の灯　前・後編」の二部作）

『昆虫大戦争』

1968年、日本映画／二本松嘉瑞監督

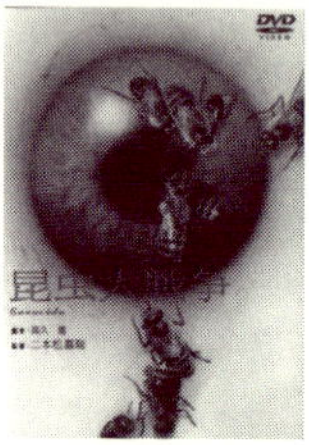

水爆を搭載してベトナムへ向かうアメリカの戦略爆撃機が、一万メートルの上空で昆虫の大軍に襲われて、南海の島に落下した。水爆を回収するため、「折れた矢」作戦が展開されることになった。

（昆虫の巨大化ではなく大群化である。その意味で放射能による生物巨大化SF映画とは一線を画す）

『クリスマス・ツリー（The Chrismas Tree）』

1969年、フランス映画／テレンス・ヤング監督

パスカル少年はコルシカ島でパパとボート遊びをしていて、海に墜落してゆく飛行機から、パラシュートで落ちてくる物体を見る。それは事故機から落とされた原爆だった。その放射能を浴びた少年は重篤な白血病となり、後半年の命と医者に宣告される。半年間を幸せに過ごすために、パパは、ブルーのトラクターや、生きている狼やら、少年の願いを叶えてやる。クリスマス・イブの晩、少年は狼に見守られながら、クリスマス・ツリーの下で息絶える。

（いっしょにボートに乗っていた父親が、いかに水中にいたとはいえ、放射線障害にならないという設定は不自然だ。原爆事故の問題は掘り下げられてはおらず、単に父と息子とのお涙頂戴のドラマに終わっている。しかし、狼を盗み出すという設定には意表を突かれる）

『リチャード・レスターの不思議な世界（The Bed Sitting Room）』

1969年、イギリス映画／リチャード・レスター監督

　第三次世界大戦は、核戦争となり、二分二十八秒で終わった。その四年後のイギリスでの生存者は二十名。停まらない地下鉄の電車のなかで生活している老夫婦と孕み腹をした娘の三人家族、そこに紛れ込む若い男、発電のために自転車を漕ぎ続ける軍人、テレビの枠を持ち、各家にニュースを出前して歩くニュースキャスター、気球に吊り下げられたパトカーの残骸でパトロールをする警官、ワンルーム・ハウスに〝変異〟してしまった自称貴族など、奇想天外な人物の奇矯な行動と、古靴の山と瓦礫とガラクタの風景が延々と映し出される。

　（卑猥でブラック・ユーモアに満ちたシューレアリズム的作品。核戦争後の世界をこれほどおちょくった映画も珍しい。人民服姿の毛沢東が出てくるところも、英国風の悪ふざけが過ぎる（が面白い））

【一九七〇年代】

『続・猿の惑星（Benerth the Planet of the Apes）』

1970年、アメリカ映画／テッド・ポスト監督

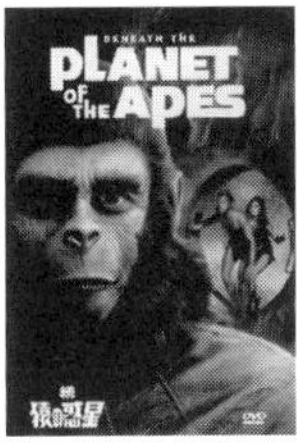

　第一作の『猿の惑星』では、猿に支配されている惑星は、実は地球の未来の姿だったということがラストで示されるが、その続編の本作では、猿の居住地から逃げ出した宇宙飛行士テイラーは、破壊されたニューヨークの地下の世界で、放射能によってミュータント化した人間が、コバルト爆弾を神と崇めて暮らしているのを見る。そして、彼らに捕らわれた宇宙飛行士仲間のブレンドと再会する。猿とミュータントたちは戦い、テイラーたちは、双方から攻撃される。コバルト爆弾のスイッチに手をかけたミュータントは死んだが、テイラーも殺され、やはり撃たれて瀕死となったブレンドは、地球を破壊すべく、核兵器のスイッチを押したのだった。

　（コバルト爆弾は、もちろん核兵器の一種。宇宙飛行士が宇宙へ行っている間、愚かしい人類は、自分たちの生命と文化を核戦争で滅ぼしたのである。「神」と崇められたコバルト爆弾は、人類最後の一発だったのだ）

『**地球爆破作戦**（Colossus:The Fobin Project）』

1970年、アメリカ映画／ジョセフ・サージェント監督

冷戦下、アメリカのフォービン博士は、コンピューターを使った国防システム「コロッサス」を作り上げた。しかし、同時的にソ連も同じようなシステム「ガーディアン」を装備した。「コロッサス」は、「ガーディアン」と共通システムを自分たちで作り上げ、フォービン博士などに命令をするようになる。命令に背けば、ソ連、アメリカに核ミサイルを発射すると脅迫する。

（自分たちの作り上げたコンピューターに支配される人間たち。防衛システムとは、攻撃システムの裏返しに過ぎないことがよくわかる）

『**吸盤男オクトマン**（Octaman）』

1971年、アメリカ映画／ハリー・エセックス監督

南米の漁村に放射能による水質汚染の調査グループがいた。彼らのもとに持ち込まれたのは放射能汚染によって突然変異した奇形のタコだった。その地域の湖には、足が何本もあり、人間のように歩くタコのモンスターの言い伝えがあった。調査隊の前に、湖から姿を現した「吸盤男オクトマン」は、次々と人間を襲い、そしてグループの紅一点の女性を攫おうとする。

（放射能による変身ものの一種だが、途中で伝説上のモンスターとなってしまう。手足を入れて六本の足は、タコとしては変だ——アメリカではタコの足が八本というのは常識ではないのか？）

『**人類最終兵器　ドゥームズデイ・マシーン**（Doomsday Machine）』

1972年、アメリカ映画／ハリー・ホープ、リー・ショレム監督

女スパイによって中国の最終兵器による核戦争が勃発する。それを事前に知った米国は金星ロケットを発射、男四人と女三人を乗せ、人類再生

の夢を託した。男女一組が宇宙の闇に吸い出され、ロケットの故障を直すために、宇宙の孤児になることを覚悟にロケット外に出た男女一組は、幽霊船のように宇宙を漂うソ連の宇宙船に運良く辿り着く。しかし、母船といっしょに金星に着陸しようとする二隻の宇宙船は、それを阻止する神のように声を聞かなければならなかった。

（いかにも怪しげな東洋人の女スパイとか、毛主席しか入れない最終兵器の部屋とか、音のない宇宙空間なのにロケットの外壁を叩く金属音が聞こえるとか、つっこみどころが満載のB級SF映画としかいいようがないが、人類生き残りのためなら、もっとちゃんと男女比率とか、年齢層を考えるべきではないか――男四人に女三人は、やはりおかしい）

『最後の猿の惑星（Battle for the Planet of the Apes）』

1973年、アメリカ映画／J・リー・トンプソン監督

未来から来た猿の宇宙飛行士の息子のシーザーと、その仲間の猿たちは、人間たちと共存して暮らしていた。シーザーは、その父母が遺したビデオテープが、核戦争によって破壊されたニューヨークの記録保存所にあることを知り、それを探しにゆく。しかし、ニューヨークの地下世界は、放射能汚染地域で、放射能によってミュータント化した人類が生き延びていた。彼らは猿と人間の共生する村を侵略することにし、おんぼろのバスやトラックを先頭に攻撃してくるが、シーザーの戦略によって敗北する。猿と人間との共生世界は、続くのである。

（核戦争後の世界を描いた作品として、やはり〝猿の惑星〟シリーズは、傑出しているといわざるをえない。しかし、最初からシリーズ化を計画していたわけではないので、続編、続々編で、前の話と辻褄の合わないところが出てくる）

『地獄のプリズナー（Warhead）』

1974年、アメリカ映画／ジョン・オコーナー監督

イスラエルとヨルダンの国境地帯に、アメリカ空軍の爆撃機が、核弾頭を落下させてしまった。米空軍の核の専門家であるトニー・スティーブンス大佐が、起爆装置を解除するために現地にパラシュートで落下す

るが、そこにはパレスチナ・ゲリラの一隊がいた。彼らを追うイスラエル軍の兵士たちとの間で、核弾頭の争奪戦が始まる。結局、両陣営は全員が死亡し、大佐のみが残る。

（アメリカ映画だけあって、パレスチナ・ゲリラの描き方は非共感的で、デビット・ジャンセン演ずる米軍大佐は、イスラエル軍側につき、ゲリラたちを掃討する。やはり、アメリカとイスラエルは、同盟国ということを確認させられる。しかし、イスラエルが核兵器を持っているというのは公然の秘密だと思うが）

『少年と犬（A Boy and his Dog）』

1975年、アメリカ映画／L・Q・ジョーンズ監督

第四次世界大戦は五日間で終わった。核戦争後の地球は荒廃した砂漠となり、少ない食べ物と女をめぐって弱肉強食の世界が繰り広げられていた。人語を解する犬と少年は、犬が女を嗅ぎつけ、少年が食べ物を探すという相棒同士だった。地上には文明はなくなったが、人間は地下に文化的な都市を築いていた。少年は、少女に導かれて、地下の世界へと誘われる。

（白塗りの顔をした地下人間たちが不気味だ。少女も所詮、地下世界の人間なのか。意表を突いた最後のシーンが印象深い）

『弾丸特急ジェットバス（The Big Bus）』

1976年、パラマウント、アメリカ映画／ジェームズ・フローリー監督

ニューヨークからコロラド州デンバーまで走る原子力バスのサイクロプス号が登場。運転手も乗員も乗客も変な人物ばかりだ。数々のパニック映画のパロディー的なエピソードをまじえ、ジェットバスは、走る、走る、走る。

（原子力で走るバスという設定が面白い。今のところ、石油マフィアがそれを阻止しようとするのも。原子力で動かせるのは潜水艦と船だが、ロケット、飛

行機、自動車は無理のようだ。原発は、原潜を地上に出し、縦にしたもの、というのは私の持論だ）

『世界が燃えつきる日（Damnaton Alley）』

1977年、アメリカ映画／ジャック・スマイト監督

アメリカの各都市に核ミサイルが飛来してきた。迎撃ミサイルの的中率は四割。ボストン、シカゴ、デトロイトなど大都市が核爆撃され、地球の地軸が動き、米国はほとんどが砂漠化した。空軍大佐デントンは、生き残りの司令官たちと砂漠のなかの基地にいたが、人間生存の信号を受け、自作の装甲車で大陸横断の旅に出かける。大佐とオートバイ狂の若者、サーカスの女性歌手、取り残された少年の四人は、大型化したサソリ、人食いゴキブリ、凶暴化した生き残りの人間、ハリケーンなどの危険を克服し、東海岸の町へ辿り着く。

（核戦争後のサバイバルもの。装甲車がオモチャのようにしか見えないとか、放射能汚染があまり問題になっていないようだという疑問はあるが、『渚にて』のような悲劇的な終わりになっていないところに、アメリカ的な楽観性があるように思える）

『巨大蟻帝国の逆襲（Empire of the Ants）』

1977年、アメリカ映画／バート・I・ゴードン監督

貨物船から放射性廃棄物のドラム缶が不法に廃棄され、島の海岸に流れ着く。そこから液体がこぼれ、アリがむらがっている。その島をリゾートの島で売りだそうと不動産会社の女性社長が客を連れてくる。しかし、そこに巨大な蟻が襲いかかり、脱出用のボートはアリを殺すための炎で燃え、客たちは川をさかのぼってそこから逃れようとする。

（映画の前半はよくある巨大生物もののパターン通りだが、後半は思いがけない展開になる。アリの眼というか、複眼的な映像が不気味さを増す）

『悪魔が最後にやって来る！（Holocaust 2000）』

1977年、イタリア・イギリス映画／アルベルト・デ・マルチーノ監督

砂漠に核融合の原子炉による原発を作ろうと計画している電力会社の社長のケインは、地元の住民たちの反対の声を押し切り、政治家と組んで着々と建設計画を進めていた。息子のエンジェルは原子炉の設計をしている科学者の一員だが、ケインは、黙示録の予言にある「反キリスト」＝悪魔が、自分の息子であることに気がつくようになる。原発計画に反対する人物は次々と謎の死をとげる。計画に反対の立場となったケインを、エンジェルなど計画推進派が襲う。

（原発ホラーというふれこみだが、あまりホラー的ではない。カーク・ダグラスの老いた全裸シーンなどが〝ホラー〟といえるか。黙示録世界と原発の重ね合わせは、安っぽいオカルト趣味としか思えない）

『聖母観音大菩薩』

1977年、若松プロ＋日本ATG、日本映画／若松孝二監督

原発の建物を背景とする若狭の海岸に、不老不死の八百比丘尼の生まれ変わりだと信じている女が住み着いた。長崎でヒバクしてケロイドを負った老人、殺人犯として追われるウタリと名乗る青年、出雲の狐憑きという若い女の盲人芸人、母親からも死ねといわれる反原発の過激派の若者。これらの現代社会のマイノリティーたちが、比丘尼の体を通りすぎて、死へと向かうのである。

（八百比丘尼伝説を現代の若狭を舞台に再現した作品。小浜市の寺社をロケしている。異常性愛で、痴漢の中年男が比丘尼を殺すのだが、どうやら原発関係のかなりの有力者（所長？）らしい。今から見れば、反原発映画と規定することも可能だろう）

『宇宙戦艦ヤマト』

1977年、日本映画／舛田利雄監督

西暦二一九九年、侵略者ガミラスの遊星爆弾によって地球は放射能によって汚染され、人類は地下深くに住まざるをえなかった。しかし、放射能は地球を汚染し続け、後一年ほどの猶予しかなくなっ

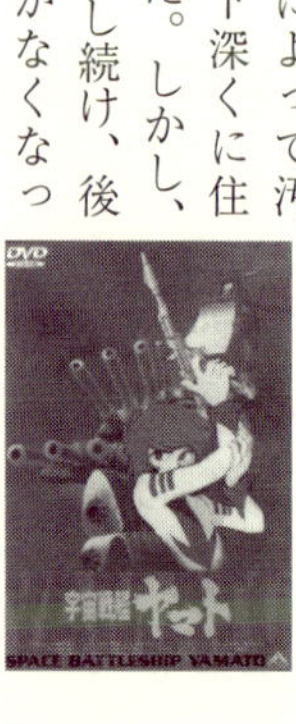

た。その時、はるかマゼラン星雲のイスカンダルから、放射能除去装置コスモクリーナーDを取りにきなさいという救いの声がかかった。女王スターシャのそのメッセージをたよりに、宇宙戦艦ヤマトは、暗黒の宇宙へと飛び立つ。

（平たくいえば、放射能のゴミを吸い取る掃除機をイスカンダルという星に借りにゆくのが、宇宙戦艦ヤマトの物語なのだ。十四万八千光年の距離を一年で往復できるか。ガミラス軍団を壊滅させられるか。それだけの科学力があれば、自前で放射能除去装置を作れると思うのだが）

『合衆国最後の日（Twilights Last Gleaming）』

1977年、アメリカ・ドイツ映画／ロバート・アルドリッチ監督

刑務所を脱獄した三人が、モンタナの空軍基地のサイト3を占拠した。そこの核弾頭ミサイル九基の発射ボタンを押すとアメリカ政府を脅し、彼らの要求を突きつけたのだ。

要求は金と脱走の手段としての飛行機と、アメリカ大統領の人質だった。脱獄した一人は、空軍の要職にありながら、アメリカ政府の〝陰謀〟めいたベトナム戦争の政策を、国民に知らせようとしたことから、犯罪者に仕立て上げられて刑務所に押し込められていたのだ。彼は、大統領にその裏の政策を公表せよと迫る。

（ソ連に見せつけるため、勝つあてもなくベトナムで戦争を続けて、人々を死傷させているというのが、〝裏の政策〟ということらしい。しかし、そんなことが仰天するような秘密だろうか。ベトナム戦争の犠牲の大きさに憤慨している〝愛国者〟が、世界を破滅させる核ミサイルの発射ボタンを押すというのはわけが分からない）

『サランドラ（Salandora）』

1977年、アメリカ映画／ウェス・クレイヴン監督

二〇〇六年に作られた『ヒルズ・ハブ・アイズ』のオリジナル版。退職警官のボブ一家が、ロサンゼルス郊外の砂漠で、食人集団の〝ジュピター〟の一族

に襲われる。そこら一帯は、米軍の原爆実験場で、彼らは放射能による突然変異でモンスター化した一族だった。ジュピター、マース、ブルート、末娘のルビーがいて、ルビーは兄のマースを殺して、ボブ一家の赤ん坊と息子と娘を救う。

（核実験場に住み、放射能で突然変異を起こした一族。しかし、これは噂話のなかで語られることで、異常性も、リメイク版よりは、温和しく感じる。残酷度や残虐度は、リメイク版のほうが勝っている）

『原子力戦争』

1978年、文化企画プロモーション＋ATG提携作品、日本映画／黒木和雄監督

原発のある東北の田舎町。そこに帰省した女（望）を追って、ヤクザな男の坂田がやってきた。坂田は望の実家を訪ねるが、父親や兄に冷たくあしらわれる。望の妹との奇妙な愛。望は、原発の技師と心中をしていた。不審に思った地元の新聞記者と坂田は、真相を明らかにしようと訪ね回る。原発事故にからんだ偽装心中事件の実態が浮かび上がってくる。

（田原総一朗の同題のノンフィクション・ノベルの映画化。原田芳雄、山口小夜子、風吹ジュン、佐藤慶出演。原田芳雄が、アポなしで、福島原発の構内に入ろうとし、入り口で警備員に侵入を阻止されるというリアルな映像が挿入されている）

『原子力潜水艦浮上せず（Gray Lady Down）』

1978年、アメリカ映画／ディヴッド・グリーン監督

アメリカの原子力潜水艦ネプチューンは、本国への帰港の航行中、浮上してノルウェイの貨物船と衝突し、船尾を裂かれて海中に沈んだ。ブンチャード艦長以下の四十一名の乗組員は、救助艇の到着を待つ間、懸命に迫りくる危機と戦っていた。

（原子力潜水艦の事故ものは、その密室感が息詰まるサスペンスを感じさせる。原子炉と隣り合わせで生活する気持ちはどんなものだろうか）

『チャイナ・シンドローム（The China Syndrome）』

1978年、コロンビア・ピクチャーズ、アメリカ映画／ジェイムズ・ブリッジス監督

人気テレビキャスターのキンバリーは、カメラマンのリチャードと原子力発電所の取材中に偶然に事故をカメラにおさめる。事故を調べているうち、キンバリーは、原子炉の中で異常が発生している現場に立ち会うことになる。原発は、危機一髪の状態になっているのだ。

（スリーマイル島の原発事故の直前に封切られたという伝説的映画。事故を予言したともいわれた。チャイナ・シンドロームは、アメリカから地球の中心を抜けて、中国にまで及ぶという意味で、原子炉のメルトダウンの究極的な事態として一般名詞化した。日本でならば「ブラジル／アルゼンチン・シンドローム」といわねばならないだろう）

『太陽を盗んだ男』

1979年、キティ・フィルム、日本映画／長谷川和彦監督

高校の理科の教師の城戸誠は、東海村の原子力施設からプルトニウムを盗み出し、自分の部屋で手造りで原爆を作る。彼はそれをネタに、プロ野球中継を最後までしろといった要求を行い、世間を翻弄する。要求はエスカレートし、彼は自滅の道をたどってゆく。すでに彼には放射能障害の兆候が現れていたのだ。

（沢田研二が主人公を演じ、俳優としての力量を示した。渋谷の街でのパニック・シーンが見物（みもの）。西田敏行があまり重要でない傍役として出てくる）

『ストーカー』

1979年、モスフィルム、ソ連映画／アンドレイ・タルコフスキー監督

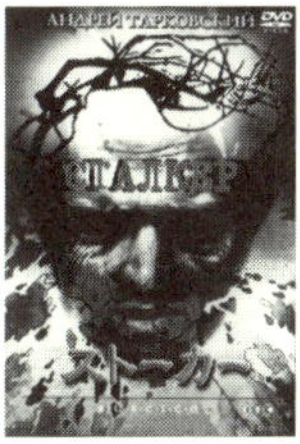

立ち入り禁止の空間〈ゾーン〉に向かう男たちがいる。ストーカー＝密猟者は、その〈ゾーン〉への案内人だ。錆ついたトロッコの線路、猛々しい自然、突然に襲いかかる洪水、無気味なトンネルと廃墟。

それは、原子力事故の後の原発の跡地のようである。
（〈ゾーン〉をどのように解釈するかで、映画の内容やテーマが異なって見えるだろう。〈ゾーン〉へ向かう町の向こうに、原発の風景が見られるという指摘もある。チェルノブイリ事故を予見した作品ともいわれる）

【一九八〇年代】

『チェーンリアクション（Chain Reaction）』

1980年、ワーナーブラザーズ、アメリカ映画／イアン・バリー監督

オーストラリアの核廃棄物処理工場で、地震のためにパイプが壊れ、汚染水が噴き出すという事故があった。汚水を浴びた研究者のハインリックは、住民たちに放射能汚染を警告するように会社側に望むが、大企業ウォルドは、事故を隠蔽し、ハインリックと、彼を救ったカーレーサーと看護婦のカップルを襲って、口封じを図る。

（「チェーンリアクション」は、日本語だと連鎖反応。キアヌ・リーブス主演の同題の映画（一九九六年）があるが、そちらは原子力に代わる新エネルギー開発の物語だ）

『オレゴンの黒い日（The Plutonium Incident）』

1980年、アメリカ映画／リチャード・マイケルズ監督

核燃料製造会社に勤めた始めたジュディス・ランドンは、その放射性物質プルトニウムの取り扱いが杜撰であることに気が付き、改善を求めるが、会社の上層部には取り合ってもらえない。会社の安全体制を整備させようと組合を作ってストライキをする。しかし、組合の指導者はスト破りに殴り殺されてしまう。彼女は、一人で会社の不正の証拠をつかまえようとするが、プルトニウムで被曝させられてしまう。おとり電話に呼び寄せられ、彼女は工場のコントロール室に忍び込み、大量の放射能を浴びて被曝死する。プルトニウムを盗もうと侵入して死んだとされたのである。ただし、会社は閉鎖された。

（「チャイナ・シンドローム」「シルクウッド」など、原発映画でもシリアスなものの系譜である。「金」のためなら手段を選ばない原子力マフィアと、その腰巾着どもの横行は、米国も日本もまったく変わらない）

『ナイトメア・シティ（Nightmare City）』

1980年、イタリア、スペイン映画／ウンベルト・レンツィ監督

テレビのニュースで原子力発電所で放射能漏れの事故があったことを伝えている。テレビ局の報道プロデューサーは、空港へ行き、軍の輸送機からゾンビたちが現れ、警備の警察官、兵士を襲うのを目撃する。彼らは、放射能汚染によって強靭化したが、赤血球の不足により、人を襲い、血を吸う吸血鬼となったゾンビたちだった。病院を襲い、発電所、軍の飛行場を襲う彼らに、軍は手も足も出ない。プロデューサーとその妻の女医は、遊園地のジェットコースターの上にまで追い詰められる。

（真っ先にゾンビとして輸送機を降りてきたのは、原発事故の調査のために現地に出かけた原子力の博士だった。細胞が変化して、強い生命力を持つようになったゾンビは、頭をぶち抜くことしか、死に至らしめる方法がないのである）

『マッドマックス2（Mad Max 2）』

1981年、オーストラリア映画

マッドマックスは、愛車で愛犬とともに荒野を行くが、暴走族の襲撃に遭う男女を見つける。貴重な石油を掘る油井があり、そこでは住民たちが暴走族の襲撃から防御しているのだ。マックスは、彼らに味方して、安全な土地への移住を援助する。タンクローリーを走らすマックスと、暴走族との過激なカーチェイスが始まる。

（作中には核戦争後を明示しないが、「原子力」の時代から、「石油」の時代に世界は退化していることを暗示している。自動車とオートバイと飛行機は、あくまでも「石油の時代」の機械なのである）

『復活の日』

1981年、角川映画、日本映画／深作欣二監督

米軍の開発した生物兵器が盗まれ、全世界にパンデミック（劇症伝染病）として広まる。生き残ったのは南極大陸にいる各国の越冬隊八百名余。彼らは連邦国家を作り、人類の生き残りを図る。しかし、米軍の核防衛システムが作動し、大地震による核爆発と同程度のショックがあれば、自動的に起動し、ロシアを攻撃するという。ロシアも自動的に反撃し、その一部は、南極大陸のアメリカ基地を標的としていることが判明する。アメリカ人と日本人の二人が、米軍ミサイル起動を阻止するために、人々の死に絶えたワシントンDCに原潜に乗って行くことになる。

（核戦争は、伝染病で人類が死に絶えた後に起きる。つまり、〝地球は二度死ぬ〟のだ。ロバート・ボーンやオリビア・ハッセーなどの往年の外人スターの演技より、南極ロケの成果をもっと楽しみたいと思った）

『原発切抜帖』

1982年、青林舎、日本映画／土本典昭監督

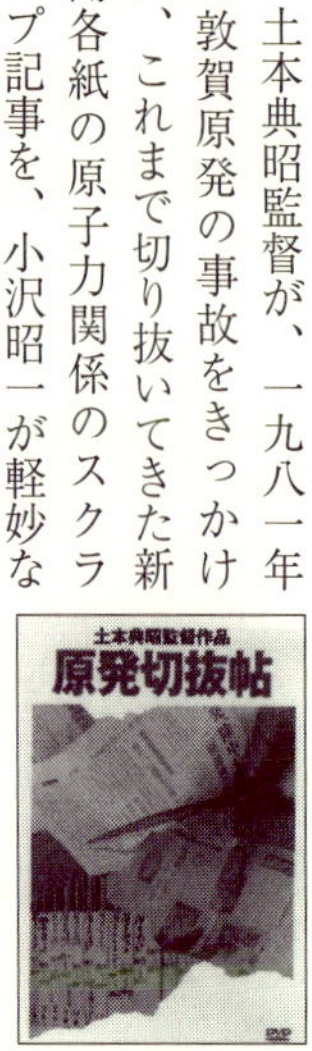

土本典昭監督が、一九八一年の敦賀原発の事故をきっかけに、これまで切り抜いてきた新聞各紙の原子力関係のスクラップ記事を、小沢昭一が軽妙なコメントをしながら紹介してゆくドキュメンタリー映画。ほとんど新聞記事の文字と不鮮明な写真で、映像としての面白みはないが、広島、長崎の原爆、ビキニの原水爆実験、スリーマイル事故、原子力船むつの放射能漏れ事故など、当時のリアルタイムの記事があらためて示される。

（これだけの事故や危険性の報道があったのに、日本人はなぜフクシマまで漫然と原発を見逃してきたのだろうか。フクシマが起こる前に、数々の警鐘は鳴らされていたのに）

『アトミック・カフェ（The Atomic Cafe）』

1982年、アメリカ映画／ケヴィン・ラファティ、ジェーン・ローダー、ピアース・ラファティ監督

一九四〇〜五〇年代のニュース・フィルムや、政府の広報フィルムの核に関する映像を自由に引用し、

編集した記録映画。プロパガンダを逆手にとったドキュメンタリー。

（ディズニー・プロが作った『わが友アトム（The Frend Atom）』などのアニメ映画も、原子力の平和利用プロパガンダに一役買った）

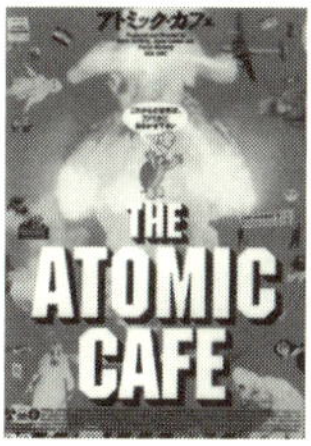

『魔都・核ジャック（Deadline）』

1982年、アメリカ映画／アーチ・ニコルソン監督

オーストラリアの砂漠で核爆発があった。それは盗んだプルトニウムでギャングたちが作った二発の核爆弾の一発だった。彼らは核爆弾をシドニーのあるビルに仕掛け、金と麻薬の要求を飲まねば爆発させるという。しかし、彼らの飛行機は、爆破の起爆スイッチも解除しないまま、逃走の途中で墜落してしまう。必死になってシドニーのどこかに仕掛けられた原爆を捜す主人公たち。

（オーストラリアの砂漠で爆発した原爆には被害者がいた。砂漠でウラン鉱脈を探索していた老人である。オーストラリアは、世界でウランを多く輸出している国のひとつである）

『デッドゾーン（The Dead Zone）』

1983年、アメリカ映画／ディヴィッド・クローネンバーグ監督

恋人を送っていった帰りの道で交通事故に遭って大けがをしたジョニーは、五年間の昏睡状態から醒め、自分が未来を予見する超能力を得たことを知る。看護婦の家の火事をいいあてたり、連続殺人事件の犯人を当てたりして、彼の超能力は有名になる。彼は、子どもたちの家庭教師をしていたが、子どもの父親の家で上院議員を目指す活動的な男と出会う。その男は、大統領になって、核ミサイルの発射ボタンを押すことになる男だった。ジョニーは、彼を暗殺して、核戦争を未然に防ごうと、彼の選挙演説会場に行き、彼を狙撃する。

（二人の人間の掌認証で核ミサイルの発射ボタンが押される。こういう危険な男たちがおうおうにして、

本当に権力を握るから怖ろしい）

『シルクウッド（Silkwood）』

1983年、アメリカ映画／マイク・ニコルズ監督

核燃料工場に勤めるカレン・シルクウッドは、離れて暮らす子どもに会うのを楽しみに働く平凡な女性だった。ある日、彼女が工場を休んだ時、放射能漏れの事故が起こり、工場側は彼女の仕業として責任を回避しようとした。会社の不正を見過ごせなかった彼女は、核管理のずさんさと放射能汚染の実態を知り、それを新聞記者に知らせ、会社を告発しようとする。それを知った会社側は、シルクウッドの告発を止めるためにさまざまな手を打つ。彼女の車は交通事故に会い、大破し、彼女は死亡した。

（一九七四年に実際にあった「カレン・シルクウッド事件」を映画したもの。原発企業の暗黒面を告発している）

『ウォー・ゲーム（War Games）』

1983年、アメリカ映画／ジョン・バダム監督

落第坊主の高校生が、学校のコンピューターに入り込み、成績を書き換えていた。ある日、彼は「全面核戦争」のゲームに入り込む。それは本物の米軍のシミュレーションの画面だった。ソ連側からのミサイル発射などで遊んでいたら、それが本当のミサイル基地に反映していたことに気がつく。それは死んだとされているコンピューター・システムの開発者が作った核戦争のシミュレーションのプログラムで、あわや実際の核戦争が勃発する寸前の核ミサイルの発射ボタンにつながっていたのである。

（今から見たら、軍用コンピューターがこんなに簡単にセキュリティーを破られるとは信じがたいが（ハッカー少年によって、パスワードひとつでやすやすと侵入できた）、核戦争の危機と、コンピューター・ゲームとをむすびつけたところがミソ。プログラムの設計者のマッド・サイエンティストがあっさり考えを変えるところがご都合主義というか、安易すぎる。ゲームの勝者なしという結論も安易といわざるをえ

ない）

『ザ・デイ・アフター（The Day Aftert）』

1983年、ABC放送、アメリカ映画／ニコラス・メイヤー監督

東西ドイツの衝突でソ連軍が西ドイツに侵入したことから第三次世界大戦が始まった。米ソ両国は互いに大陸間弾道弾で核攻撃を行い、ニューヨーク、モスクワは破滅した。米軍の核ミサイル基地のあるカンザス・シティーも、そこからソ連に向けて核ミサイルが発射されたことから核攻撃を受け、街は壊滅した。近郊の農場に住む家族、大学病院の医師、黒人兵の家族など、平和な日常を送っていた人々は、一瞬のうちに地獄のような世界に転落した。生き残った人々も放射線障害によって、病み衰え、次々と死んでゆく。

（ヒロシマ、ナガサキの惨状がアメリカで再現された。核爆発のシーンは、核実験の実写フィルムを使ったとされていて、迫力は抜群。黒焦げの人間や家畜の死体など、リアルに描写されている。ただ、どんなに核兵器の恐ろしさを描いても、核廃絶の世論とならないのは、どんなに銃乱射の悲惨が事件が起きても、銃規制とはならないところがアメリカ的といわれるゆえんか）

『ダーク・サークル（Dark Circle）』

1983年、アメリカ映画。／ジュディア・アービング、クリス・ビーバー、ルース・ランディ製作・監督

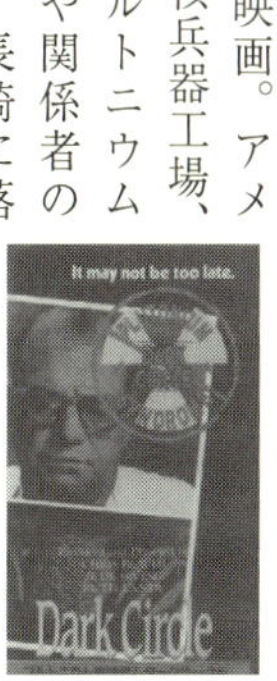

プルトニウムの危険性、害毒性について報告したドキュメンタリー映画。アメリカの核実験場や核兵器工場、原発の現場で、プルトニウムの毒性は、従業員や関係者の身体を蝕んでいる。長崎に落とされた原爆はプルトニウム爆弾（広島はウラン型）であり、ヒバクシャたちのその放射性障害の実態も記録されている。

（高木仁三郎は、「この映画の主役はプルトニウムである」と述べている。〝飲んでも平気〟のプルト君のプロパガンダ・アニメを作った日本の映画の世界とは大違いである）

『人獣戯画（Human Animals）』

1983年、スペイン映画／エリジオ・ヘレーロ監督

核戦争後、一人の女と二人の男が生き残る。原始時代に戻った彼らは、アダムとイブとして再出発する。

（核戦争後に、放射能の影響もなく、普通の服装の彼らが生き残っているのは変だ。全編セリフなしは、言語すら失ったことを意味しているのか。扇情的なポルノの愚作）

『核戦士シャノン（End Game）』

1983年、イタリア映画／スティヴン・ベンソン監督

核戦争後、荒廃した都市で、殺人ゲームがテレビ中継されている。シャノンは被挑戦者の英雄だった。その世界では、放射能の影響でミュータントや、退化した変異体の人間が生まれている。ミュータントたちを別の新しい世界へ連れて行くことをシャノンは頼まれる。忍者やあらくれ者を率いて、護衛の旅にシャノンは発つ。

（テレパシーを使えるミュータントや、盲目の一族、エラやヒレを持った退化変異の人間たち、放射能は遺伝子を変化させ、さまざまな変異体を生み出すのである）

『サランドラⅡ（Salandora Part II）』

1984年、アメリカ・イギリス映画／ウェス・クレイヴン監督

砂漠のオートバイ・レースに参加するために、バスに乗っていった若者たちは、近道をするために荒野に迷い込み、〝ジュピター一族〟の生き残りの襲撃を受ける。その一行のなかに、文明社会に戻ったルビーがいることが、パートⅡとしての続編の意味がある。

（前作の一部の場面を繰り返して使った部分があり、かなり安っぽい作り。死んだはずのプルートが生きていたり、前作には触れられていない〝ジュピター一族〟の叔父が出てきたりと、かなりご都合主義の設定だ。盲目の女性も、何で出てくるのか、今一つ意味が不明。核実験場の突然変異の一族という設定は前作を踏襲している）

『ワン・ナイト・スタンド（One Night Stand）』

1984年、オーストラリア映画／ジョン・ダイガン監督

シドニーのオペラハウスに、四人の男女が閉じこもっている。ヨーロッパで第三次世界大戦が始まり、ドイツ、フランス、イギリス、チェコなどが核攻撃を受けたのだ。核爆弾は、ニューヨーク、そして米軍基地のあるオーストラリアにも落下した。シドニーの郊外もやられたらしい。アメリカ海軍からの脱走兵、オペラハウスの清掃人の男二人と、そこの従業員の女二人。彼らは、トランプで負けたら、着ているものを一枚ずつ脱いでゆくゲームを行っている。その最中に、それぞれの過去がフラッシュバックする。ラストは、人々といっしょに地下鉄駅に避難する彼ら。轟音のなか、彼らは歌い続ける。

（冒頭に、核戦争反対のデモの情景が写し出される。それに興味を持たない主人公たちも、核戦争の恐ろしさ、理不尽さに気がついてゆく。なお、同題のアメリカ映画があるが、まったくの別物）

『海盗り　下北半島・浜関根』

1984年、青林舎、日本映画。土本典昭監督

原子力船むつの母港として、漁業権を売り渡した浜関根の漁民たち。最後まで抵抗する建て網漁の漁師たち。しかし、「むつ」は、政治家たちの思惑によって廃船となる。だが、浜関根の近辺の海岸は、今度は「核燃料サイクル」の基地として、再び海岸や沼での漁業権の放棄、土地買い上げの嵐のなかに巻き込まれてゆく。

（下北半島の海。雪と氷におおわれた半島の冬。貧しい地域が、「核」のメッカとなる。一九八四年の六カ所村、東通村、大間の風景が、原子力政策の廃墟として映し出される。地元の誰もが幸せにならない「核施設」を、なぜ、下北半島が引き受けなければならなかったのか）

『悪魔の毒々モンスター（The Toxic Avenger）』

1984年、トロマ、アメリカ映画／ロイド・カウフマン＆マイケル・ハーツ監督

トロマ・ビルに住むメルヴィンは、スホーツ・センターでモップの拭き掃除をしている弱虫男。女の子たちのからかいといたずらのまととなり、逃げ出して窓から飛び落ちたのが、放射能廃棄物のドラム缶のなか。突然変異で、彼は強力な力と醜悪な姿を持つ〝毒々モンスター〟に変身する。彼は、その力で街中の悪という悪を撲滅する戦いを行う。盲目の美女と結婚した彼には向かうところ敵なしの勢いだ。

（真面目な「核問題」の映画の観客なら、このおふざけとグロテスクぶりには顔を顰めるだろう。黒人、身体障害者、老人、日本人などへの差別意識が、このシリーズでは剥き出しになっている。ただ、それがまたこのシリーズの痛快さなのだけれど）

『悪魔の毒々モンスター　東京へ行く（The Toxic Avenger partII）』

１９８４年、トロマ、アメリカ映画／ロイド・カウフマン＆マイケル・ハーツ監督

毒々モンスターは、瞼の父が東京にいることを知り、日本にやってくる。安岡力也演じる父親と、日本の悪漢たちとの戦いが、浅草や上野や築地を舞台に繰り広げられる。

（日本を舞台とした国辱映画とも呼べるもの。しかし、大いに笑える）

『悪魔の毒々モンスター　毒々最後の誘惑（The Toxic Avenger Part3 Last Temptation of Toxie)』

１９８４年、トロマ、アメリカ映画／ロイド・カウフマン＆マイケル・ハーツ監督

妻の盲目を直そうと、悪の巣窟であるアポカリプス社の社員となって毒々モンスターは、悪の跋扈に手を貸すことになる。最大の敵・悪魔との壮絶な戦いが行われる。

（シリーズの完結編）

『人魚伝説』

1984年、日本映画／池田敏春監督

アワビを採って暮らす漁師の啓介は、ある日偶然にボートが爆破されるという事件を目撃する。妻の海女のみぎわと二人で、海に出た彼は何ものかに殺され、海中に落下する。みぎわは、警察から逆に夫殺しの疑いをかけられ、島へ逃れ、売春宿で働く。そこで夫殺しの情報を聞こうとした男を殺してしまう。彼女は、夫が殺されたのは、原発誘致に関わる殺人を目撃したためであることを知り、原発建設開始の記念パーティーの会場に乗り込み、モリで作ったヤリで、招待客を次々と血祭りにあげる。

（もの凄い血みどろの映画である。こんなに多くの人が殺される映画も珍しいだろう。原発誘致の裏面がなまなましく描かれる。原作は宮谷一彦のマンガだが、映画とはかなり違った内容である）

『ゴジラ』

1984年、日本映画／橋本幸治監督

怖いゴジラを復活させようとした新シリーズのゴジラ映画。原子力発電所を襲い、その格納容器を掴み出して、放射能を吸い込むのが、ゴジラの回復剤なのである。

（ゴジラは心臓を原子炉とする、原発と同じ構造を持った生物であることが啓蒙的に示されるのである）

『風の谷のナウシカ』

1984年、ジブリ、日本映画／宮崎駿（はやお）監督

ナウシカの住む「風の谷」は、「腐海」から吹き出す毒の空気を風によって遮ることで人間が生存できる場所だった。人間は、「火の七日間」と呼ばれる核戦争でその居住空間を自ら狭隘にしてしまったのだ。「腐海」は、放射能による汚染地帯で、それは何百年、何千年も人間の出入りを禁じている。全面的な核戦争以後の地球が、ナウシカの世界なのである。

（SFマンガには、核戦争以後の世界を描いたものが多い。マンガの『風の谷のナウシカ』は、アニメ映画作品よりも、もっと「核戦争」のモチーフが強い。強神兵も、核兵器である。なお、宮崎アニメの短編に『On Your Mark』というのがあり、反原子力の思想がうかがえる）

『スレッズ（Threads）』

1984年、BBC製作、イギリス映画／ミック・ジャクソン監督

イギリスのシェーフィールドには、NATO軍の基地があった。イランなどをめぐって米ソの対立が激しくなり、ソ連は遂にミサイルを発射、米国、NATO軍もミサイル攻撃を行い、世界中に核の冬が訪れた。ルーシーという妊娠している若い女性とその家族が、核攻撃、パニック、食糧不足、放射能障害によって次々と死んでゆく。ルーシーの生んだ女の子も、廃墟と瓦礫のなかで育ち、レイプされ、子供を死産する。核戦争後の希望のない世界が描かれる。

（ドキュメンタリー・タッチで描かれた核戦争後の世界。象徴性も感傷性もなく、リアリズムに徹している）

『ラッツ（Rats Night of Terror）』

1984年、イタリア映画／ヴィンセント・ドーン監督

二〇一五年、核戦争によって人類は地表に住めなくなり、地下生活を送るようになった。一部の人間は放射能の影響の少なくなった地表に出て、文明を失った〝新原始人〟の生活を始める者もいた。オートバイでゴーストタウンに食料などを漁りにきた若い男女のグループ。しかし、缶詰や砂糖や小麦粉のある建物は、突然変異で知恵を持ち、人肉を食べるネズミたちの巣窟だった。彼らは、次々とネズミに襲われ、食べられる。

（ネズミが人を襲う悪趣味なシーンが満載である。ネズミの突然変異は、やはり放射能の影響だろう）

『生きてるうちが花なのよ死んだらそれまでよ党宣言』

１９８５年、キノシタ映画、日本映画／森崎東監督

倍賞美津子が演じるのは旅廻りのヌード・ダンサー。全国の原子力発電所を転々と渡り歩く原発ジプシー。沖縄出身者が集まる東京の港に近い集落。落ちこぼれ教師やヤクザ者、下層の放浪者たちのエネルギッシュな人間臭いドラマが繰り広げられる。

（原田芳雄、平田満、泉谷しげる、梅宮辰夫などの出演者の顔触れが今から見たら豪華。原発ものというより、沖縄ものといったほうがいいかもしれない）

『デフ-コン４（Def-Con4）』

１９８５年、ニューワールド・ピクチャーズ、アメリカ映画／ポール・ドノバン監督

軍事衛星に三人の宇宙飛行士が乗っていた。ある日、地球上では核戦争が勃発し、アメリカとソ連のほとんどの都市が壊滅した。軍事衛星に向かってきたミサイルを爆破したものの、三人の乗った宇宙船は、地球のある場所に誘導され、着陸する。そこは、冷酷な若い男が暴力支配をする弱肉強食の世界だった。生き残った宇宙飛行士の一人が、そのボスたちと戦い、ヨットを奪って放射能の影響のない場所に脱出しようとする。

（核戦争によって、人類は強い者が弱い者を支配し、人肉を食べるという原始段階の世界へ戻ってしまった。文明はその極地点でもろくも滅びるのである）

『激突！　空中アトミック戦略　ヒーロー・ボンバー（On Dangerous Ground Choke Canyon）』

１９８５年、アメリカ映画／チャック・ベイル監督

ハレー彗星が接近する時の音波をエネルギーに変える実験をしている物理学者のデビッドは、実験室のある谷間を、持ち主の企業が、契約を破棄して、放射性廃棄物の貯蔵所にしようと画策していることを知る。契約を守ることを主張する彼に対して、悪徳企業の社長は、実験室の破壊を部下に命ずる。彼を殺すことも。社長の令嬢を誘拐したデビットは、実

験室を作り直させ、放射性廃棄物の詰まった鉄球を、ヘリコプターで吊り下げ、州知事のところまで持って行く。それを追うセスナとの空中戦が見所だ。

（放射性廃棄物が、鉄球に入っているとか、音波をエネルギーに変えるとか、もっともらしいけれど、変な設定だ。密閉しているのかもしれないが、鉄球に触れれば被曝するのではないだろうか。ハレー彗星の高周波をエネルギーに変えるという実験にいたっては、そんなことできるの？と、物理に弱い私でも変に思わざるをえない）

『勃発！　第3次世界大戦 ミサイルパニック（The Fifth Missile）』

1985年、アメリカ映画／ラリー・ピアス監督

原子力潜水艦で、外部からの通信を断ち、核戦争が勃発したという情報を流し、ミサイル発射命令が出るというシミュレーションの演習が行われることになった。そのことを知っているのは、艦長と副長と軍医。しかし、艦長は、ペンキの不純な溶媒液を吸って精神異常と

なり、本当の戦争が勃発したと思い込み、ソ連に対するミサイル攻撃を命令する。軍医は事故死し、副長は監禁される。潜水艦のなかで、正気と狂気が乱闘する。

（ダーミーの四発のミサイルと、五番目の本当に核弾頭を付けたミサイルが発射される。ヘリコプターから発射された迎撃のミサイルは、核ミサイルの後尾に当たり、核爆発は起こらなかったようだ。でも、核弾頭は積んでないとしても、四発のミサイルがモスクワに飛んでいったとすると、ソ連はただちに報復攻撃をするのではないだろうか？——アメリカの大統領の電話で、ちゃんと事情が伝わっているといいのだが）

『デザートブルーム　キノコ雲と少女（Desart Bloom）』

1985年、コロムビア映画、アメリカ映画／ユージン・コー監督

朝鮮戦争中のラスベガスの町に、義父と母、妹二人と住む十三歳の少女ローズがいた。戦傷者の義父はアル中になり、憧れの叔母と浮気をしている現場を見たローズは、家出を決意し、原爆実験が行わ

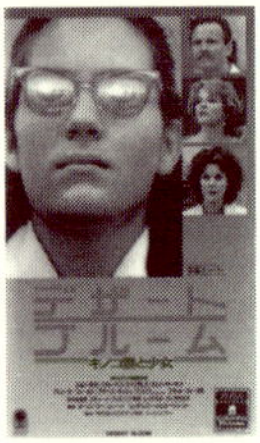

れる砂漠を越えて祖母のところへ行こうとする。軍のヘリコプターに見つけられた彼女は、迎えにきた義父に連れられて家に帰る。原爆実験の時刻、家族は全員で山の向こうに上るキノコ雲を見る。

（一九五〇年代のアメリカの原爆についての不安と恐れが、作中に出てくる。血液型を示した鑑札、原爆実験場からの避難、核シェルター、避難訓練など、当時の風俗が描かれるが、これらのエピソードは一九五〇年代に作られたドキュメント短編映画「核爆発の影響」「核兵器の破壊力」「核の脅威」（この三編は『悪魔の核実験』としてＤＶＤ化されている）に実写として収録されている）

『世紀末救世主伝説　北斗の拳』

1986年、東映動画、日本映画／芦田豊雄監督

一九九×年、核戦争によって荒廃した世界は、暴力によって水や食糧を奪い合う弱肉強食の世界となっていた。北斗神拳の伝統者ケンシロウは、恋人のユリアを南斗神拳のシンに奪われた。そこには、天を支配しようとする兄弟子のラオウとジャギの企みがあった。七つの傷を持った男、ケンシロウは、死の淵から甦り、ユリアを奪い返しにサザンクロスの街へ赴く。

（核戦争で、都市は壊れたビル群の廃墟となっていた。花も咲かない。しかし、放射能の害は、感じられない。ケンシロウたちも、ミュータント化したらしい。原発推進派に一言、「おまえは、もう、死んでいる」）

『サクリファイス（Offret Sacrifiatio）』

1986年、スウェーデン・フランス映画／アンドレイ・タルコフスキー監督

かつての名優で、評論家・大学教授のアレクサンデルは、言葉をしゃべらない息子と「日本の木」と呼ばれる枯れた松の木を植えている。バルト海岸の荒涼とした海辺の風景だ。妻は家庭医と不倫、娘も彼と関係している。アレクサンデルの誕生日、テレビは突然、ミサイル基地が攻撃されたことを伝える。核戦争の勃発である。混乱し、動揺する家族。アレクサンデ

ルは、自分が〝犠牲〟となって、神に救済を願う。彼は家に火を放ち、精神病院へと連れてゆかれる。息子は木に水をやり、「初めに言葉ありき」と呟く。

（召使いの「マリア」に救いを求めるなど、きわめて宗教色の濃い作品。核戦争に対する「動物的恐怖」が伝わってくる）

『シャドー・メーカーズ（Shadow Makers）』

1986年、アメリカ映画／ローランド・ジョフェ監督

広島と長崎に落とした原子爆弾リトル・ボーイ（ウラニウム爆弾）とファットマン（プルトニウム爆弾）を製造したマッハッタン計画。その計画を指導したグローブス将軍とオッペンハイマー博士を中心とした原爆製造のドラマ。さまざまな困難と危険を克服して、ついにトリニティにおいて原爆実験に成功する。

（原爆を開発することと、それを使用することの間には、科学者としての「良心」の問題があると思われるが、映画のなかではいとも簡単に割り切っているように思える。やはり、ハリウッド的なアメリカ映画といわざるをえない）

『あとみっくドカン（Bombs Away）』

1986年、アメリカ映画／ブルース・ウィルソン監督

その愛称「メアリー」という原爆が、国防省から間違って軍需品を放出する街の商店に送られてしまう。商人たちは、それを基にアメリカ政府をゆすろうとする。とんまなタクシードライバーのケイブルが、軍人と商人たち、新聞のレポーターたちとドタバタの騒ぎに巻き込まれる。

（原爆をめぐるコメディー。ただし、風刺も皮肉も効いておらず、演技や展開にも特に見所はない）

『マンハッタン・プロジェクト（Deadly Game）』

1986年、アメリカ映画／マーシャル・ブリックマン監督

薬品研究所の看板を掲げているが、実は核兵器研究所があった。ジョン博士と知り合いになったポール少年はそこからプルトニウムを盗みだし、小型原爆

を作った。科学展に出品し、一等賞を取ろうとしたが、製造がばれて、軍隊や警察が出動することに。ポールは、研究所の実態を広く社会に知らせることを大人たちに迫る。

（核兵器を廃絶するために、原爆を作ってみせる少年。ジョン博士の役割は悪役か善役か）

『第四の核（Fourth protocol Distributors Limited）』

1986年、イギリス映画／ジョン・マッケンジー監督

ソ連のKGBの内部では、勢力争いのため、密かな原爆工作の計画が立てられた。イギリス内で小型の原爆を作り、それを英国の米軍基地内で爆発させ、NATOの結束を破壊しようというものだった。KGBとイギリス諜報局との熾烈なスパイ合戦が始まる。

（フォーサイス原作のスパイもの。部品を一つずつ運び込み、組立て行くところにリアリティーがある。スパイ間の虚々実々の間柄はよくわかりにくい）

『失われた核（The Nuclear Conspirscy）』

1986年、イギリス映画／レイナー・エルラー監督

核処理工場の取材に行った記者の夫を探しに、妻が幼い娘を連れて旅に出る。ロンドンからパリ、シンガポール、オーストラリアのパース。核燃料のカス（廃棄物）を運ぶ船に夫は乗せられたらしい。次々と関係者は殺される。カメラマンの男と二人で、妻はとうとう瀕死の夫を砂漠で見つけ出す。

（核処理をめぐる原子力マフィアが、世界をまたにかけて暗躍している。日本なら東海にしか、核処理工場はないと、作中に出てくる。まさに、原子力マフィアは、日本にも存在する）

『チェルノブイリ・クライシス』

1986年、ソ連映画／ウラジミール・シェフチェンコ監督

チェルノブイリの原発事故を描いたドキュメンタリー映画。事故によって破壊された原子炉や、コンクリ

ートで固めて〝石棺〟化しようとする作業が現実の映像として映し出される。住民が避難して無人となった街、装甲車や戦車で現場へゆく兵士たちなど、迫力十分の映像が見られる。

（こうした実写フィルムによって原発事故を記録としていたという意味では、ソ連は日本（フクシマ事故）よりも数段、文化的に優れていたといわざるをえない）

『ラジオアクティブ・ドリーム（Radioactive Dreams）』

1986年、アメリカ映画／アルバート・ピュン監督

誘拐されたマーローとフィルは、勃発した核戦争の核爆発を逃れて核シェルターに籠もった。十五年間、シェルターのなかで成長した二人の若者は、核戦争後の世界へ出てゆくのだが、そこはソドムとゴモラの市のような悪徳と頽廃に満ちた世界だった。そこで彼らは、核ミサイルの鍵の争奪戦に巻き込まれる。

（核戦争後の世界ものだが、はっきりと核爆発があり、鍵が核ミサイルのものであることが明示されている。人肉食や奇形した人間も出てくるが、二人組の突っ張った青年の青春映画ともいえる。「ラジオアクティブ」は、もちろん放射能の意味）

『核シェルター・パニック（Massive Retaliation）』

1986年、アメリカ映画／トーマス・A・コーエン監督

三組の家族が、独立記念日の休暇をいっしょに過ごそうと別荘に行こうとしている。子供たちは先に車で発ったが、故障して立ち往生してしまう。米ソの対立が中東で強まり、一触即発の危機が高まる。三組の夫婦は、核シェルターのある別荘で子供たちの到着を待つ。食糧やガソリンなどを備蓄している別荘に、次々と侵入者がやってくる。

（核シェルターをめぐっての争い。それにしても、銃の装備はともかくとして、地雷までも埋め込むとは、いかにもアメリカの自衛精神だ）

『戦慄の黙示録（Control）』

1987年、イタリア・フランス映画／ジュリアーノ・モンタルド監督

　ある財団の主催で核シェルターで十五人の男女が二十日間いっしょに過ごすという実験があった。それぞれ年齢も、民族も、来歴も異なった人々の共生生活は、終了目前となったが、突然、ソ連の潜水艦から過って核ミサイルが発射されたというニュースが入る。核シェルターの扉の外に集まる避難民。彼らを入れるか入れないかで、十五人の意見は真っ二つに分かれる。

（結局、核攻撃も仮想の実験のなかでのことという結末は、後味が悪い。核シェルターなどの必要のない、核兵器が廃絶された世界がよい、という結論はよいのだが）

『悪魔のゾンビ天国（Redneck Zombies）』

1987年、アメリカ映画／ペリクレス・レウニス監督

　メリーランドの田舎町で廃棄された酒樽を発見した親子は、それを町中の酔っぱらいたちに安く売りさばき、大儲けしようとした。しかし、それは過って放射性廃棄物が混入された危険なものだった。それを飲んだ人間は、緑色のゲロを吐き、次々と兇暴なゾンビと化し、人々に襲いかかる。

（グロテスクななかにもユーモアがあるが、やはりゲテモノには間違いない）

『アキラ AKIRA』

1987年、日本映画／大友克洋監督

　一九八八年、第三次世界大戦が勃発し、東京の西部地区で核爆発があり、巨大なクレーターができ、一帯は立入禁止区域となっていた。それから三十九年後の二〇一七年の現在、カネダ、テツオなどの暴走族が立入禁止区域で老人の顔をした子どもの姿を見つけた。そして、テツオが「実験体」として、秘密の組織に連れ去られた。

（核爆発による大きな穴が東京に開いていた。テツ

オなどの超能力は、本人にも制御できないエネルギーを秘めている。核分裂、核融合のエネルギーの暗喩だろうか）

『スーパーマンⅣ　最後の敵（Superman The Quest For Peace）』

１９８７年、アメリカ映画／シドニー・J・フューリー監督

スーパーマンは、国会で核兵器廃絶の演説を行い、発射された核兵器を集めて、太陽へ投げ込む。一方、悪の天才レックス・ルーサーは、スーパーマンの遺伝子と太陽エネルギーを使って「ニュークリア（核）マン」を作り出す。スーパーマンより、強力なエネルギーを持つ彼が、スーパーマンを殺そうとする。

（ニュークリアマンは、核融合のエネルギーらしい。最後に、原子力発電所に投げ込まれて、原発の燃料にされてしまった。核融合を原発に使うのは危険なことだ。それにしても、メガネ一つで変身するスーパーマンの安易さには、つくづく良き時代の「愚かさ」があったと思う）

『ヌークリーチャー　血肉のしたたり（Plutonium Baby）』

１９８７年、アメリカ映画／レイ・ハー・シュマン監督

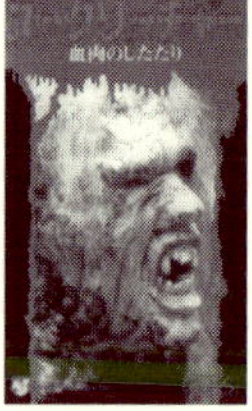

十二歳のダニーは、森で祖父のハンクとともに暮らしていた。母親のエミリーは、狂人学者のドレイクによる実験で放射能を浴びて死んでしまった。しかし、本当は核反応生物、ヌークリーチャーとして生き延びていた。ドレイクは、実験によって被曝したダニーを抹殺しようと森へやってくる。キャンパーたちと楽しんでいるダニーをドレイクが襲うが、危機一髪のところで、エミリーがダニーを救う。しかし、ダニーもまたヌークリーチャーへと変身してゆく運命を担っていた。

（設定が不自然で、つじつまが合わない。「血肉のしたたり」という邦題に至っては非難する気持ちすら失せる）

『風が吹くとき（When Wind Blows）』

１９８７年、イギリス映画／ジミー・T・ムラカミ監督

イギリスの田舎町に住むジムとヒルダの老夫婦が、政府の指示に従い、核兵器攻撃のためのシェルターを作り、食料も備蓄して、核戦争の勃発にそなえている。戦争が起こり、外の世界は潰滅したようだ。忍びよる放射能による死を待ちながら、老夫婦は、政府による救済を待っている。

（核戦争による破滅をテーマとしたアニメーション。平凡な老夫婦の生活を脅かす「死の灰」の恐怖が描かれる）

『核変異体クリーポゾイド（Creepozoids）』

1987年、アメリカ映画／デヴィッド・デコトー監督

核戦争が始まり、酸性雨が降る世界、軍隊から脱走した男三人と女二人のグループが、ある建物の中へ入る。そこは何かの研究所だったらしいが、コンピューターの中に、何かの実験の日誌のようなものが記録されていた。生物の変異の研究らしい。グループの一員を次々と死に追いやる不思議な生物体。昆虫と人間の合いの子のような不気味な正体。その怪物は、醜い顔の赤ん坊を生んだ。最後に残った男も、死にゆく運命にあった。

（核戦争と生物の変異体ということはわかるが、昆虫人間や不気味な赤ん坊や巨大なネズミなど、気味の悪いものなら何でもいいという脈絡なしのいい加減な作品。B級どころか、C、D級ともいえない愚作）

『スティール・ドーン 太陽の戦士（Steel Dawn）』

1987年、アメリカ映画／ランス・ホール監督

核戦争後の砂漠化した世界が舞台。砂に潜る盗賊たちに荷物を盗まれそうになった戦士は、泉のある農場で働くことになった。水やポンプなどの機械を求めて争い合う集落の住人たち。ボスに支配された隣りの集落の無法者たちを戦士はたたきのめすが、ボスは殺し屋をやとって戦士と戦わせる。

（特に核戦争とは断っていないが、文明以前の砂漠化した世界は、核兵器による地球環境の激変を示しているといえよう。戦士は剣道を東洋人（日本人？）の

老人に習ったらしく、戦いの前にお辞儀をし合うのが、ちょっと可笑しい）

『チェルノブイリ・シンドローム』

1987年、ソ連映画ロラン・セルギエンコ監督

チェルノブイリを舞台としたドキュメンタリー映画。避難した村人、消防隊員、原発労働者やその家族たちへのインタビューが収録されている。牛や馬を置いて避難を強要する共産党政府、〝石棺〟化を進めながら、あるいは入院中の身でありながら、原発関係者は、原発の再開を確信している。みんなあの事故を〝忘れている〟というセリフがある。フクシマと同じように。

（防護服とも、防護マスクともいえないものを付けて、〝石棺〟化作業に携わったり、調査をしたり、撮影もしているのだろう。フクシマは、こうして記録として撮影しているのだろうか。やはり、ロシアの方が日本より〝先進国〟だ）

『黙示録１９４５（Race for the Bomb)』

1987年、フランス・カナダ映画／アラン・イーストマン、ジャン＝フランソワ・デュラス監督

広島と長崎に落とした原爆の製造過程をドキュメンタリー風に描いた作品。アインシュタインやフェルミ、オッペンハイマーなど、実在した科学者を登場させ、ナチスの手から逃れたユダヤ人科学者たちが原爆製造に協力するマンハッタン計画を描く。

（広島、長崎の原爆投下に反対する科学者もいたことを主張する。原爆から水爆へと、科学の展開は途中で止まることはない、それがどんな不幸を呼び寄せることになったとしても）

『ミラクル・マイル（Miracle Mille)』

1988年、アメリカ映画／スティーヴ・デ・ジャーナット監督

博物館で出会った若い男女は、夜のコーヒー・ショップで待ち合わせをするが、青年は寝過ごして遅れてしまう。あわててやってきた青年は、公衆電話の間違い電話を偶然に受け取り、数時間後に核戦争

が起こることを知る。コーヒー・ショップの店内に居合わせた客たちは車で街を逃げ出す。恋人を案じた青年は、彼女を連れ出そうとマンションへ向かう。二人が逃げ出そうとする頃には、すでに街の中はパニック状態になっていた。

（水の中に落ちたヘリコプターの中で、二人はいっしょに「ダイヤ」になるというのだが、このラストのセリフは、核戦争の恐怖から逃れる言葉としては、あまり適切だとは思えない。映画の最初に、生命の誕生の歴史がたどられるが、人類が死滅し、そして地球上で「ダイヤ」化した人間が化石として残るということだろうか）

『アビス（The Abyss）』

1988年、アメリカ映画／ジェームズ・キャメロン監督

アメリカの原子力潜水艦が沈没する。海底油田の開発チームが、救助、探索にゆく。そこに光り輝く海中の知的生命体と思われるものが現れる。油田開発の移動基地も、浸水に見舞われる。

（原潜の沈没とその救援ということで原潜パニックものかと思うと、さにあらず、ハリケーンや大津波は、原水爆実験や戦争に業を煮やした知的生命体の人類への警告だったという物語。ものものしい舞台設定やセットのわりには、何とも〝思想〟が貧弱だ）

『キラー・クロコダイル（Killer Crocodile）』

1988年、イタリア映画／ラリー・ラドマン監督

カリブの島で、水遊びしていた女性が怪物に殺された。大きな沼に住んでいたワニが、不法投棄された放射性廃棄物によって巨大化し、兇暴化したのだ。エコロジーの調査団と、クロコダイル・ハンターが協働して、怪物ワニと、不法投棄犯への攻撃を行う。

（環境保護運動を揶揄しているのか、賛美しているのか、よくわからない）

『アトミック・パーティー（Smoken If You Gotem）』

1988年、オーストラリア映画／レイ・ボーズレイ監督

核戦争が勃発した。食べ物を求めて廃墟をうろつく

若者たち。潜望鏡のようなものが地上に出ていて、地下に人がいるらしい。地下の核シエルターには大勢の若者たちがいて、乱痴気パーティーをしていた。音楽と酒と薬と性。彼らは放射能で次々と倒れてゆき、殺人さえも起こる。外に出た二人はさらなる核爆発で吹っ飛ばされる。

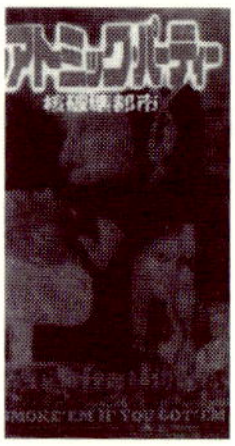

（核爆発後の狂騒のパーティーが描かれる。シュールな画像は、絶望というより、単なるやけくそのようだ）

『核サイロNO７危機一髪（Disaster at Silo7）』

1988年、アメリカ映画／ラリー・エリカン監督

テキサスにある地下核ミサイル基地サイロ7で、点検処理の時に燃料タンクに穴をあけてしまうという事故があった。マイクとペッパーは、地下に調べにいくが、上司の命令通りに換気扇を回したことによって爆発が起き、二人は吹き飛ばされ、ペッパーは死ぬ。それでも上司たちは保身に走り、死者に責任を押しつけようとする。

（実際にあった事故をもとにしたという。何万発もある核ミサイルで、一度もこうした事故がなかったというほうが不自然だ。何度もこうした事故がアメリカやソ連であったのだろう）

『放射能クライシス　謎のレイプ殺人（Burndown）』

1989年、パラマウント、アメリカ映画／ジェームズ・アレン監督

廃止された原発のある小さな田舎町で連続レイプ殺人事件が起こった。三件目の現場で警察署長は被害者の衣服が放射能反応を示すことに気がつく。署長は原発関係者が事件に関わっていると考えるが、町の実力者の原発経営者は関係を否定し、署長に圧力をかけ、捜査を妨害する。しかし、レイプ事件は連続し、署長と女性の新聞記者は、原子炉の暴走事故があり、被曝者が出たことを突き止める。

（原子力発電所の企業的モラルを問う問題作ともいえるのだが、興味本位のサスペンスにとどまってい

る）

『ドロドロ・モンスター　放射線レポーターの復讐劇（Revenge of the Radioactiv Reporter）』

1989年、ユニヴァーサル、アメリカ映画／クレイグ・ブライス監督

ジャーナストのマイクは、バーリー原子力発電所の放射能漏れの事実を摑む。記事のため、バーリーの重役会議に出ていった彼は、社長のスウェルの奸計に陥り、核廃棄物のプールに突き落とされる。ドロドロのモンスターと化した彼は、復讐のために重役会議の出席者たちを次々と殺害してゆく。マイクの恋人リシェル、弟のジョーは、マイクがそんなモンスターの姿となったことを認めないが、やがて事実が明らかとなる。

（これも本来は、原発企業のモラルを問うものなのだろうが、ケレン味が強すぎる）

『ナイトブレーカー（Night Breaker）』

1989年、アメリカ映画／ピーター・マイクル監督

ネバダの砂漠で原爆実験が行われていた。アレクサンダー・ブラウンは、実験に立ち会った兵士たちに心理テストを行う若い神経学者だった。原爆実験をまるでスポーツの試合のように見学し、爆発の瞬間に拍手するアメリカ人たち。兵士の一部は、核心地から五キロのところで、塹壕もなしに、被曝するという人体実験にさらされていた。

（米国の原爆実験がいかに非人間的なものであったかを糾弾した映画。マネキンと本物そっくりの家とを実験場に作り、爆破させるという実験が繰り返し行われたのだ。人類のために、という謳い文句で）

【一九九〇年代】

『レッド・オクトーバーを追え！（The Hunt for RedOctober）』

1990年、アメリカ映画／ジョン・マクティアナン監督

ソ連の最新ステルス型の原子力潜水艦レッド・オクトーバーがアメリカ沿岸に近づいた。艦内では艦長

のラミウスがモスクワの指令に背き、アメリカに核弾道ミサイルを打ち込むという。これに対処するアメリカは、魚雷攻撃で撃沈しようとするが、CIAのライアンは、ラミウス艦長の本当の目的は亡命だと主張し、ソ連艦隊の攻撃からそれを守り、亡命を成功させ、レッド・オクトーバーを接収しようとする。

（原潜ものとしては、特撮部分があまり派手ではなく、やや物足りない。ショーン・コネリーが渋い演技を見せるが、どうみてもソ連の軍人には見えない）

『アース・フォース（E・A・R・T・H Force）』

1990年、パラマウント、アメリカ映画／ビル・コーコラン監督

リッジウェイ原子力発電所で原因不明のトラブルが発生し、メルトダウンの危機に陥った。原発のオーナーで、多国籍企業の社長のウィンターは、秘書と四人の科学者（医学、海洋生物学、環境学、動物・人類学）のチームに、原子炉の危機回避を依頼する（強制的に）。彼らの活躍で、ようやく制御棒が降りて原子炉の危機は回避されたが、その緊急事態の混乱のさなか、プルトニウムが盗み出されていた。四人の科学者（と一人の男）たちは、今度は、CIAくずれの武器商人と、プルトニウム奪還をめぐって熾烈な闘いを展開しなければならなくなった。

（この当時のアメリカでは、原発はサスペンスやテロの舞台として恰好のネタを提供していただろう。しかし、プルトニウムを盗み出したとしても、それですぐに核爆弾が造れるものだろうか）

『夢』

1990年、黒澤プロダクション、日本映画／黒澤明監督

全八話のうち、第六話の「赤富士」、第七話の「鬼哭」が原発事故による避難民の群れ、放射能汚染による植物の巨大化、人間の鬼への変身をテーマとしている。巨匠・黒澤明の見た無気味な原子力時代の夢である。

（「鬼哭」のいかりや長介など、出演者の異色ぶりが目立ったが、作品としては巨匠の独りよがりという評があった）

『ラスト・カウントダウン　大統領の選択（By Dawn's Early Light）』

1990年、アメリカ映画／ジャック・ショルダー監督

トルコのNATO軍からソ連に核ミサイルが発射された。ソ連は直ちにアメリカに報復攻撃を仕掛けたが、陰謀によることが判明。ソ連大統領は、アメリカ大統領に三つの選択肢をもちかけてきた。1、攻撃を甘受すること、2、ソ連に同等程度の爆撃をすること、3、全面的な核戦争を始めること。米国大統領の乗った飛行機が墜落し、一命をとりとめるが、政府高官、軍首脳たちは大統領が死んだものと思い、国務長官が大統領の後任になる。彼は攻撃的な軍人の言葉に動かされ、ソ連を全面的に攻撃する命令を与える。

（核戦争の危機のきっかけとなった核ミサイル攻撃が何だったのか、解明されていない。大統領職の権限継承は、もっとシステマテックに決まっているはずだ。大統領補佐官みたいな男の役割は、もっと重要だろう。爆撃機の内部の心理的葛藤劇が長く、彼らの心理的変化がよくつかめない）

『ザ・ガーデン（The Garden）』

1990年、イギリス・西ドイツ・日本映画／デレク・ジャーマン監督

特異な映像作家デレク・ジャーマンが英国のドーバー海峡の海岸のダンジェネスの風景を中心に、聖書のイメージを重ねて撮った映像詩的な作品。ジャーマンの本物のコテージの庭で起こった出来事と作家自身は語っている。東方の三博士、聖母子、最後の晩餐、十字架の死などとともに、ホモ・セクシュアル、いたぶり、踊りや歌などのさまざまなイメージが華やかさと狂おしさをもって展開される。

（送電の鉄塔があり、原子力発電所の建物が遠景にある。「人は地中深く穴を掘ってその忌まわしい毒を隠した。原発を担う官僚たちはその冷たい手で死の

車輪に油をさしたのだ」というナレーションが流れる。そこには反原発の思想がうかがえる）

『ターミネーター2（Terminator 2 Judment Day）』

1991年、アメリカ映画／ジェームズ・キャメロン監督

一九九七年八月二十八日、核戦争が起こり、その後生き残った人間と、知能を持った人工機械スカイネットに支配された機械たちとが戦争を行っていた。人間軍の指導者ジョン・コナーは、一九九四年の時代に戻って少年だった自分を守るために、ターミネーターのT―800型をタイムマシンで送り込んだが、同時に機械側は、T―1000型のターミネーターをジョンの抹殺のために送り込んでいた。人間と機械との戦争を防ぐために、スカイネットというコンピューター・システムの開発を止めさせなくてはならない。ジョンとその母親は、ターミネーターの助力を受けて、戦わなくてはならないのだ。

（核戦争後の未来から、一九九四年の世界に送り込まれたターミネーター2が活躍する。核戦争が起きた日を、未来の人間たちは「審判の日」と呼んでおり、それがパート2の副題となっている。ソ連が核ミサイルをアメリカに撃ち込んだのがきっかけである。ロサンゼルスの街が、一瞬のうちに廃墟と白骨の世界と化すのである）

『デリカテッセン（Delicatessen）』

1991年、フランス映画／マルク・キャロ&ジャン・ピエール・ジュネ監督

荒廃した街の一軒の肉屋。元道化師の男が、新聞広告を見てやってくる。建物の管理、修繕という職種を求めて。しかし、その古びた建物の住人は、広告に釣られてやってきた人々を〝精肉〟にして食べる人々だった。肉屋の主人の娘は、そんな道化師を助けようと、地下組織と手を結ぶ。

（核戦争十年後のパリの街が舞台とあるが、作品だけではそんな事情は分からない。核戦争後の黙示録的世界を描く映画のなかではきわめて個性的で特色がある）

『ゴジラVSメカゴジラ』

1993年、東宝、日本映画／大河原孝夫監督

ベーリング海の孤島で不思議な卵が発見された。研究隊の前に現われたラドンとゴジラが戦う。日本に持ち帰った卵のなかからベビー・ゴジラが誕生した。一方、G（ゴジラ）対策本部ではゴジラを倒す武器としてメカゴジラを開発。京都、千葉でゴジラとメカゴジラの対決が始まる。この作品で、ラドンは核廃棄物の影響でゴジラのような「放射能」を帯びた怪獣ファイアー・ラドンに変身。クライマックスではメカゴジラに倒されたゴジラと合体し、自分のエネルギーをゴジラに与えて再生させる。

（ラドンが「放射能怪獣」化する。ゴジラのベビー（ミニラ）が登場するが、生みの親ゴジラ、育ての親ラドンということになる。すると、ゴジラ、ラドン両方ともメスか、あるいは単性生殖か）

『マチネー　土曜の午後はキッスで始まる（Matinee）』

1993年、アメリカ映画／ジョー・ダンテ監督

フロリダの海辺の街の海軍基地に住むジーン、十四歳はモンスター・パニック映画の大ファン。街の映画館に、『マント（アリ人間）』というモンスター映画がかかり、弟とそれを見に行く。折から、一九六二年のキューバ危機の真っ最中。原爆を積んだミサイルの飛来の危機と、「マントMANT（マンMAN＋アントANT）」の襲撃に対して、少年たちと大人たちはいかに戦う、いかに対処するか。

（劇中劇の『マント』は、一九六〇年代の『放射能X』や『世界終末の序曲』などの放射能恐怖映画のパロディー。放射能によって、アリと人間が合体し、巨大化したマントとなってしまったのだ。しかし、学校での原爆避難訓練や、スーパーでの買い占め騒動や、核シェルター設置のブームなどは、当時の世相を反映しているだろう。B級恐怖映画製作者のウールジーの、興行師としてのあの手この手が面白い）

『テロリスト・ゲーム（Terrorist Game）』

1993年、アメリカ・イギリス映画／
デビッド・S・ジャクソン監督

ドイツの原子力発電所からプルトニウムを盗んで、原爆を二個作った。黒幕は軍事国家としてのソ連の再興を願う、旧ソ連軍の軍人。原爆一個は、ドイツの列車をハイジャックして、スイス、イタリア、スロバキアなどを通って、イラクまで運ぼうとしている。国連の危機対策機構が動き出し、暴走する列車のなかのテロリストたちと戦う。

（わざわざドイツの研究者に原爆を作らせなくても、旧ソ連、ウクライナ、ベラルーシなどでは、〝闇〟の核兵器が買えると思うが、どうだろうか。旧ソ連軍の将軍でも、ソビエト連邦再興などの夢は見ないと思う。プーチン独裁のロシアでは、すでにソ連の亡霊が甦っている）

『ラストUボート（The Last U-Boat）』

1993年、アメリカ・ドイツ・日本・オーストリア映画／
フランク・バイヤー＆村上佑二監督

ノルウェーの港から一隻のUボート（ドイツの潜水艦）が出航した。そこには、日本へ持ち運ぶウランや軍事機密、そして日本人中尉二人が乗り込んでいた。航行の途中、英国の駆逐艦に遭遇し、ドイツがすでに連合軍に降伏したのを知っていながら、魚雷攻撃によって、駆逐艦を沈没させた。米軍駆逐艦に追撃されるUボート。その艇内では、投降するか、日本へ行くかの窮極の選択が論議されていた。

（敗戦直前に、日本がウランを手に入れても原爆製造が可能だったとは思えない。また、日本軍人が睡眠薬で自殺を図るとは思えない。確実に死ねる青酸カリなどを使用すると思うが、どうだろうか？）

『ブルースカイ（Bule Sky）』

1994年、アメリカ映画／トニー・リチャードソン監督

マーシャル少佐は、アメリカ軍の核実験プログラムに参加している軍人だった。妻のカーリーは、女優の夢を持っていた派手好きの女性。ハワイからアラバマの基地に転属になったマーシャルはさらにネバダでの

核実験に立ち会うことになる。ヘリコプターで地下核実験場を飛んでいて彼は、二人のカウボーイが実験場に迷い込んでいるのを見つけ、実験中止を要請するが、上司はそれを無視して核実験を強行する。少佐が実験場に出張している間、カーリーは、少佐の上司の大佐と浮気をする。娘にその現場を見られたカーリーは、夫に電話してそれを打ち明ける。マーシャルは、民間人が被曝したことをもみ消そうとする大佐を殴り、精神病院に収容される。カーリーは、夫を救い出すために、実験場に馬で乗り込み、マスコミの前で、実験を中止させる。核実験プログラム〝ブルースカイ〟計画をマスコミに発表すると軍上層部を脅し、夫の解放を勝ち取る。

（アメリカ軍の核実験担当者のなかにも〝良心派〟もいたという映画だ。核爆発実験で、放射能漏れなど、大して気には留めていなかったのだろう。被曝した地元の民間人のことなども。トニー・リチャードソン監督の遺作）

『トゥルーライズ（True Lies）』

1994年、アメリカ映画／ジェームズ・キャメロン監督

アラブ系のテロリスト集団が四基の核ミサイルを手に入れた。シュワルツェネッガー演じるハリーは、コンピューターのセールスマンと称しているが、実は米国の秘密諜報員。古代ペルシャ美術を扱う美人美術商と仲良くなり、核ミサイルの行方を追う。彼らはそれをフロリダ沖の小島で爆発させようとしているのだ。

（アクション・コメディーだが、テロリストたちを容赦なく殺戮するハリーの〝正義感〟には、彼の家族愛とは別な非情さを感じる）

『ゴジラVSデストロイア』

1995年、東宝、日本映画／大河原孝夫監督

デストロイアは、『ゴジラ』第一作のオキシジェント・デストロイヤーから生まれた怪獣。ゴジラは原子炉の心臓がメルトダウンして、倒れる。

（三・一一以降はメルトダウンも、メルトスルーも

一般名詞化したが、この頃はまだよく知られていなかったはずだ。あまりに時代に先駆けしすぎたのである）

『クリムゾン・タイド（Crimson Tide）』

1995年、アメリカ映画／トニー・スコット監督

ロシアの反乱軍が核ミサイルを奪取し、アメリカと日本を核攻撃すると脅迫した。この事態に、アメリカの原子力潜水艦アラバマが出撃した。艦長はベテランのラムジーン大佐（白人のたたきあげ）、副艦長はハンター少佐（黒人のエリート）。目的海域に到着したアラバマは、指令を受信しているうちに魚雷の攻撃を受け、受信機能が壊れる。核ミサイルを発射せよとの指令をそのまま受け取ろうとする艦長と、機械の故障を直し、もう一度指令の確認をすべきだとする副艦長の間でのっぴきならない対立が生まれる。

（白人の艦長と黒人の副艦長。最後のシーンは、人種融和（融合）ということかと、ちょっと鼻白む。クリムゾン・タイドというのは、深紅の潮流という意味）

『GOHST IN SHELL／攻殻機動隊』

1995年、日本映画／押井守監督

核戦争後の二〇二九年の近未来の世界。東京は放射能に汚染された地帯が広がり、水没したり、中国人に占領されたり、無法都市化している。日本の首都は西日本に移り、犯罪を撲滅するために特別な「攻殻機動隊」という治安維持の組織がある。主人公は草薙素子というサイボーグの女性隊員。〝人形使い〟という悪役と対決する。

（核戦争後の荒廃した社会のなかで活躍するサイボーグ戦士たち。放射能汚染された日本という暗澹とした近未来をSFアニメが先取りしていた。ただし、映画自体には、核戦争、放射能汚染といった事態は明示されていない）

『ザ・アトミックボム
（Trinity and Beyond , The Atomic Bonb Movie）』

1995年、アメリカ映画／ピーター・カラン監督

トリニティーから始まったアメリカの核開発と核実験の歴史をドキュメンタリーとして描いた作品。トリニティーでの開発実験、ネバダでの実験、ヒロシマ・ナガサキでの実戦使用、ビキニ環礁での水爆実験、クリスマス島での戦術・戦略的な実験。地上、空中、水中、地下での何百回もの核実験が繰り返されたのだ。アメリカの大気圏中の核実験は三百三十一回に及ぶという。ロケットに核爆弾を積み、宇宙空間で爆発させる実験も行った。大砲、輸送機、ミサイル、潜水艦、地下基地など、核兵器の実験は手を変え、品を変え行われたのだ。一九六二年に部分核実験停止条約がアメリカとソ連の間で、ようやくとり交わされた。しかし、それをあざ笑うかのように、毛沢東の国、中国が核実験を成功させた。馬にもガスマスクを付けさせた人民軍の軍団が、キノコ雲めがけて吶喊をあげて突進する。

（アメリカは、数々の核実験を映画フィルムに記録していた。そうした映像を使って、衝撃的なドキュメンタリー作品が作られたのだ。スクリーンの中に立ち上る、さまざまな形、姿のキノコ雲の映像。ヒロシマ、ナガサキだけにではなく、何百ものキノコ雲が、地球上に立ち上っていたのである）

『ブロークン・アロー（Broken Arrow）』

1996年、アメリカ映画／ジョン・ウー監督

ステルス爆撃機の訓練中に、二人のパイロットは機外に脱出し、機は砂漠の岩山に激突して爆発した。搭載していた二基の核弾頭が行方不明になった。実はパイロットの一人が、核弾道を略奪を計画し、相棒のパイロットを殺す予定だったが、二人は生き延び、互いに追いつ追われつの関係となる。核弾道の一基は、銅鉱山の坑道で爆発し、もう一基はデンバーに運び込まれようとする。それを阻止しようとする善役のパイロットと公園保護管の女性の活躍で、核爆発は回避される。

（核兵器の争奪戦もの。ステルス爆撃機、トラック、ヘリコプター、貨物列車など、運搬する機械でのそ

れぞれの争奪戦が見物）

『インデペンデンス・デイ（Independence Day）』

1996年、アメリカ映画／ローランド・エメリッヒ監督

アメリカの独立記念日（インデペンデンス・デイ）の七月四日の前々日、アメリカの宇宙センターは、地球に近づく巨大な飛行物体をとらえた。それはエイリアンの地球進撃だった。アメリカのみならず、地球上の各都市が彼らの攻撃を受けて壊滅した。アメリカの大統領はついに核攻撃を決心し、人類の滅亡を防ぐために総攻撃を開始する。

（アメリカの独立記念日が、地球人類によるエイリアンに対する勝利の日になるという設定に、アメリカの独善的な臭みを感じる。それにしても、あれほど巨大な宇宙空母が核攻撃され、放射能まみれになって地上に落ちて来るというのは、宇宙人の攻撃にも匹敵する最大の惨事だと思えるが、そうした放射能に対する恐れがまったく感じられないのが不思議だ）

『敵対水域（Hostile Waters）』

1997年、アメリカ映画／デビッド・ドルーリー監督

米ソの原子力潜水艦が、アメリカ東海岸近くの海中で接触した。ソ連艦K―219が火災事故を起こし、浮上した。米艦オーロラはそれを見て魚雷攻撃をしようとするが、思いとどまる。K―219は、原子炉に制御棒を入れようとするが故障で、手動で制御棒を動かす。艦員一人の死をもってようやく原子炉をストップさせ、大惨事は免れた。救助された乗組員は、全員、ちりぢりばらばらにされ、艦長は海軍から除隊させられた。

（手動で制御棒を降ろすというのは、大変な作業のようだ。他の乗組員もかなりの放射能を浴びているはずだ。『K―19』と同じ素材だが、やはりTV映画は、テーマ、映像、効果において、劇場映画に比してチャチなのは否めない）

『ポストマン（The Postman）』

1997年、アメリカ映画／ケビン・コスナー監督

相次ぐ世戦争によって、アメリカ合衆国は、各地に小集団の集落が独立的に存在する地域となってしまった。暴力によって武装集団を組織し、集落を恐怖支配する「将軍」に率いられる一群がいた。それに強制的に仲間に入れられた男は、逃げる途中、郵便配達の男の車を見つけ、合衆国の役人として、集落から集落を回るポストマンを名乗ることになる。彼は、暴力支配の「将軍」を打ち破り、新しい「合衆国」の礎を築き上げたのだ。

（作中に核戦争という明示はないが、「汚染された雪が降る」といった言葉で、核爆発による都市の崩壊、文明の衰退が暗示される）

『サブダウン（Sub Down）』

1997年、アメリカ映画／アラン・スミシー監督

原子力潜水艦ポートランドは、海洋生物学者、海洋学者、潜水艦設計者の民間人を乗せて、演習のため出航した。国籍不明の潜水艦と接触し、生存者は船尾に閉じ込められた。小型潜水艦で艦外に調査に出ていた学者三人は、コンローム・ルームにたどりつく。厚い氷の海の下で、必死に浮上しようとする潜水艦。原子炉の故障を直すため、艦長は、死を覚悟して炉内に入る。

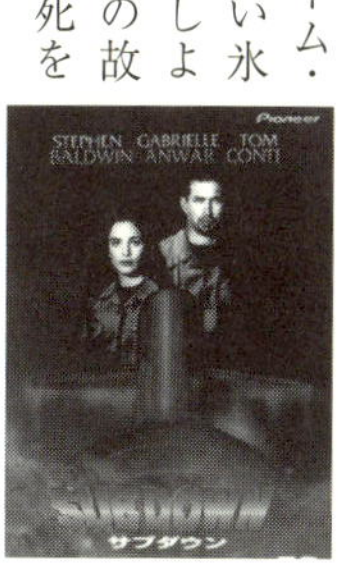

（最後に薄い氷の層を破って原潜は浮上に成功するが、外は極地で、濡れた衣服のまま外気に触れたら、たちまち凍り付いてしまうだろう。「日本の鯨」というセリフが出てくるが、どんな文脈を持つのだろうか）

『ナージャの村』

1997年、日本映画／本橋成一監督

ナージャは、ベラルーシのドゥヂチ村に住む八歳の女の子。チェルノブイリの原発事故で放射能汚染されたこの村は、本来は人が住んではいけない村だ。学校は閉鎖された。だから、ナージャは、町から来るお姉さんに勉強を教えてもらう。美しい村に

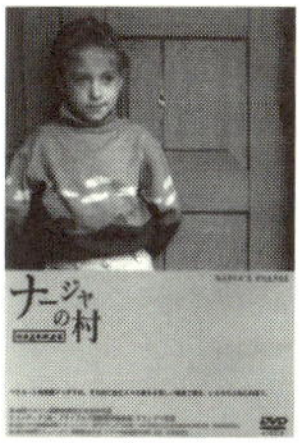

は六家族が住んでいる。麦やジャガイモを育て、キノコを採る生活。

（美しすぎるともいえる風景）

『ピースメーカー（The Peacemaker）』

1997年、アメリカ映画／ミミ・レダー監督

旧ソ連で核兵器を積んだ列車が衝突事故を起こし、一基が爆発した。しかし、それは十基のうちの一基、あとの九基は武器商人の手でイランに運ばれようとしている。アメリカの大統領直属の核問題担当官と軍人の男女が、その核の行方を追い、イラン入国前に核兵器を運ぶトラックを捕捉した。しかし、積まれていたのは八基、残りの一基はボスニア難民の手でニューヨークに持ち込まれる。国連ビルで爆破させようというテロリストの仕業なのだ。

（ピースメーカーという名の戦争の仕掛け人たち。妻子を戦争で殺されたボスニアのピアニストが、ピースメーカーたちに最後の戦いを挑む。しかし、プルトニウム爆弾を背負って運ぶ男たちは、かなりのヒバクをしているから、長生きは望めまい。主人公の二人も今頃はガンや白血病で苦しんでいるはずだ）

『アトミック・ドッグ（Atomic Dog）』

1997年、アメリカ映画／ブライアン・トレンチャード・スミス監督

放射能漏れを起こし、閉鎖された原発に一匹の白犬がいた。ロスから引っ越してきたイェーツ家の愛犬トリクシーとの間に、二匹の子犬が生まれる。しかし、白犬と子犬の一匹は放射能汚染によって突然変異した凶暴な犬だった。一家に襲いかかる犬。動物学者の女性博士と一家は、この凶暴化した犬と原発の中で戦う。

（放射能汚染によって知能が増し、凶暴化した犬という設定には無理がある。犬の視線で見た世界は、白黒の映像で示される）

『セカンドインパクト（The Second Civil War）』

1997年、アメリカ映画／ジョー・ダンテ監督

インドがパキスタンを核攻撃したため生まれた難民の子どもたちが、アメリカのアイダホ州へ移動しようとした。しかし、難民の移民問題も抱えるアイダホ州の知事は、合衆国からの離脱、戦争も辞さないとして受け入れを拒否し、州境を封鎖しようとした。緊張を高める連邦政府と州政府。しかし、それは大統領の選挙目当ての人気取りと、知事の不倫の後始末から始まったものだった。

（本来はコメディーなのだろうが、移民問題、民族差別問題が絡んでいるので単純には笑えなくなる。題名は、〝第二次南北戦争〟の意味）

『核弾頭メデューサ（Medusa's Child）』

1997年、アメリカ映画／ラリー・ジョー監督

マッド・サイエンティストのロジャーズ博士が別れた妻を苦しめるために、メデューサという核弾頭を作り、ペンタゴンまで運ばせる計画を練った。貨物飛行機に載せられたメデューサは、起爆装置を解除しようとすると爆発する仕掛けとなっていた。熱核爆弾と、爆発の瞬間に生じる電磁波のよるすべての電子機器の機能破壊で、文明社会はいっきょに滅びる。貨物飛行機の乗組員の三人と、ロジャーズの元の妻のヴィヴシアン、気象学者のリンダの女二人との危険なフライトが続く。三時間のTV映画。

（核爆発も大変だが、その時の電磁波の嵐も現代生活では十分に危険である。それにしても、別れた妻にこれだけの執念を燃やす男にも困ったものだ）

『ディープクライシス（Deep Crisis）』

1997年、アメリカ映画／スコット・レビー監督

アメリカの原子力潜水艦アラバマ号が、バミューダ海域で時空の扉を越え、一九九七年の現在から、二〇七七年の未来へタイムスリップした。そこは、大統領が独裁者となり、核戦争を引き起こして、地上には廃墟の工場群しかない世界だった。原潜の艦長、超常現象の研究者は、未来の世界へ再び

乗り込み、そんな「未来」を変えようとする。

（原潜ものと、タイムスリップものが組み合わされた作品。一九九七年と二〇七七年の間でしかタイムスリップしないのは変だ。「現在」と未来の人間関係がごちゃごちゃしていて、うまく把握できない）

『ディープインパクト（Deep Impact）』

1998年、アメリカ映画／ミミ・レダー監督

新しい彗星が見つかったが、その軌道が地球と衝突することが分かった。アメリカとロシアが共同で、〃メサイア（救世主）〃という宇宙ロケットを飛ばし、彗星の地下百メートルで核爆発を起こし、軌道を変えるという試みを行ったが失敗した。彗星は二つに割れて、両方とも地球に落ちるというのだ。小さい方の彗星は、大西洋に落ち、大津波を引き起こしたが、大きい方は、〃メサイア〃の自爆突入によって粉微塵となった。地球は再建の道を歩み始めた。

（近づく彗星を核爆弾で破壊、もしくは軌道を変えようというよくあるパターンだが、核エンジン・ロケットとか、何回も核による爆破に失敗するなど、これまでにはない趣向も盛り込まれている。大津波のシーンは、三・一一以降の日本ではあまりに刺激的だ）

『ゴジラ（Godzilla）』

1998年、アメリカ映画／ローランド・エメリッヒ監督

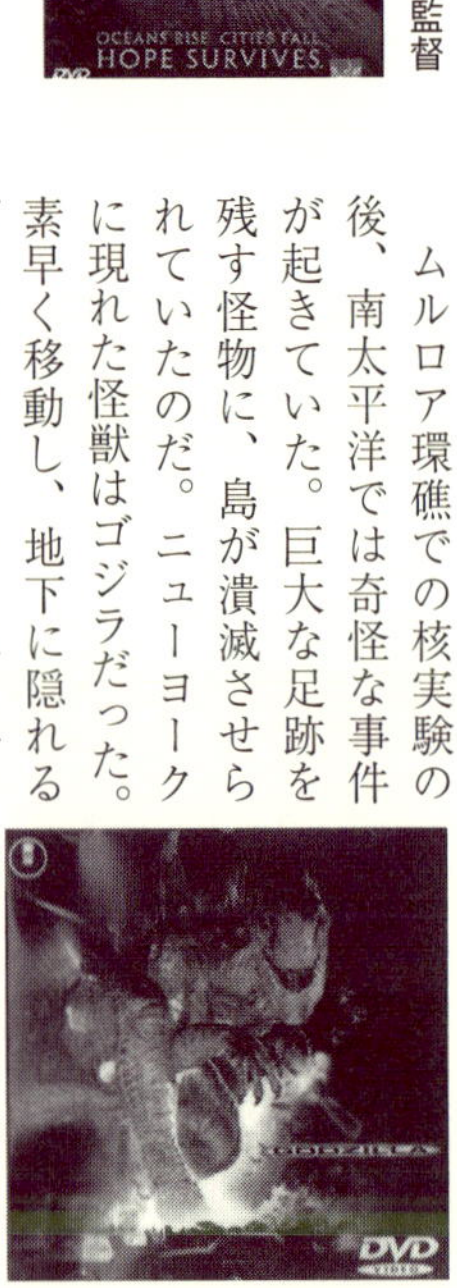

ムルロア環礁での核実験の後、南太平洋では奇怪な事件が起きていた。巨大な足跡を残す怪物に、島が潰滅させられていたのだ。ニューヨークに現れた怪獣はゴジラだった。素早く移動し、地下に隠れるゴジラに、アメリカ軍も手を焼くばかりだった。

（日本の『ゴジラ』をハリウッドがリメイクした。フランスのムルニア環礁での核実験を非難するのは、アメリカとしては目糞鼻糞の類い。ただし、監督はドイツ系だ。発音は〃ゴッジラ〃としたほうがよいかもしれない）

『アルマゲドン（Armagedon）』

1998年／マイケル・ベイ監督

小惑星が地球に近づき、衝突すれば人類の破滅になるという危機が訪れる。衝突を回避するために考えられたのが、小惑星にシャトル・ロケットで着陸し、二百四十メートルの地下に核爆弾を仕掛けて、小惑星を爆破することだ。海底油田の石油掘りの専門家集団が急遽集められ、宇宙服を着て、二機のシャトルに乗り込んで宇宙へ飛び出す。

（しつこいぐらいにスリルとサスペンスが満載だ。核爆弾の起爆装置をこんなに簡単に止めたり、動かすことが出来るのだろうかと疑問を持った。父と娘（の恋人と）の人情話が鼻につく）

『エグゼクティブ・エクスプレス（Executive Express）』

1998年、アメリカ映画／ワースー・キーター監督

銃器規制を唱える黒人議員が遊説のために列車に乗り組む。極右のテロリスト集団は、銃規制を阻止するために、列車に核爆弾を持ち込み、沿線の街中で爆破させようとする。政府の火器局に勤める男は、人質を取って列車を乗っ取ったテロリストたちと戦う。

（爆弾はあまり必然性がない。テロリストのボスにそれほどニヒルさとクールさがなく、自爆テロの立役者としては凄みに欠ける）

『ハミルトン（Hamilton）』

1998年、アメリカ映画／ハラルド・ツァート監督

ロシアから核ミサイル二基がテロリストたちに盗まれた。スウェーデンの特殊部隊のハミルトン中佐は、スウェーデン国境から運び出そうとしていた橇部隊を襲い、皆殺しにして、ミサイルを取り戻した。しかし、それは陽動作戦で、核ミサイル一基がリビアに運ばれていた。ハミルトンは、リビアに飛び、ＰＬＯの女ゲリラとともに、秘密基地

を急襲する。

（冷酷だか、人間的かよくわからないハミルトンの性格が、何か中途半端。氷雪原のツンドラ地帯から、灼熱のリビア砂漠まで、特殊部隊も楽じゃない）

『アイアン・ジャイアント（The Iron Giant）』

1999年、ワーナーブラザーズ、アメリカ映画／ブラッド・バード監督

舞台は一九五七年のメイン州の小さな町。九歳のホーガースは、空想好きの少年だが、ある晩、流星のように地球にたどりついた鉄の巨人ロボットと森で出会う。鉄を食べる巨人ロボットと仲良しになったホーガースは、大人たちの目から彼を見つからないようにスクラップ工場にかくまうが、とうとう見つかってしまう。危険な侵入者で、敵扱いされた彼を、軍隊が出て攻撃するが、ロボットは防御反応で反撃する。
（作中に今は「核の時代だ」というセリフがあり、核爆弾に対する対策のアニメが、テレビで流れている。巨人ロボットは、最後に原子力潜水艦から発射された核ミサイルを空中で迎撃して木っ端みじんとなる。作者のいいたいことは明らかだろう。だが、核弾頭を迎撃して自爆したロボットの破片は、濃厚に放射能に汚染されているはずだ。そのことを完璧に欠落させているのは、いかにもアメリカの「原子力／核」映画らしい）

『タイムトラベラー　きのうから来た恋人（Blast from the Past）』

1999年、アメリカ映画／ヒュー・ウィルソン監督

一九六二年、キューバ危機のさなか、自分の家に落ちた飛行機の事故を核攻撃と思い込んだ反共主義の発明家は、妊娠中の妻と、地下に作った核シェルターに閉じこもった。そして三十五年、核シェルターで生まれた青年アダムは、初めて地上の世界へ出た、猥雑な現在のロサンゼルスの街へ。健康的なパサデナ生まれの伴侶を求めて。
（ロサンゼルスの街で、三十五年間、核シェルターに籠もっていた家族の話。アメリカ社会の変化と、冷

戦の終結がこんな映画を作り出した。日本にはヨコイさんや、オノダさんがいたことを思い出した）

『メルトダウン・クライシス（Countdawn to Chaos)』

1999年、アメリカ映画／ディック・ローリー監督

二〇〇〇年のコンピューターの誤作動対策を行っているチームが政府機関にあった。新年を迎えた瞬間、ニューヨークの街は停電に襲われた。病院でも電子機械が誤作動している。その対策でてんわやんやの騒ぎをしているなかに、原子力発電所の原子炉が過熱しているというニュースがもたらされた。冷却水が炉心に入らないのだ。メルトダウンは近づく。

（作中に「日本の臨界事故の時も、連絡が遅かった」というセリフがある。JCOの事故のことだろう。フクシマ以降、今度はなんと言われるのだろうか）

『キューブ・IQハザード（Omega Dary)』

1999年、アメリカ映画／ベンジャミン・クーパー監督

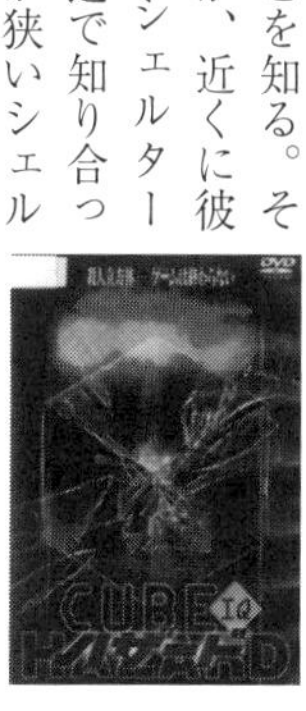

海辺に遊びに行った男四人組は、ラジオ放送で核戦争が勃発したことを知る。そこで知り合った男が、近くに彼の祖父の作った核シェルターがあるといい、海辺で知り合った女と、男五人とが狭いシェルターのなかで暮らすことになる。恐怖と不安と疑心暗鬼のなかで、彼らの正気は崩れてゆく。

（閉鎖された核シェルターのなかで、人間集団がいかに狂ってゆくかという実験に使われた男女の物語。最初から、男四人組が「親友」同士とはとても思えない。キューバ危機の時に祖父が作ったシェルターというセリフが活きている）

アトミック・トレイン（Atomic Train)』

1999年、アメリカ映画／ディック・ローリー、デビッド・ジャクソン監督

化学薬品を載せた貨物列車のブレーキが故障した。暴走列車となった列車には、ロシア製の核爆弾が載せられていた。列車を必死に止めようとするが、ことごとく失敗。転覆し、火災事故を起こす。貨物の金属ナトリウムに水を掛ければ爆発し、核爆弾も爆

発するかもしれない。消火剤ではなく、水を運んだヘリコプターが水を掛け、核爆発が起き、デンバーの街は、崩壊する。

（暴走列車と化学爆発と核爆発というパニック要素は盛りだくさん。家族のドラマが陳腐で不必要に長く、パニック・アクションの効果を減殺する）

『アトミックミッション（Last Stand）』

1999年、アメリカ映画／ロイド・A・サイマンドル監督

未来の衛星刑務所で懲役刑を受けていた女兵士ケイトは、減刑を条件に、地球のワシントン地区の独裁者クラコフ殺戮の命を受けて、地球に侵入する。彼は、〝フットボール〟と称される核ミサイルを手に入れているが、発射コードを解読していない。ケイトによって解読されたパスワードの入力によって地球上の各地域にミサイルは発射される。

（未来の核戦争ものだが、文明は衰退しており、武器などは現在より後退している。優秀な女兵士のはずなのに、具体的な戦闘場面ではなぜ彼女は活躍しないか疑問が残る。レイプした相手を殺さないことも）

『アトミック・シティ（The Last Bomb）』

1999年、ドイツ映画／ハンス・ホーン監督

ドイツの核ミサイル基地で、ロシアの軍縮視察団を迎え、最後の巡航ミサイルの解体が行われようとしていた。しかし、ロシアとドイツのテロリストが基地を占拠し、十億マルクの金と脱出用のヘリコプターを要求し、受け入れなければ核弾頭ミサイルをベルリンに向け発射するという。たまたま、妻と息子を基地に入れていた管理人ニックは、テロリストたちとの戦いに挑む。

（ベルリンが核爆発の危機を迎えている時に、夫婦の離婚話は止めてくれといいたくなる。核爆発（核分裂）と核家族（家庭崩壊）は何か共鳴するところがあ

るのだろうか？）

『ユリョン』

1999年、韓国映画／ミン・ビョンチョン監督

韓国初の原子力潜水艦ユリョンが出航した。ユリョンとは幽霊の意味で、乗組員全員が戸籍（軍籍）上では死亡したことになっている幽霊艦員ということだ。指令を知っているのは艦長だけ。しかし、秘密の目的を知った副艦長はクーデターを起こし、艦長を殺害する。核ミサイルの照準は日本に当てられる。世界大戦の勃発の危機を回避するため、一人の艦員が戦いを挑む。

（韓国の秘密原子力潜水艦の核ミサイルの照準が日本へ向けられるという設定は、日本人としてあまり好ましくない。できれば、北朝鮮や中国に向けてほしいが、それではあまりにリアルすぎるか。『ムクゲノ花ガサキマシタ』という、韓国が日本を核攻撃するという「反日」映画が作られたようだが未見）

【二〇〇〇年代】

『エンド・オブ・ザ・ワールド（On the Beach）』

2000年、アメリカ・オーストラリア映画／ラッセル・マルケイ監督

アメリカと中国との間に核戦争が起こり、北半球が全滅した。一隻だけ、アメリカの潜水艦がオーストラリアに逃れてきた。しかし、北半球の放射能はじょじょに南半球にも。そんな時、アラスカのアンカレッジから「絶望するな」という衛星通信のメールが届く。潜水艦は、生存者の確認と生存可能な地域を求めて、北半球へと向かう。『渚にて』と同じく、小説をＴＶ映画化したもの。前作よりも、人間的葛藤や悲劇の方に重点が置かれている。オーストラリアの街でもパニックが起こり、無法地帯と化している状況が描かれる。ただし、『渚にて』の緊張感よりは全体的に軽い感じがする。

（『渚にて』の無線通信が、メールの通信と変わっていたり、放射線障害の様子が描かれていたり、前

作とは一線を画そうと努力した跡は見られるが、所詮は二番煎じ。リメイク版がオリジナル原版よりもよいものとなった例はないという実例となった）

『オクトパス（Octopus）』

2000年、アメリカ映画／ジョン・イヤーズ監督

凶暴なテロリストを護送中のアメリカの原子力潜水艦が、巨大なタコに襲われる。沈没した潜水艦から、潜水艇で脱出した特殊部隊員、テロリスト、艦長、同乗していた女性科学者は、客船に収容されるが、その船はテロリストの仲間たちに乗っ取られたものだった。その船をタコの怪物が襲ってくる。

（てっきり沈んだソ連の原潜の放射能によって巨大化したタコだと思ったが、生物兵器の毒性によって突然変異したものという説明が作中で行われる。とすると、「原子力／核」恐怖映画ということにはならなくなる）

『ゴジラ×メガギラス　G消滅作戦』

2000年、東宝、日本映画／手塚昌明監督

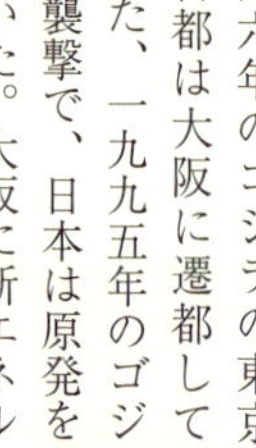

一九四六年のゴジラの東京襲来で首都は大阪に遷都していた。また、一九九五年のゴジラの原発襲撃で、日本は原発を全廃していた。大坂に新エネルギーセンターを建設していたところをゴジラに襲われる。このゴジラへの攻撃が、古代の巨大昆虫メガギラスを甦らせた。ゴジラとメガギラスは死闘を続け、ゴジラが勝つ。新エネルギー・センターには、原子力に似たエネルギー開発を秘密裏に行っていて、ゴジラはそれを狙ってセンター・ビルを打ち壊すが、ブラック・ホールを作り出す装置によって吸収、消滅させられる。

（平成ゴジラ、ミレニアム・ゴジラは、日本の原発政策を早いうちから批判的に取り上げていたといえる。三・一一以降、その先見性が明らかとなったのである）

『デザート・スコルビオン（D・F・ONE the Lost Patrol）』

2000年、アメリカ映画／ジョセフ・ジトー監督

中東の二つの国アヤザードとバンダールは、紛争中だったが、バンダールが核兵器を開発した。平和維持軍が国境地帯に入ったが、武装集団に襲われる。探索に行った四人の兵士とガイドのチームが襲われるが、辛うじて助かり、核攻撃を目論む武器商人の一団と、核攻撃を阻止するために、戦うことになる。

（核弾頭ミサイルを作り、それを使って自国の戦争を有利にしようという一団と、商売人の一団。核兵器は〝金のなる木〟でもあるのだ）

『未知への飛行（Fail Safe）』

2000年、アメリカ映画／スティーブン・フリアーズ監督

機械的ミスで、米軍爆撃にモスクワへの核攻撃の命令が下される。事態を知った米軍司令部は、米軍戦闘機に撃墜を命じるが、燃料切れで次々と墜落。ソ連軍に連絡し、ソ

連軍機による爆撃を要請するが、二機がソ連領空内に侵入し、一機がモスクワへ核爆弾を投下する。アメリカ大統領は、全面的な報復攻撃と核戦争を避けるために、ニューヨークへの同規模の核爆弾の投下を米軍機に命じる。

（劇場映画の『未知への飛行』（一九六四年）のTV映画版。このチャンスにソ連を壊滅させよという学者が出てくるのは、困ったものだ。「戦争には勝者と敗者しかいない」というのは、核戦争においては通じない考え方であることを分からない人がいるということだろう。偶発的な核戦争の勃発は、明日にもありえることだ。原発事故も、また）

『スペース カウボーイ（Space Cowboys）』

2000年、アメリカ映画／クリント・イーストウッド監督

かつて宇宙飛行士に憧れていた空軍のテスト・パイロットたちが、ソ連製の通信衛星の地球への落下を防ぐために、誘導装置を修理しに宇宙に行くことになった（誘導装置は

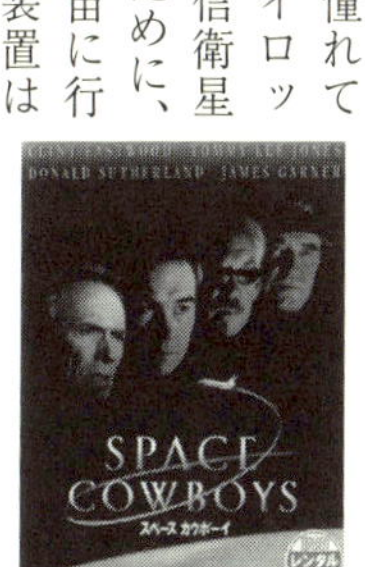

アメリカのものの設計図をＫＧＢが盗んだものなのだ）。七十代老人が四人のチーム・ダイダロスの久々の再結成である。厳しい訓練や試練を経て、シャトルで衛星にたどりついた彼らが見たものは……。

（実は、通信衛星などではなく、アメリカの基地や都市を狙った核ミサイルが六基も搭載された兵器衛星だったのだ。地球への落下したり、大気圏で爆発すれば、大変なことになる。静止軌道に乗せたが、核爆発の恐怖は残る。チーム・リーダーのフランクと昔から喧嘩友達だったホークは、自分が月まで衛星といっしょに行き、途中でミサイルを自爆させるという。もちろん、月から帰る道はないのに。それにしても、とんだ冷戦の遺物が残っていたものだ）

『アースクエイク（Ground Zero）』

2000年、アメリカ映画／リチャード・フリードマン監督

女性地震学者のキムは、息子二人と山岳地帯の小屋で群発地震の調査、研究をすることになった。二人の小屋に、空から降ってきたマイケルがやって来た（飛行機に爆薬が仕掛けられ、パラシュートで降りて来た）。地震は、米ソの核軍縮で売り上げが減った核兵器商人が、効果を示すために地下で行っている核実験のせいだった。六メガトンの核実験をすれば、それが引き金となって大地震が起こる。キムたちは、それを阻止するために、武器商人たちと戦う。

（東日本大地震も、米軍による地震兵器のために引き起こされたという〝陰謀説〟もあった）

『13デイズ（Thirteen Days）』

2000年、アメリカ映画／ロジャー・ドナルドソン監督

ソ連がキューバに長距離ミサイルを持ち込み、アメリカ本土を射程距離内にしているということをめぐって、時の米国大統領ジョン・F・ケネディが強く反撥、ソ連船の海上封鎖を行ったいわゆる〝キューバ危機〟を映画化したもの。ジョンとロバートのケネディ兄弟、そして大統領特別補佐官の立場から、事件の展開を描いている。

（水爆実験のキノコ雲が、スクリーン上に何度も現れる。冷戦下で、ここまで核戦争の危機が迫った時はなかったという一九六二年十月十六日からの十三日間

の出来事である）

『アタック オン・ザ クイーン（Attack on the Queen）』

2001年、アメリカ映画／ジェリー・ロンドン監督

中国の原潜「麗江（リージャン）」がテロリストたちに奪取された。ちょうどその時、クイーン・エリザベス号の船内では、アメリカの大統領と中国の国家主席とが、核軍縮の会談をしようとしていた。テロリストたちは、船内を制圧し、中国の核弾頭の発射装置を奪った。大統領のガードマンと、警備隊のリーダー（二人は兄弟）が、ハイジャックされた船を奪い返す。

（台湾の独立派、中国に対する強硬策を唱えるアメリカのウルトラ右派の元軍人たちなどのテロリストが、核兵器を奪取して、台湾を独立させようとするのが狙い。しかし、アメリカも中国も、いざとなったらどんな犠牲をも惜しまず――大統領であれ主席であれ――テロリストたちを船ごと皆殺しにすると思う）

『獣人繁殖（Teenage Caveman）』

2001年、アメリカ映画／ラリー・クラーク監督

核戦争後の世界で人類は、部族単位で穴居生活をしていた。部族のリーダーで、神の使いの父を殺した若者は、仲間の五人の若者と古代文明の遺跡の都市へ向かった。そこでウィルスに感染して不死身となった「古代人」に助けられ、文明生活を送るが、彼らの目的は感染した人類を繁殖させることだった。

（核戦争後とは明示されていないが、外で嵐に遭うと骨になるといったセリフから、放射能に汚染された大気であると推測される。廃墟となった都市の風景も遠景として出てくる）

『ザ・クローン（CL.ONE）』

2001年、アメリカ映画／ジェイソン・J・トマリック監督

核戦争後の世界。人々は放射能の障害に悩んでいた。軍事アカデミーのデレク学長は、放射能の免疫を持つ人類の登場を実現させようと、クローン人間

の実験をしていた。そのためには特殊なDNAを持つ人間を探し出し、〝ホスト〟としなければならない。政府コミュニタスと反乱軍スペクトラムの戦いに、〝ホスト〟の青年が巻き込まれる。

（放射能に免疫のある人間を作るのと、クローンに〝魂〟を吹き込むことの関連性がいまいちよくわからない。監督・脚本・製作のトマリックの独りよがりとしか思えない。最初の天気予報の画面が、核爆発で吹き飛ばされるシーンが面白い）

『アトミック・ツイスター（Atomic Twister）』

2001年、アメリカ映画／ビル・コーコラン監督

巨大な竜巻が原子力発電所を襲う。原子炉は止まったが、燃料プールの水が蒸発して少なくなる。燃料が露出すれば、放射能が地域一帯にばらまかれ、核爆発と同じ事になる。女性の原発の責任者は、息子への心配と原発の危機に対面しなければならなくなる。

（電源がなくなり、核燃料が空気中に露出すれば、レベル4の大惨事になる、というセリフがある。フクシマでレベル7を体験したわれわれには、「レベル4」なら、まだまだ大丈夫という気持ちが湧いてくるのを抑えきれない）

『アトミック・ハザード（Critical Assembly）』

2002年、アメリカ映画／エリック・ラニューヴィル監督

大学で反核の運動をしている学生グループがいた。彼らは、簡単に原爆を作れることを証明し、人々に核兵器の危険性を知らしめようと、原爆製造を行う。優秀な物理学の女子学生、天才的コンピュータ専攻の学生など四人で原爆を完成させるが、ロシアからプルトニウムを持ち出した闇の組織によって、原爆が奪われてしまう。サンフランシスコが壊滅の危機に陥る。

（反核兵器運動のために原爆を作るという逆説的なテーマだ。製造の過程や設備がチャチで、リアリティ

ーがない。爆発までのカウント・ダウンは、お馴染みの設定）

『ディープ・クラッシュ（Submarines）』

２００２年、アメリカ映画／ディヴッド・ダグラス監督

ロシアの潜水艦インフェルノが、イスラム教徒のテロリストに奪取された。アメリカの原潜マンタは、魚雷攻撃を受け、沈没寸前になりながら、ロサンゼルスなどに核ミサイル攻撃をしようとするインフェルノを追撃しようとする。しかし、魚雷での攻撃能力はなくなり、体当たりでミサイル発射を阻止しなければならない。

（チェチェンでイスラム過激派を暗殺しようとするアメリカの特殊部隊の隊長が、テロリストの指導者コバに復讐するというサブ・ストーリーがある。しかし、特殊部隊の海兵隊員がどうして原潜に乗り組んでいるのだろう？）

『アレクセイと泉　百年の泉の物語』

２００２年、日本映画／本橋成一監督

ベラルーシの中の小さな村、ブジシチェ。そこには長年村人たちが飲用に、炊事に、洗濯に使って来た泉がある。チェルノブイリの原発事故で、村の畑や森は放射能に汚染された。しかし、この泉からは放射能は検出されない。馬を飼う若者アレクセイの住んでいる村は、村を見棄てることのできない人々が、協力しながら、今日もいっしょに住み続けている。

（これも、あまりにも美しすぎる）

『K-19（K-19 The Widowmaker）』

２００２年、アメリカ映画／キャスリン・ビグロー監督

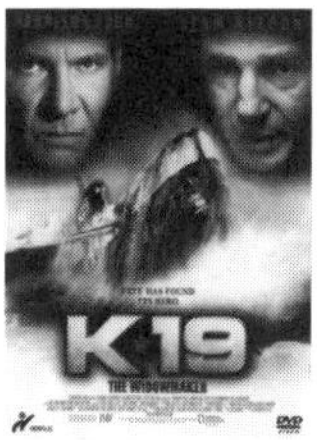

一九六一年、ソ連は新型原子力潜水艦K-19を出航させた。軍首脳は、部下に信頼のあるポレーニンを副長に更迭し、融通の利かないボストリコフを新しい艦長に据えた。偵察任務を

遂行するK−19の原子炉にひび割れが発見された。炉心が溶融し、放射能が海水を汚染したら、世界中に深刻な影響を及ぼすとともに、その海域にあるNATOの基地を潰滅させることになり、アメリカとの全面的な核戦争になりかねない。必死の作業が海底で行われる。

（アメリカが作ったソ連の原子力潜水艦もの。この映画では艦は何とか救助されたが、そのまま沈没、原子炉破壊、海洋の放射能汚染という事故が一つもなかったとは思えない）

『トータル・フィアーズ（The Sum of All Fears）』

2002年、アメリカ映画／フィル・アルデン・ロビンソン監督

第四次中東戦争の時にイスラエルを一機の戦闘機が飛び立った、原子爆弾一個を搭載して。その機はゴラン高原で撃墜された。荒原にとり残された原爆は、地元の人間に掘り出され、武器商人に売られた。その原爆を手に入れた極右のテロリストたちは、アメリカで爆発させ、ソ連の仕業とみせかけ、米ソに全面的な核戦争を引き起こさせようと画策する。ボルチモアのアメリカン・フットボールの会場で原爆は爆発し、大統領はかろうじて生き延び、ソ連への核攻撃を命令する。

（原爆一個は米国内で爆発し、米軍の空母一隻、ソ連の軍事基地一か所が攻撃される。しかし、かろうじて全面的核戦争が回避されたのは、アメリカのシンクタンクに勤める若い調査員の功績だった。たった一基であれ、アメリカ国内で原爆が爆発した意味は大きい。しかし、放射線障害などについては、大して考慮されていない）

『マグニチュード8・5（M8.5）』

2003年、アメリカ映画／ティボー・タカクス監督

アメリカが投資しているロシアの原子力発電所が地震によって停止した。再稼働をあせる所長は、大地震の予報を信じず、原子炉をフル稼働させようとする。相次ぐ激震で建物は壊れ、火災が起き、冷却水がなくなる。貯水池

から地下鉄を通じて原発まで導水する計画を立てたが、地下鉄には、事故で取り残された人（主人公たちの娘だ）がいた。

（地震で設備が壊れ、原子炉が暴走する。まるで、フクシマの事態を予想したような展開だ。ロシア人の所長の悪役ぶりが目立つが、こんなダメな人物が危険な原子力の責任者だったのかという呆れるような事態は、三・一一以降、いつでも見られたので、別に驚かなくなった。「チェルノブイリ以上の悲惨な事態」というのも）

『ディープ・ショック（Deep Shock）』

2003年、アメリカ映画／フィリップ・ロス監督

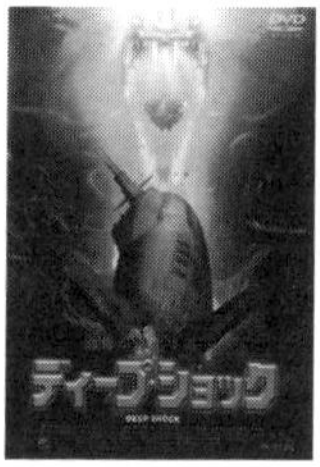

ポラリス海溝を潜航海中のジミー・カーター号が、強い衝撃波を受けて破壊された。魚雷を発射しても無駄だった。その頃、北極海の国連の研究基地ヒュブリスが、「電気ドラゴン」（これは、私が命名した。電気ウナギの巨大化したようなもの）に襲われて、クルー全員が死んだ。調査チームは、それが強い電気性の衝撃波を持つ「電気ドラゴン」の身を守る性質であることを突き止める。

（核魚雷を発射してもポラリス海溝に住む「電気ドラゴン」を攻撃し、地球温暖化を止めようというのである。温暖化の犯人が、「電気ドラゴン」であったとは！「電気ドラゴン」の動きは、「日本昔話」のタイトル動画の龍の動きと、とてもよく似ている。海中の研究基地が、魚礁になってしまうという結末も面白い）

『ターミネーター3（Terminator 3）』

2003年、アメリカ映画／ジョナサン・モストウ監督

核戦争後の未来で、〈スカイネット〉というコンピューターに支配されたロボット軍団と戦う人間の抵抗軍のリーダーとなるジョン・コナーは、そんな未来を変えようと、米軍によって作られた〈スカイネット〉を壊そうとする。しかし、コナーを守ろうとする未来社会から来たターミネーターは、核戦争

は今日の夕方から始まるという。コンピューターウイルスに感染したと思われたのは、〈スカイネット〉がすでに自我を持ち、核ミサイルの発射を命令したからだった。女型ターミネーターとシュワルツネイガー演じる旧型のターミネーターが戦うが、結局はコナーとその妻になる女性を核シェルターに導き、核戦争での死を免れることとなる。外の世界では、次々と核爆弾が爆発して、人類はほとんどが自滅する。

（核戦争は〈スカイネット〉がコンピューターが支配して行ったものだった。人類は、自ら作り出したコンピューターと核兵器に滅ぼされたのである。「今」が過去なのやら、未来なのやら分からなくなってくる）

『ザ・コア（The Core）』

2003年、パラマウント映画、アメリカ映画／ジョン・アミエル監督

ペースメーカーの使用者が急に倒れ、鳥たちの方向感覚が狂うという現象が起きた。地球のコア（核）の回転が停まり、電磁波が混乱したのだ。このままだと、太陽からの放射線がもろに地表に降り注ぎ、地球はまるこげになって、人類は絶滅してしまう。コアの回転を復活させるために、地表から地殻、マントル層を抜け、外核から内核に至って、そこで核爆弾を爆発させようという計画が立てられた。決死の六人が、地中ロケットに乗って、地球の中心にまで旅する。

（コアの回転が停まったのは、アメリカの地震兵器の実験〝ディステニィー〟（核エネルギーを利用したものらしい）によるものだった。地球の危機を救ったのは核爆弾六基であり、原子炉で動く地中ロケットだった。危機を作り出すのも、救うのも「原子力」だったのだ）

『チェルノブイリ・ハート（Chernobyl Heart）』

2003年、アメリカ映画／マリアン・デレオ監督

チェルノブイリの原発事故から十六年後の二〇〇二年、ベラルーシのホット・ゾーンに住み続ける人がいる。事故当時、生まれた子どもたちは、さまざまな放射性障害を持っている。心臓に欠陥がある子ど

もたちのことを、チェルノブイリ・ハートと呼ぶ。（未来に絶望している大人たちに、子どもたちの将来は任せられない）

『ヒバクシャ　HIBAKUSHA　世界の終わりに』

2003年、日本映画／鎌仲ひとみ監督

劣化ウラン弾という兵器で放射能を被曝したイラクの人々。ヒロシマ、ナガサキ、ビキニだけではなく、ヒバクシャは、世界的に拡散し、増加している。国境のない放射能汚染の実態を日本、アメリカ、イラクのヒバクシャの証言を基に描き出す。（子どもたちについては、体内被曝を考えざるをえなくなった。劣化ウラン弾は、放射性兵器である）

『ドラゴンヘッド』

2003年、日本映画／飯田譲治監督

修学旅行の帰り、事故に巻き込まれ、新幹線の列車ごとトンネルに閉じ込められたテルとアコとノブオ。三人はようやくトンネルから脱出するが、外の世界は、潰滅状態だった。大地震か、核爆発か。突然の噴火と黒雲。彼らは東京の自宅と学校へ向かって歩き出す。（この天変地異は、ただ原発事故だけで生み出されてきたものではないようだ。大地震と原発と原水爆の複合の大震災。それは今日の日本で起きても不思議ではないのだ）

『昭和歌謡大全集』

2003年、日本映画／篠原哲雄監督

六人の若者と六人のおばさんが、互いに殺し合うバトルを開始する。おばさんは、六人が三人となり、若者六人は、たった一人となって、ヘリコプターをチャーターして、東京の上空から、生き残ったおばさんたちの住む町に原子爆弾一個を投下する。思い思いの生活をしているおばさんも含めた人々が空を見上げた瞬間、キノコ雲が東京の空に立ち上る。

（村上龍原作の小説の映画化。樋口加南子、岸本加代子などのおばさん軍団のほうが、松田龍平などの若者グループよりも迫力がある）

『アトミック・ブレイク（Taget Opportunity）』

2003年、アメリカ映画／ダニー・ラーナー監督

チェチェンでイスラム教のテロリスト作戦を行っていたCIAニックとジムは、危ういところを逃れる。精神科医になったジムの前に、中東で身柄を拘束されたニックを救出してほしいという依頼がもたらされた。彼は今、テロリストに核兵器を売る武器商人の手先となり、その金を持ち逃げしたらしい。救出、脱走に成功し、久しぶりに会った彼は記憶を喪失していた。武器商人、テロリストたちとの壮絶な戦いが続く。

（イスラム過激派と、正義のアメリカ人CIA要員。アメリカ対イスラムの対立は根が深い。映画がそれを助長している）

『アトミッククレイザー3000（Atomic Laser3000）』

2003年、アメリカ映画／ファルケ・アハメッド監督

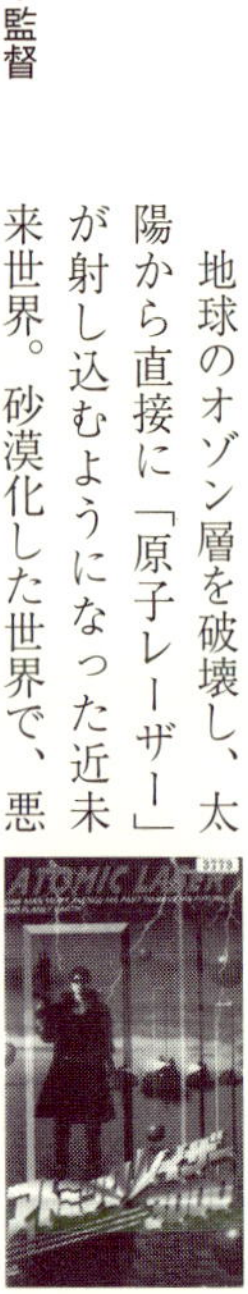

地球のオゾン層を破壊し、太陽から直接に「原子レーザー」が射し込むようになった近未来世界。砂漠化した世界で、悪党たちが弱肉強食の状況を展開していた。父母と妹を無法者たちに殺された男は、復讐のために訓練した肉体で、悪と無法と戦う。"シーズ"に溺れ、砂漠のオート・レースに命を懸ける男たちの世界である。女たちは出産すると放射線で死んでしまうという世界なのである。

（核戦争後というわけではなく、機械化、産業化によるオゾン層破壊が、植物を殺してしまった砂漠化の元凶という設定である。放射能の混じった電光がひらめく地球となっている）

『デイ・オブ・ザ・ディシジョン2（S.W.A.T. :Warhead One)』

2003年、アメリカ映画／カリボウ・セト監督

八年前、テロリストたちによって貨物船から小型核

弾頭が盗まれた。それがロサンゼルスの中国マフィアたちの手に落ちていた。特殊火器戦術部隊のスワットは、偽札造りのマフィアたちの内紛と核弾頭の絡む争奪戦に参入する。

（『デイ・オブ・ザ・ディシジョン2』と名乗っているが、前作（1）とはほとんど関係がない。中国系マフィアたちの争いと核弾頭の関わりもよく分からない。人質を取られたら、敵を撃てないというのも、特殊部隊としては失格だろう）

『大統領のカウントダウン（Countdown）』

2004年、ロシア映画／エヴゲニー・レヴレンティフ監督

アラブとチェチェンのテロリストたちが、モスクワのサーカス劇場を占拠した。彼らは観客の子どもたちを人質にして、ロシア政府に要求を突きつけた。装甲車による脱出と、輸送機を。その一方で、彼らの仲間は放射能の研究施設からプルトニ

ウムを盗み出した。それを輸送機に乗せ、テロのサミットが開かれるローマの上空で爆破させようというのだ。チェチェンで捕らわれ、ロシア軍の特殊部隊が自作自演のテロ活動を行ったと、偽の告白をさせられたロシア兵が、人質となった自分の娘を助けに、サーカス劇場へ向かう。

（チェチェンを攻撃するロシアのプーチン大統領の側のプロパガンダ映画。実際のサーカス劇場占拠の事件を基にしている。ロシア軍が全面協力したとあって、兵器や装甲車、輸送機など迫力満点。反プーチン勢力と、チェチェン独立派とイスラム教徒のテロリストたちは、全部つながっているというロシアのプーチン政権の露骨なプロパガンダだ。チェチェン・ゲリラのテロとされているのが、ロシア軍の自作自演だったという「偽の告白」は、実際は真実の告白なのではないか、と逆に思えてくる）

『スパイダーマン2（Spider-Man2）』

2004年、アメリカ映画／サム・ライミ監督

スパイダーマンことピーター・パーカーは、冴えない大学生生活を送っている。核融合実験している

ドクター・オクは、自分の体に装置した人工アームの人工頭脳に知能を乗っ取られ、悪の怪物と化す。核融合実験を継続しようとするドクター・オクと、恋と友情に悩むスパイダーマンとの壮絶な戦いが繰り広げられる。

（核融合で人工の太陽を作ろうとするマッド・サイエンティスト。核融合は、水中では収まるものだろうか？）

『メルトダウン（American Meltdown）』

2004年、アメリカ映画／ジェレマイア・チェチック監督

カリフォルニアの原発が六人のテロリストに襲撃された。原子炉を破壊されたら、数十万人が被曝する。軍は特殊部隊を突撃させようとするが、FBIのテロ特捜隊のシェイは、テロリストたちの情報を得ようとする。彼らの正体がわかった。アフガンに派遣されたアメリカの退役兵たちで、彼らは劣化ウラン弾によってヒバクし、末期ガンになっていた。アメリカ政府のウソとデタラメを告発するために、彼らは原発を襲ったのだ。

（あわや、メルトダウンということになっても、あまり緊迫感がない。ドキュメンタリー・タッチといっても、白黒の画面が荒いだけ。小手先の技術ではなく、スリルとサスペンスを盛り上げる演出がお粗末なのだ）

『東京原発』

2004年、日本映画／山川元監督

東京都知事が、いきなり東京都庁の近くの新宿公園に原子力発電所を作るという計画を発表する。都庁の幹部たちは右往左往の大騒ぎ。どうやら、都知事は東京原発の計画で、原発問題を都民に啓蒙しようというもくろみのようだ。一方、核廃棄物を運ぶトラックがテロの対象として狙われる。（画像はノベライズ版の表紙）

（「東京に原発を！」、奇矯なように聞こえていたこ

の訴えも、逆説的、反語的には十分に問題を提起したものとなっている。本当に安全ならば、経産省や東電本店は、なぜ敷地内に原発を作らないのか？）

『生体兵器 アトミックジョーズ（Blue Demon）』

2004年、アメリカ映画／ダニエル・クロドニック監督

遺伝子操作によるサメの生体兵器を作り、実験する政府プロジェクトがあった。そのサメが実験場から逃げ出し、人を襲う。愛国者の将軍は警告のため、一匹のサメに核爆弾をくわえさせ、都市を攻撃させようとする。

（『ジョーズ』の興行的成功にあやかろうとした映画で、杜撰で中途半端な作品だが、侏儒の所長が特色を発揮している）

『ディープポセイドン（Stinger）』

2005年、アメリカ映画／マーティン・マンス監督

原子力潜水艦ニューアークが沈没した。その艦に積んでいた機密の貨物を回収しなければならない。小型潜水艦でニューアークに潜入したチームが見たものは、バラバラにされた死体の山だった。機密の貨物とは、放射能による突然変異を利用して生み出された巨大なサソリという生物兵器だった。海兵隊とプロジェクトの実施会社の科学者、生存者を含めた全員が、原潜の放射能漏れでさらに繁殖したサソリたちに攻撃される。

（放射能による巨大モンスターものの久々の作品。原子炉の爆発とともに、全滅することになるのだが、最後に生存者の科学者が、サソリ人間になってしまうというオチは笑わせる。それにしても杜撰で、いい加減なシナリオだ。二十一世紀になってもB級モンスターは健在ということか）

『タイド・オブ・ウォー（Tide of War）』

2005年、アメリカ映画／ブライアン・トレンチャード＝スミス監督

米国の原子力潜水艦が、北朝鮮に近い海域で、ステルス潜水艦の攻撃を受ける。北朝鮮にステルス潜

水艦があるわけがないとする軍の中枢は、艦長を現場に戻し、副長として参謀部の腹心の軍人をお目付役として付ける。日本の潜水艦が撃沈された。見えない、幽霊としての巨大な原潜との海中での戦いが行われる。

（北朝鮮に、アメリカ原潜よりも優秀なステルス潜水艦が作れるはずはないし、艦隊を攻撃すれば戦争になってしまうだろう。朝鮮語もあやしいし、ハングルらしい文字もいい加減だ。いかにもハリウッド的映画らしい杜撰で、独りよがりの映画だ）

『ローレライ』

2005年、フジTV＋東宝、日本映画／樋口真嗣監督

一九四五年八月、日本は敗戦したドイツから、秘密兵器ローレライを搭載する潜水艦「伊五〇七」の提供を受けた。広島に原爆が落とされ、「伊五〇七」は、再度の原爆投下を阻止するために出撃する。艇内で反乱が起き、それは海軍司令部にいる大尉と気脈を通じ、米軍に投降するというグループによるものだった。彼らは東京に第三の原爆を投下する計画に協力するという。

（「パウラ」という人間秘密兵器も、米軍と投降するという反乱軍の意図も、方法もよく理解できない。原作も、脚本も、演出も、大作としてはお粗末だ）

『ファンタスティック４（Fantastic4）』

2005年、アメリカ映画／ティム・ストーリー監督

宇宙へ宇宙嵐の実験に行った男三人女一人は、高度なエネルギーの放射線である宇宙嵐を浴び、超能力を獲得する。超高温の炎を発する炎人間、ゴムのように体が伸び縮みするゴム人間、皮膚が岩石となった岩石人間、透明人間の女などだ。四人は〝ファンタスティック４〟として、悪と対峙する。

（放射能によって超能力を持つようになった人間の話。原作がコミックだけあって、荒唐無稽でばかばかしい）

『ストリートファイター2050（Street Fighter2050）』

2005年、アメリカ映画／シリオ・サンチャゴ監督

核戦争後のロサンゼルス、死のリング戦が娯楽として行われている。ファイターの勝利者だった兄の死の真相を突き止めるために、弟のアレックスは、死のリングに立つことになる。強敵に勝利を収めつつ、彼は兄の死の真相に迫る。

（荒廃したロサンゼルスは、核戦争後の社会とされるが、作中でははっきりとした言及はない。核戦争後の無法地帯のアクションものも、すでに定番となって久しい）

『エネミーライン2（Behind Enemy Lines 2）』

2006年、アメリカ映画／ジェームズ・ダッドソン監督

北朝鮮の核弾頭型ミサイルを破壊するために、米軍の特殊部隊が、北朝鮮にパラシュートで降下した。しかし、作戦は中止され、先に降下した四人の米兵が孤立した。二人は北朝鮮軍との戦闘で死亡し、二人は韓国の救出部隊に救われる。彼らは、命令に違反して、ミサイルの爆破を敢行する。

（一九九〇年代末大陸弾道ミサイルの配備に対して、米国と北朝鮮とは一触即発の危機にあった。また、北朝鮮のミサイル基地の近辺で何らかの爆発があった。米軍、あるいは韓国軍の特殊部隊による作戦ではないかという噂が流れた。核戦争の危機は、いつでも、どこにでもある）

『みえない雲』

2006年、ドイツ映画／グレゴール・シュニッツラー監督

女子高校生ハンナが、母と弟のウリーと三人で暮らしている町の近郊には原子力発電所があった。授業の時に警報が鳴った。原発の事故らしい。町の人はあわてて避難を始め、ハンナは弟のウリーと二人で自転車で駅に向かう。ウリーは、町から逃げようとする自動車にはねられ、死んでしまう。駅前にとり残されたハンナの上空を放射能を含んだ黒い雲が覆い始める。

（原発事故による避難民たちのパニックを生々しく描き出した。放射能障害による後遺症や、胎内被曝についても問題として問われなければならないだろう）

『ジェリコ（Jericho）』

2006年〜2008年、CBS、アメリカTV映画／ジョン・タートルトーブ&キャロル・ハービー製作総指揮

ジェイクは、久しぶりに故郷ジェリコの町の実家に帰る途中、巨大なキノコ雲を見る。核爆発が起こったらしい。情報の閉ざされたジェリコの町で、さまざまな事件や出来事が起こる。

（DVD七枚組の連続TV映画。全米各都市に核爆弾が落ち、ジェリコの町は孤立する。町のなかでのさまざまな事件を描く前半と国内戦争のエピソードの絡む後半とに大きく分けられるが、孤立して、情報が閉ざされたまま、疑心暗鬼となってゆく町の人々を描く前半の方が興味深い。TV映画だけあって、冗長で繰り返しが多い）

『ヒルズ・ハブ・アイズ（The Hills have Eyes）』

2006年、アメリカ映画／アレクサンドル・アジャ監督

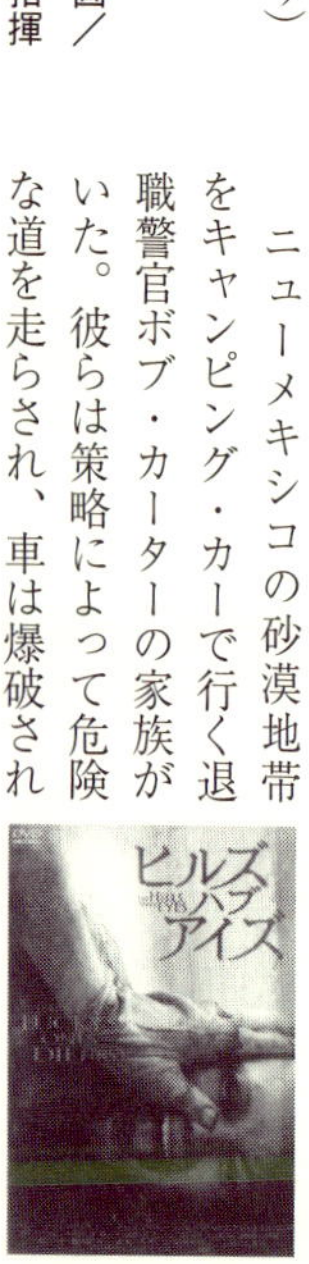

ニューメキシコの砂漠地帯をキャンピング・カーで行く退職警官ボブ・カーターの家族がいた。彼らは策略によって危険な道を走らされ、車は爆破される。生き延びた家族の男たちは、ひとりずつ、見えない敵によって惨殺される。女たちは異様な姿のモンスターたちに連れ去られる。そこは核実験によって放射能汚染された街で、彼らは放射線障害によって奇形、異形となり、食人の習慣を持つようになった住民だったのだ。

（核実験場としての砂漠に住みついている住人。彼らは放射線障害によって奇形化し、生まれてくる子どもたちも異常児ばかりだ。放射能の怖さを強調するあまりに、奇形、異常、不具を強調的に表現することは問題ありというべきだろう）

『ヒルズ・ハブ・アイズ　2（The Hills have Eyes 2）』

2007年、アメリカ映画／マーティン・ワイズ監督

前作でカーター一家が襲撃された地帯で、科学者が失踪する。軍事目的で現地を訪れた新兵たちは、捜索を始めるが、次々と姿の見えない敵に襲われる。ようやく、彼らの前に姿を現したのは、放射線障害によってモンスターとして生まれた怪物たちだった。

（軍隊とモンスターとの戦いに、西部劇の白人とインディアンとの戦いを思い出した。野蛮、残酷、狡知、粗暴という「敵」の描き方には、それほどの違いはないのではないか。そう考えると、彼らの住む岩山が、アパッチ砦のように思えてきた）

『プレデター・パニック（Creature from the Hillbilly Lagoon）』

2007年、アメリカ映画／リチャード・グリフィン監督

汚染物質を川に流していた公害企業があった。その物質による突然変異で、半魚人が生まれ、人々を次々と襲う。しかし、そこには狂った博士の人体実験があった。

（最初に放射能マークのついたドラム缶が出てくるから、放射性廃棄物と思われるが、ほかには放射能は出てこない。典型的なB級ホラー映画）

『メテオ（Meteor）』

2007年、インターフィルム、アメリカ映画／アーニー・バーバラッシュ監督

天才的天文学者が、小惑星が彗星群と衝突し、直径百キロの小惑星が地球の軌道へと向かっていることを発見する。世界各国に墜落する隕石をミサイルで撃破するが、最大のものは、核ミサイルを集中して攻撃しなければ爆破させられない。その軌道の計算をした博士は轢き逃げされ、助手はメキシコ国境を超えて、緊急対策本部に連絡しなければならないのだが、邪魔者が次々と登場する。

（『天空が燃えつきる日』や『妖星ゴラス』などの大隕石もの。人間ドラマのエピソードが多すぎて、冗長

と繰り返しの感が強い。それにしても、大気圏中の核ミサイルの自爆で放射能の心配は本当にないのだろうか。なお、『メテオ1999』という作品もあるが、これには「原子力／核」という主題には一切関わりがない）

『アトミック・ハリケーン（Atomic Hurricane）』

2007年、アメリカ映画／フレッド・オーレン・レイ監督

シービュー原子力発電所は、コンピュータの「ステイシー」がすべてを制御し、管理するシステムになった。大型のハリケーンが来て、外部との交信がストップになった時、自らの意志を持ち始めた「ステイシー」は、操縦者からのアクセスを拒否し、彼らをウイルスとして駆除し始めようとする。その過程で原子炉の冷却水は減少し、メルトダウンの危機が迫る。

（コンピュータが意志を持ち、人間の操作を拒否するという悪夢。日系人の妊婦の出産のエピソードは、全体のストーリーのなかで浮いているといわざるをえない）

『ディストラクション 合衆国滅亡（Living Hell）』

2007年、アメリカ映画／リチャード・ジェフリーズ監督

米軍のランパート軍事基地が撤去されることになった。その地下には、怖ろしい生物兵器の実験室があった。母親からその部屋を開けてはいけないといわれていた男が、基地の責任者にそのことを告げに行ったが。地下に根を張る蔓植物か蛇のような生物。主人公の男の血が免疫を持っているというのは、あまりに安易な解決法のように思える。

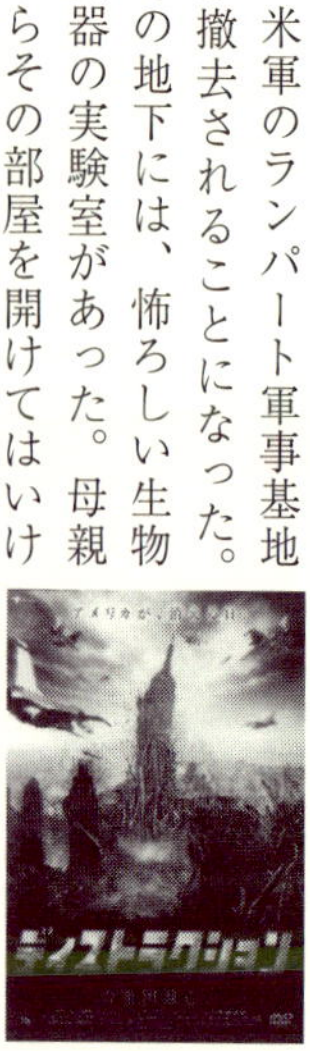

（急成長する生物を原爆投下で死滅させようとするが、それはすべてのエネルギーを吸収して巨大化する細胞だった。原爆のエネルギーを吸収すれば、アメリカ合衆国を破滅させることも）

『ミッドナイトイーグル』

2007年、日本映画／成島出監督

戦場カメラマンだった西崎は、心に傷を負い、戦場

を離れ、山登りにひたっていた。ある夜、北アルプスで墜落する飛行機を見る。それは、横田の基地で某国の工作員に爆弾を仕掛けられた米軍のステルス機だった。ミッドナイトイーグルと呼ばれるその機が搭載していたのは、日本の中心部を壊滅させるような核兵器だった。工作員たちは、ステルス機の現場にたどりついた西崎や後輩の落合、自衛隊の佐伯三佐を銃撃する。核兵器を爆発させようというのだ。

（「某国」の工作員として、「北朝鮮」と具体的に国名を挙げていないのは、こうした国際紛争ものをリアルに撮ろうとするには、製作者側の腰が決まっていないからだろう。ロケット砲まで持った何十人単位の工作員（侵略者）が北アルプスで銃撃戦をするというのは、あまりにもリアリティーのなさすぎる設定だ。自衛隊の描き方、とらえ方も、面倒な論議からは逃げている。「軍隊ではない。自衛隊だ」という、いかにも公式的なセリフが、自衛隊員から吐かれる）

『アルマゲドン・コード』

2007年、ロシア映画／ワディム・シメリェフ監督

アラブのテロリストたちが、沈んだロシアの原潜から、核弾頭四基を盗み出した。四基は、ロンドン、ニューヨーク、東京、モスクワに設置され、三つの暗号コードで起爆できるという。コードをめぐるテロリストたち、KGB、CIAなどによる奪い合いがくり広げられる。

（ロシアのスパイもの映画。主人公の女スパイがそれほど魅力的ではなく、ほとんどの登場人物がロシア語を使うなど、スパイ・アクションとしては、違和感を感じる――今までは、ロシアは常に敵側だったのだ――007シリーズのように）

『ザ・シンプソンズ MOVIE（The Simpsons Movie）』

2007年、アメリカ映画

TVアニメの劇場版。シンプソン・ファミリーの住むスプリングフィールドにある湖は、不法のゴミ棄てなどで汚染がひどかった。シンプソン家の家長ホーマ

ーは、湖に汚染物質を棄て、死の湖に変えてしまう。国家環境局は、環境汚染を広げないために、町を大きく強固なドームで被い、町中の人を閉じ込めた。汚染がホーマーのせいだと知った市民たちは、彼と一家をリンチするために、シンプソン家に押しかけた。ほうほうのていで、アラスカへ脱出した一家だったが、町を救うために、ふたたびスプリングフィールドに戻ることにする。

（ホーマーの活躍によって、町は滅亡を免れ、ドームは破壊される。「小型で強力な爆弾」というのは、爆発したらキノコ雲のような煙を出したから「原爆」と考えてもいいだろう。また、作中では明示されていないが、ホーマーは、スプリングフィールド原子力発電所の検査員を仕事としており、町の遠景には原発がしばしば出てくる。また、作中でホーマーは、口からキノコ雲のような息を吐く）

『インディ・ジョーンズ　クリスタル・スカルの王国(Indiana Jones and the Kingdom of the Crystal Skull)』

2008年、ルーカス・フィルム。リミティド、アメリカ映画／スティーブン・スピルバーグ監督

一九五七年、アメリカのネバダ砂漠の米軍機密基地にソ連兵によって連行されたインディ・ジョーンズは、辛うじて彼らの手から逃れるが、核実験場に迷い込む。カウントダウンが始まり、彼はマネキンの置かれたモデルハウスで鉛製の冷蔵庫にとっさに隠れる。吹き飛ばされる冷蔵庫から無事出てきた彼は、巨大なキノコ雲の下に立つ。

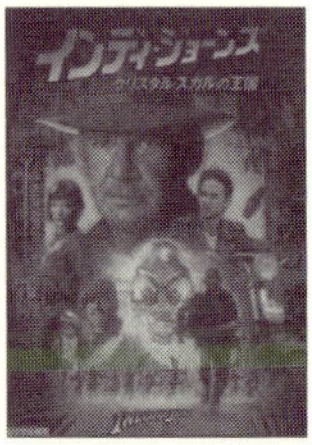

（東西冷戦の時代を背景に作られたシリーズの復活作。核実験場にいれば、鉛の冷蔵庫のなかにいても、放射能の被曝は免れないと思うが、すでに息子のいる彼には、放射線障害もさほど問題にならないか。六十代半ばのジョーンズは、さすが少しくたびれている）

『ネクスト（Next）』

2008年、アメリカ映画／リー・タマホリ監督

二分後だけの未来を予見できる男がいた。彼、クリス・ジョンソンはラスベガスでマジック・ショー

をしていた。テロリストたちがロサンゼルスのどこかに核爆弾を仕掛けた。ＦＢＩのカリーは、クリスの予見能力を使って、核爆弾を探し当てようとする。ＦＢＩとテロリスト集団との戦いに、クリスと恋人リズが巻き込まれる。

（二分後の未来を予見できるという能力が、具体的にはどんな意味を持つのかよくわからない。核爆弾は爆発してしまうのだが、それが未来の予見だとしたら、二分後ということではないだろうし、単なる予知夢でしかないと思うが）

『ＵＳＢ』

２００９年、日本映画／奥秀太郎監督

茨城県つくばは、数年前に原発の事故があり、放射能汚染が進む町だった。医学部受験を目指す浪人生の祐一郎は、高額なアルバイトとして、病院で放射能の被曝の臨床実験に自分の身を晒した。危険地帯に駆け落ちしていた幼馴染と、暴力団の娘とのカップルとつきあい、祐一郎はどんどん破滅の道へと進んでゆく。

（いろいろと詰め込み過ぎで、消化不良の感のある映画。監督が俳優をうまくリードできていないのではないかと思われる）

『ザ・ウォーカー（The Book of ELI）』

２００９年、アメリカ映画／アルバート＆アレン・ヒューズ監督

あの戦争が終わってから三十年後、廃墟となった郊外、スラム街となった都市を西へ西へと歩いてゆく黒メガネをかけた黒人男がいた。彼が持っているのは、この世界でたった一冊残された本。それを捜し続けている、荒れ果てた、暴力と無法の街を支配しているボスがいる。彼は、男からその一冊を奪おうとする。その本は、すべての人間を支配する魔術めいた力を持つ本なのだ。ボスは男を追い詰め、その本を奪う。しかし、それは点字で書かれたものであり、ボスには読むことができなかった。本の中味は男がす

べて諳（そら）んじていて、西の果ての街で男はそれを活字化し、一冊の皮装丁の本として刊行する、すなわち『バイブル』を。

（砂埃の風が立つ荒涼とした風景のなかに男が登場し、悪漢の手を切り落とすなど、黒澤明監督の『用心棒』を思わせるシーンがあるが、内容は聖書の再生というきわめて宗教っぽいもの。空が割れて、紫外線が降ってくるとか、一年間してから地上に出て来たとか、核爆発を暗示するセリフがあり、断ち切られた高速道路、廃車の群れ、サンフランシスコと思われる西の果ての港のある廃墟の摩天楼の風景など、核戦争後の世界が舞台であることが示唆される。原発の廃墟のような建造物もある。点字の聖書ということで、男が盲目であったことが暗示されるのだが、するとこの男は〝座頭市〟か？）

『放射性廃棄物　終わらない悪夢』

2009年、フランス映画／エリック・ゲレ監督

世界最大級のフランスの原子力企業アレバ社の核燃料サイクルの実態など、核廃棄物の現状を告発したドキュメンタリー映画。

（トイレのないマンションといわれる原子力発電所。放射性廃棄物は、処理の問題ではなく、まずそれを新しく生み出さないようにしなければならない。そんな道理も、アレバのような冷たい、非人間的な企業には通じない）

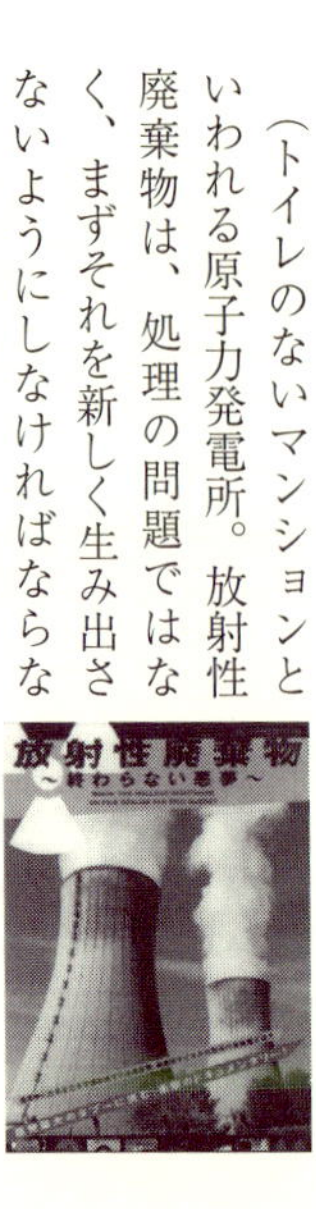

『山のかなた』

2009年、ストップ・ザ・もんじゅ、日本映画／池島芙紀子監督

「もんじゅ」から始まる反原発のドキュメンタリー映画。六カ所村の再処理工場の役割や、原発、ヒロシマ・ナガサキでの内部被曝の問題などが、専門家からわかりやすく、丁寧に説明される。最終章の代替エネルギーについては、やや掘り下げ不足。脚本も、演技も、撮影も、構成もいかにも素人っぽい。それだけに、製作者の熱意は伝わってくる。

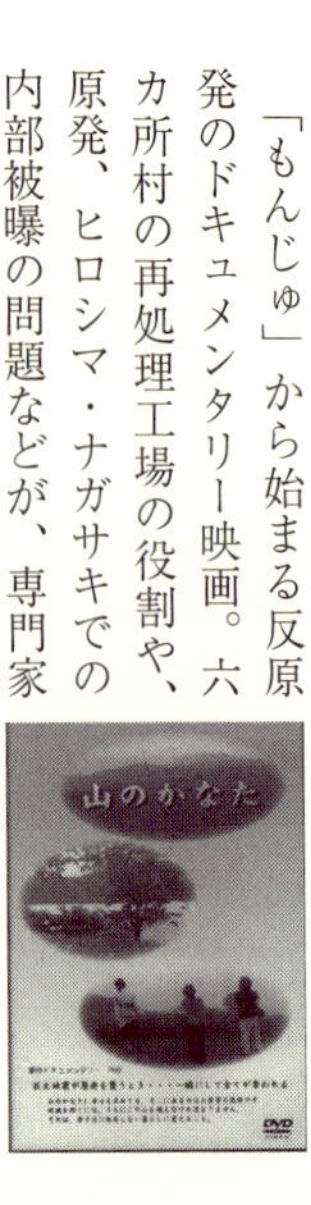

（二〇〇九年の製作。石橋克彦氏の「起こる可能性

のあることは、起こる」という言葉に頷かざるを得ない。地震、津波について、すでに原発震災の可能性を指摘していたのだ。柏崎刈羽原発の事故は、〝ポツダム宣言〟だった。フクシマは、もちろん〝ヒロシマ・ナガサキの原爆投下〟だ。〝敗戦宣言〟はいつ?)

『一〇〇、〇〇〇年後の安全』

2009年、デンマーク・フィンランド・スウェーデン・イタリア映画／マイケル・マドセン監督

フィンランドのオルキルオトでは、世界初の高レベルの放射性廃棄物を永久地層処分する処分場の建設が決定された。地下都市のような処分場に、十万年も保存、保持しようという計画である。人類の歴史を超えるような「永遠」に核廃棄物の処分を委ねてよいのだろうか。

(日本では、北海道の幌延に深いトンネルを掘って、最終処分の実験場としている。十万年後には、北海道は無人の荒野となっているだろう)

【二〇一〇年代】

『祝(ほうり)の島』

2010年、日本映画／纐纈(はなぶさ)あや監督

一九八二年、山口県上関町に原子力発電所建設の計画が発表された。以来、二十八年間、原発立地の場所の真向かいにある祝島では原発反対の運動が継続された。中国電力による上関原発建設に反対する島の人々を描いたドキュメンタリー映画。

(三・一一以降、建設は中断されている。二〇一二年中に海面埋め立ての許可が失効するから、今後の建設再開は無理だろうが、中電は建設を完全に諦めたわけではない)

『アフター・クライシス (After Crisis)』

2010年、イギリス映画／ジョナサン・クレンディング監督

ロンドンでテロリストが仕掛けた原爆が爆発した。ロンドン郊外の政府の秘密の地下核シェルター

（SNUB）には、政治家、黒人の外交官、外交官の家族などが避難した。しかし、冷戦時代に作られた核シェルターは、設備も装備も不完全だった。通信設備の故障の修理に出た軍人は、近くの刑務所から出てきた凶悪な犯罪者たちに襲われたようだ。閉じ込められた人々と、何とか核シェルターに入り込もうとする人々との恐怖に満ちた抗争が始まる。

（爆弾処理班が失敗して、核爆発が起きる。外は放射能の嵐で、無線も使えない。燃え上がる世界と降り注ぐ放射能帯びたチリ。核シェルターなど、むなしく、意味のない抵抗としか思えない）

『4デイズ（Unthinkable）』

２０１０年、アメリカ映画／グレゴール・ジョーダン監督

アメリカの三都市に核爆弾が仕掛けられているというテロ予告が届く。四日後に爆発するというのだ。イスラム系の犯人はすぐに逮捕されるが、仕掛けた場所を吐かない。ＦＢＩのテロ対策のスタッフは、彼を訊問して口を割らせようとするが、彼は拷問にも耐え抜く。妻、子どもを拷問にかけると脅し、ようやく彼は口を開くが、一瞬のすきに自殺した。彼は本当に、全部の場所を吐いたのだろうか。

（イスラム系アメリカ人のテロリストが犯人という設定。さんざん拷問されて弱った体なのに、銃を奪って自殺するのは元気すぎると、ついつい思ってしまった）

『六ヶ所村ラプソディー』

２０１０年、グループ現代、日本映画／鎌仲ひとみ監督

青森県六ヶ所村に使用済み核燃料の再処理工場が進出してきた。それに反対する菊川さんは、花とハーブの農園を作り、あくまで工場進出に反対している。反対派と賛成派。反対派は切り崩され、ほとんどいなくなった。しかし、賛成派としても諸手を挙げての賛成ではない。貧しい過疎の村が生き残り、豊かになるためには。核施設の誘致しかありえないのか。さまざまな立場の人々の人間模様だ。

（三・一一以降、きわめて悪名高くなったデタラメ

先生こと、班目（まだらめ）春樹先生がインタビューに応じている。「あんな怖ろしいもの」とか「結局はお金でしょ」とあまりにも正直にしゃべって、好人物であることを証明してしまったが、無責任、軽薄、無能力をも暴露してしまった）

『101日（The Show must Doin)』

2010年、クロアチア映画／ネヴィオ・マラソヴィッツ監督

TV番組で、六組の男女のカップルが集められ、二十四時間、中継放送されるという企画があった。窓も出入り口もない建物に閉じ込められ、そこで六ヶ月間、共同生活をするのだ。彼らはひそかに地下の核シェルターに移される。その百一日目、外の世界では第三次世界大戦が勃発し、クロアチアの都市は核攻撃される。防護服を着た一人の男がマンホールから見た外部の世界は、「核の冬」が訪れた死の世界だった。

（クロアチアの映画ははじめて見たが、戦争勃発のリアリティーの感覚は、他の国の人間とは違ったものがあるかもしれない。仮想、空想ではない「戦争」が露出している）。

『カウントダウンZERO（Countdawn to ZERO）』

2011年、アメリカ映画／ルーシー・ウォーカー監督

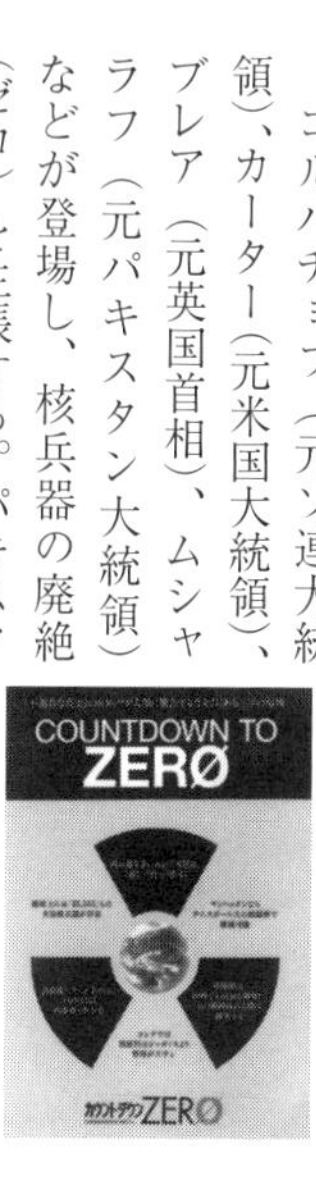

ゴルバチョフ（元ソ連大統領）、カーター（元米国大統領）、ブレア（元英国首相）、ムシャラフ（元パキスタン大統領）などが登場し、核兵器の廃絶（ゼロ）を主張する。パキスタン、イラン、北朝鮮の核兵器、核開発への危険性を語り、「核なき世界」、核軍縮を提起するオバマの姿勢が、最後に示される。しかし、世界の指導者が、みな核兵器ゼロ主義者だったら、なぜ、核兵器がなくならないのか。

（街角のインタビューで、「核兵器を持っている国は？」の質問に対して、「日本？」という答えが出てくるのは考えさせられる）

『ミッション：インポッシブル／ゴースト・プロトコル

（Mission:Impossible/Ghost Protocol）』

2011年、アメリカ映画／ブラッド・バード監督

世界に核戦争を起こすべきだと考えるマッド・サイエンティストが、ロシアの核弾道ミサイルの発射コードと起爆装置を手に入れ、アメリカを攻撃しようとしている。それを阻止するためのミッションに、イーサンたちが挑む。ロシアの刑務所に収監されているイーサンを仲間たちが救い出すが、クレムリンの一部が爆破される。ミッションと陰謀団とロシアの秘密警察が三つ巴になって、抗争する。

（「世界は一度、核戦争によって破壊されなければならない、その後復興すればよい、ヒロシマ・ナガサキのように」と、狂気の科学者はいう。それにしても、ロシアの刑務所がすべてコンピュータ・システムで、施錠や解錠ができるとは信じられない。他の装置や施設は貧弱なのに）

『ディヴァイド（Divide）』

2011年、アメリカ映画／サヴィエ・ジャン監督

ニューヨークに何発もの核爆弾が落とされた。アパートメントの地下室に逃げ込めたのは、アパートの管理人と住民の九人だった。女二人と一人の少女。男は六人。わずかな水と缶詰で彼らは生き続けるが、防護服にマスクの男たちに襲撃される。彼らを追い返したが、逆に扉を溶接されて閉じ込められる。地下室の外では防護服の男たちが、生体実験をしているようだ。生存者たちはだんだんに狂気じみてきて、しまいには殺し合いを始める。女一人だけが生き残り、壊滅したニューヨークの街のなかをさまよう。

（核シェルターものといえるが、狂気によって拷問、虐待、殺人を始めるところはホラー映画のノリだ。崩壊した外界の様子が描かれるのは珍しい。「ナガサキ」など、日本の原爆投下について語るセリフがあるのに、字幕では出てこないのは、日本の観客に対する配慮か、隠蔽か。核爆発がなぜ引き起こされたかは結局謎のままだ）

『カウントダウン　合衆国滅亡の時』

2011年、アメリカ映画／ハロルド・クロンク監督

テロリストたちがアメリカの小型の核爆弾七つを持ち込んだ。FBIとCIAは、競ってテロリストたちと爆弾の行方を追う。テロリストたちの目的は、アメリカで核爆弾を爆発させ、イスラエルとアラブ世界の和平条約を潰すことだ。和平条約が締結され、平和が実現したら、困るのは誰か。ミステリー作家を目指す平凡な隣人が、恐るべき事件に巻き込まれる。

（FBI、CIAの活躍も空しく、聖書の預言通りに、アメリカは滅亡する。核爆弾が七つ爆発したのだ。しかし、街中で核爆発が起きたら、一瞬にしてすべてが吹き飛ぶはずで、映画の最後のようにパニックなど起こりようがない――その前にみんな吹っ飛んでいる。核爆発のことを分かっていないと思わざるをえない）

『ミツバチの羽音と地球の回転』

2012年、グループ現代、日本映画／鎌仲ひとみ監督

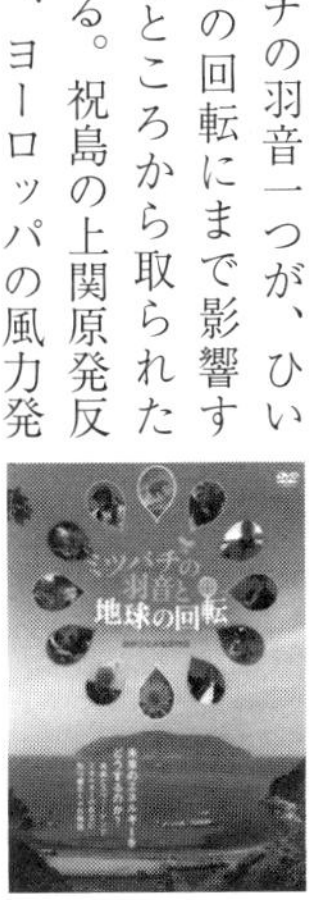

ミツバチの羽音一つが、ひいては地球の回転にまで影響するというところから取られた題名である。祝島の上関原発反対の運動、ヨーロッパの風力発電の状況などを精力的にロケしている。現代の反原発運動の原点となっているドキュメンタリー映画。

（渋谷の上映会に行き、鎌仲監督の話を聞いた。信念と柔軟な感性とがそなわった人だと思った）

『子どもたちの夏　チェルノブイリと福島』

2011年、日本映画／田野隆太郎監督

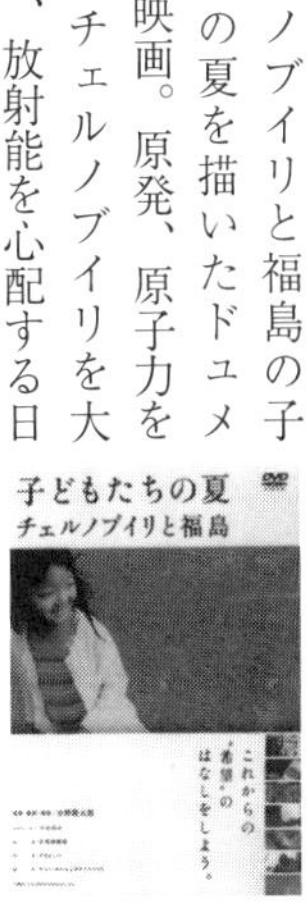

チェルノブイリと福島の子どもたちの夏を描いたドュメンタリー映画。原発、原子力を肯定するチェルノブイリを大人たちと、放射能を心配する日本の母親たち。原発で働いていたというウクライナの老人が日本へエールを送る。母と子の観点がうまくとらえられているが、取材対象が狭く、深く切り込んで

いかないもどかしさが少し残る。

（DVDで特典映像として収録されている「チェルノブイリ 石棺内潜入映像」がすごい。「フクイチ」でもこんな映像が撮れるようになるといいのだが）

『カリーナの林檎』

2012年、カリーナプロジェクト、日本映画／今関あきよし監督

ベラルーシの八歳の少女カリーナは、母の入院、父のモスクワ出稼ぎで、ミンスクにある母の弟（叔父さん）の家に住んでいる。義理の叔母さんと、従兄のセルゲイ。従兄は優しいが、失業中の夫を持つ叔母さんは厳しい。カリーナは、おばあさんの家で、両親といっしょに住みたいと思っている。しかし、チェルノブイリに住んでいる悪魔が、毒をおばあさんの家のすぐそばの森へ吹き込んでいるのだ。その生で、お母さんも、おばあさんも、カリーナ自身も病気なってしまったのだ。カリーナがも捥いだ、おばあさんの家の庭になった林檎の実は、そのままゴミ捨てに棄てられてしまう。

それは、毒の実なのだ。

（美しい空と森と湖の風景。しかし、すぐ近くには軍隊が見張りをする立入禁止区域が広がっている。放射能重濃度地域だ。悪者が毒を吹き込んでいる。フクシマの子どもたちに、同じおとぎ話を聞かせることになったのが痛ましい）

『外事警察　その男に騙されるな』

2012年、東映、日本映画／堀切園健太郎監督

北朝鮮から濃縮ウランが流出し、震災で立入り禁止の日本の大学の研究室から、原爆の起爆装置になるプラグの設計図が盗まれた。北朝鮮で原爆開発に当たっていた徐博士は、脱北してソウルにいた。韓国で原爆を作り、テロリストたちに売ろうという計画がある。それを阻止するために「内閣調査室」の〝外事警察〟の面々が動き出した。

（日本や韓国の技術が、北朝鮮の核開発に利用されていることは自明のことで、今更そんなことが、秘密とされなければならないとも思えない。非情なは

ずの国際スパイ戦に、親子や夫婦の人情的なものが絡みつきすぎる。最期の原爆のカウントダウンは、よくある手だが、その解除コードが写真の日付だったというのは、安易な発想ではないだろうか）

『アイアン・スカイ（Iron Sky）』

2012年、フィンランド、ドイツ、オーストラリア映画／ティモ・ヴオレンソラ監督

黒人の宇宙飛行士ワシントンが、月面に着陸した。しかし、彼がそこで見たのは、ナチスが月の裏側に作った宇宙基地だった。ナチスの残党が、敗戦の前に月に脱出し、再び地球へ帰ることを夢見て、七十年以上暮らしていたのだ。ワシントンを案内役に、地球にやって来た、次期総統を狙う男とその婚約者は、アメリカの女性大統領の選挙参謀として活躍するが、彼らの後を追って、月面の〝第四帝国〟の総統は、宇宙船の軍団を率いて地球攻撃を行う。迎え撃つアメリカの核弾道弾。侵略軍は、ついに〝最強〟の核兵器を地球に撃ち込もうとする。

（国連では、正体不明の宇宙船を作ったのはどこの国かと互いに追求する。アメリカも、ロシアも、日本も、インドも大慌てで否定する。すると、北朝鮮の代表がすっくと立って、「親愛なる指導者閣下が、設計し、作ったロケット……」と言い出し、みんなは笑って彼の口を封じる。笑えるような、笑えないようなギャグだ）

『ハーバー・クライシス　湾岸危機（痞子英雄）』

2012年、台湾映画／リー・ビンビン監督

ハーバー・シティの南警察署の新米刑事のインションは、優秀だが少しやりすぎの刑事。ヤクザのダーフーはボスから預かった金で儲けようと、ダイヤの密売買を行おうとするが、謎の狙撃手たちに襲われる。別の殺人事件を追ってその場にたまたま居合わせたインションは、ダーフーとともに狙撃者や、やはり謎のヘリコプターに襲われ、ほうほうの態でそこから逃げ出した。彼らが狙っていたのは、ダイヤの入ったスーツケースと見せかけ

た新型の大量破壊兵器・反物質爆弾だったのだ。情報局、他国の軍隊を巻き込んだ、インションとダーフーの危険な捜査が続く。

（街を吹き飛ばしてしまうような爆弾。予告編でははっきりと「核爆弾」といっているが、本編では実は完全には完成していない「反物質爆弾」だといい、核爆弾の百倍の破壊力があるという。冒頭の砂漠のようなところで、柱にくくりつけられた男と、その男をパパと呼んで、いっしょに爆弾に吹き飛ばされる少年の場面が、何のためにあったのか、よくわからない）

『バットマン　ダークナイト　ライジング（Batman Dark Knight Raises）』

2012年、アメリカ映画／クリストファー・ノーラン監督

バットマン・シリーズの一作（最終作とも）。バットマンことブルース・ウェインの経営する会社の秘密の核融合原子炉から、悪の権化のようなベインは、原子炉を奪い取って核爆弾を作った。バットマンがその爆弾を奪い返そうと闘う。ガードマスクのベインを倒したが、しかし、本当の黒幕は意外な人物で、核爆弾の起爆装置を稼働させたままで死んでしまう。世界の破滅を目指す敵の手によって起爆装置はカウントダウンを始め、原子炉に戻そうにももはや原子炉自体が壊されている。バットマンは、核爆弾を自分の飛行体にぶらさげ、街から離れ、海上へ飛び去ってゆく。そして橋の上にいた人々に一瞬の光が人々を襲う。遙か水平線にキノコ雲が見える。

（なぜ、バットマン＝ブルース・ウェインの会社は秘密の核融合の原子炉などを作ったのか？　それが簡単に核爆弾に作りかえられるのは解せないし、核融合爆弾（水爆ということだろうか）の光やキノコ雲を見た人間が無事だとは思えない。身を犠牲にして、ゴッサム・シティを守ったバットマンは、銅像が開幕されるほどの英雄かもしれないが、最初から原子炉なんか作らなけりゃよかったし、簡単に盗まれ、爆弾に改造させられるというのはお粗末な話だ）

『希望の国』

2012年、日本・イギリス・台湾映画／園子温監督

原発のある町、長島県長島町に、牛飼いの一家が住んでいた。ある日、警戒警報が鳴り、隣家との間に立入禁止の杭が打たれ、隣の家族は飼い犬を置いて避難所に向かった。原発が爆発したのだ。若い息子夫婦を近隣の町に引っ越させ、アルツハイマー症の妻と二人で、老牧夫は警戒地域に住み続ける。宇宙服のような防護服を着て、町を歩く妊娠した嫁は、町の嫌われ者となる。そんな妻をいたわる夫。老夫婦も、放射能汚染によって牛飼いも続けられなくなり、老人は思い出の木といっしょに死ぬことを決意する。（画像は上映館のパンフレット）

（三・一一以降作られた最初の劇映画だろう。娘時代の盆踊りを忘れられない妻と、その踊りをいっしょに踊る老夫婦の生活が胸を打つ。それにしても、忘れてはいけないことを、人はかくももろく忘れてしまうのか。三・一一は、決して終わっていないのに）

あとがき

札幌へ行く用事があったので、帰り道として、函館からフェリーに乗って、大間に渡ることにした。函館港を午後に出て、一時間ちょっと、大きな河の対岸ともいえる近さである。大間には、日本電源開発（Jパワー）が建設中の大間原子力発電所がある。その工事の進捗状況を見ようと思ったのである。小雪がちらほらと降り、寒い日だった。タクシーの運転手さんは、ここから工事現場に一番近くまでゆけるという海岸べりの細い道に入り、そこから歩いてゆけという。工事用の車輌道路の路面の水たまりには氷が張り、私の足下でパリパリと割れた。大きな建物はほぼ出来上がっているようだが、高いクレーンは動いていない。工事が再開されたといっても、本当に建設が進められるとは限らない。建設会社も、労働者も、疑心暗鬼なので、少なくとも春になって見通しがつかないことには、技術者や労働者たちも集まってこないだろう、地元出身の運転手さんは、私にそんなことを教えてくれた。

海峡の対岸にある函館市が、全市をあげて反対している。経済的にも、社会的にも何のメリットもないのに、原発事故の危険なリスクだけは負わなければならない。反対するのは道理だ。ましてや、大間原発は、原子炉はすべてがＭＯＸ燃料を使うプルサーマルの炉だ。制御が難しく、拡散する放射能の危険度は、格段に大きい。それに、電源開発としては、最初の原発である。経験も、実績もない業者に、複雑な原発を任せることの危険性は、相当に高い。

水力や火力の発電所をたくさん持っている電源開発だが、これまで原発には既成の日本原電や電力会社の既得権があり、規制があるために、参入できずにいた。ようやく、手にしたのが大間原発である（経産省から、プルサーマルを本格的にやるということで、認可されたのだろう）。おいそれと、放棄するわけにはゆかないのだろう。工事も少なくとも外側の建物はほぼ完成している。原子炉も製造中だろう。〝止められない〟理由へ、電源開発側としては、そろっているのだ。

だから、ここで大間原発が建設中止となれば、反原発側としては、大きな進展だ。愚かな野田（元首相）と枝野（元経産相）が、「新・増設ではない」という詐欺師的な言辞を操って、大間原発の建設工事を再開させたが、喜んでいるのは、電源開発の社長（と地元の政治屋）だけで、地元では反対論と疑心暗鬼とがくすぶり続けているのだ。

大間崎から、バスに乗ってむつ市に入った。かつての原子力船むつの母港だ。市内のはずれに、「むつ」の記念館があるというので見物に行ってみた。船型の建物に、子どもの喜びそうな施設や装置があった。原発立地にある「原子力館」「エネルギー・センター」と似たような施設だ。原子力船むつが、解体された過程を、もう少し勉強しなければと思った。

すぐ隣に、原子力開発機構の建物があるのにも驚いたが、そのすぐ近くに、原発から出る使用済み核燃料の貯蔵施設を建設中であることにも驚いた。東電と日本原電が出資し、広い敷地に貯蔵施設を作り、乾式の貯蔵庫とする計画なのだ。クレーンの林立する工事現場は、金網で周囲を囲い、みだりに入り込めないようにしているが、工事は建物の外枠程度は作り終わったほどの段階だ。東電や日本原電に、そんな資金的余裕があるかどうか疑わしいが、各原発の使用済み燃料のプールが満杯となり、六カ所村の日本原燃の処理工場が動かない以上、緊急避難的にしかたがないのだろう。一番大きな問題は、根本的な対策をおざなりに、先送りにした、こうした原子力政策の場当たり的で、弥縫策ばかりを講じるという、その無責任体系の体質である。

原子力ムラには、まともにものを考える人間は一人もいないのか。あの、愚かさを剥き出しにしたような顔をした経団連会長や、狡猾さを絵に描いたような東電元会長、愚劣さと小心さを顔に張り付かせた、元原子力安全委員会の委員長。テレビでお馴染みの顔を思い浮かべ、「ダメだ、こりゃあ」と、諦めざるをえなかった（でも、本当の〝真犯人〟たちは、裏に隠れている）。『証言　班目春樹』（文藝春秋）という本を読んだ。あの班目先生の発言を次の原子力ムラの〝御用学者〟分村の（分）村長を狙う〝子分〟いや、〝弟子〟の岡本孝司がインタビューしてまとめたものだから、言い訳と愚痴と開き直りに終始している本かと思ったが（かなりの部分はその通りなのだが）、少しは読んで益するところがあった。班目が口をきわめて罵っているのは、菅元総理だけではなく、経産省の役人と文科省の狡猾な官僚たちだった。明らかにこうした官僚たちの失態と無責任が今回の原発事故においてもっとも非難されなければならないものだが、それは結局、個人の問題というより、私たちの国家や社会の「制度」の問題であり、「システム」の途方もない頽廃なのである。班目は日本の原発の安全規制は三〇年前の技術水準でしかなかったと言っている。それを見過ごしてきた、班目の先輩格の学者や技術者たちが、今さらの如く反省したり、お役にたちたいとしゃしゃり出てきたのは腹立たしいことだったと言っている。つまり原子力ムラのすべての人たちが事故が起こることを予測し、予想していたのに、「制度」「システム」がそれを事前に是正し、改善する学力や努力をちっとも払おうとはしなかったのである。確かに悪いのは班目一人ではなかったのだ。

自民党が復権し、原子力ムラでも、今回の原発震災のA級戦犯ともいえる人々が次々と復活してきた。原子力ムラのゾンビたちだ（放射能は、人間をゾンビ化する?・）。「昭和の妖怪」の孫の、ネズミ男みたいな顔をした首相は、腹痛でいずれその座を退くだろうが、それまでに原発推進の既成事実を次々と積み上げていかないかどうか、心配だ。日中衝突の火種を残して、棺桶に入る前に一騒ぎを起こした元東京都知事もいたことだし。「未来」のない人たちと、「過去」をしか見ない人たちに、この国の舵取りを任せることは、本当に危険なのだ。

大湊から八戸までのローカル鉄道に乗りながら、私は憂鬱だった。下北半島はまさかりの形をしている。このまさかりで、この悪業と因業との連綿たる絆をすぱっと断ち切れないものだろうか。下北に、春は本当に来るのだろうか。

二〇一三年二月二十三日

川村湊

初出一覧

Ⅰ　「世界の終わり」の光景……………………『神奈川大学評論』70号、二〇一一年一一月

Ⅱ　あやまちは何度もくりかえすからあやまちなのだ……………………『社会文学』37号、日本社会文学会　二〇一三年三月

Ⅲ　反原発と原発推進の文学……………………『日本原発小説集』水声社、二〇一一年十月

Ⅳ　原発と日本の文学者……………………『いまこそ私は原発に反対します』日本ペンクラブ編、平凡社、二〇一二年三月（加筆）

Ⅴ　曝書閑記録──「原発震災」関係書を読む……………………『現代思想』二〇一二年三月号（加筆）

Ⅵ　周防祝島反原発闘争民俗誌……………………『現代思想』二〇一一年一一月臨時増刊号、「総特集・宮本常一」

Ⅶ　コラムと書評……………………

高木仁三郎『毎日新聞』二〇一一年四月二〇日

山本義隆『毎日新聞』二〇一一年八月二一日

田畑あきら子『毎日新聞』二〇一二年三月二〇日

勝又進『毎日新聞』二〇一二年八月二二日

初出一覧

『天空の蜂』『北海道新聞』二〇一一年六月一二日
『原子炉の蟹』『東京新聞』二〇一一年六月一九日
「「フクシマ」――原子力ムラはなぜ生まれたのか」『東京新聞』二〇一一年七月二四日
『日本テレビとCIA　発掘された正力ファイル』『北海道新聞』二〇一一年七月二四日
見えない核戦争――『戦争×文学』発刊に寄せて『東京新聞』二〇一一年八月八日
『青い閃光「東海臨界事故」の教訓』『北海道新聞』二〇一二年二月一二日
付録「原子力／核」恐怖映画フィルモグラフィー……書き下ろし

川村湊（かわむらみなと）
1951年北海道に生れる
現在、法政大学国際文化学部教授
◆著書
『作文のなかの大日本帝国』岩波書店、2000年
『風を読む　水に書く―マイノリティー文学論』講談社、2000年
『ソウル都市物語―歴史・文学・風景』平凡社新書、2000年
『妓生―「もの言う花」の文化誌』作品社、2001年
『日本の異端文学』集英社新書、2001年
『補陀落―観音信仰への旅』作品社、2003年
『韓国・朝鮮・在日を読む』インパクト出版会、2003年
『物語の娘―宗瑛を探して』講談社、2005年
『アリラン坂のシネマ通り―韓国映画史を歩く』集英社、2005年
『村上春樹をどう読むか』作品社、2006年
『牛頭天王と蘇民将来伝説―消された異神たち』作品社、2007年
『温泉文学論』新潮新書、2008年
『文芸時評 1993-2007』水声社、2008年
『闇の摩多羅神』河出書房新社、2008年
『狼疾正伝―中島敦の生涯と文学』河出書房新社、2009年
『あのころ読んだ小説―川村湊書評集』勉誠出版、2009年
『異端の匣―ミステリー・ホラー・ファンタジー論集』インパクト出版会、2010年
『福島原発人災記―安全神話を騙った人々』現代書館、2011年
『原発と原爆―「核」の戦後精神史』河出ブックス、2011年

震災・原発文学論

2013年3月11日　第1刷発行

著　者　川　村　　湊
発行人　深　田　　卓
装幀者　宗　利　淳　一
発　行　インパクト出版会
〒113-0033　東京都文京区本郷2-5-11　服部ビル2F
Tel 03-3818-7576　Fax 03-3818-8676
E-mail：impact@jca.apc.org
http:www.jca.apc.org/~impact/
郵便振替　00110-9-83148

モリモト印刷